어쩌다 파일럿

어쩌다 파일럿

B777 캡틴 제이의 하늘 공부

정인웅 지음

루아크

일러두기

1. 본문에 쓰인 항공용어는 되도록 현장에서 사용하는 표현 그대로 표기했으며, 이해를 돕기 위해 필요한 부분에는 설명을 덧붙였다.

2. 항공약어 본딧말과 그 해석은 2017년 국토교통부에서 고시한 〈항공약어 및 부호 사용에 관한 기준〉을 참고했으며, 본문에 처음 등장할 때에만 병기했다.

대학 영자신문사 기자 시절, 잠시 글쟁이의 꿈을 꾸었는지도 모르겠다. 3년 동안 그곳에 몸담으면서 등 떠밀리다시피 편집장까지 지냈다. 그러고 보니 이 모든 일이 어쩌면 그곳에서 시작되었던 것도 같다. 글 쓰는 감성을 지니게 된 건 그즈음이 아니었을까. 언젠가 영어교사가 될 수 있겠다 싶어 교직을 이수하며 고향 옥천중학교로 나간 교생실습. 자상한 선생님 감성은 그때 만들어졌을지도. 우연처럼 또 운명처럼 대학을 졸업하던 해에 공군에 입대해 조종사의 길을 걷게 되었다. 그 10년이라는 시간은 군인의 감성과 조종사의 감성을 내게 선물한 것 같다.

그렇게 시작한 하늘을 나는 일을 한 지 올해로 어느덧 25년째다. 어떻게 흘러갔는지 모를 만큼 지루할 틈이 없던 시간이었다. 내 주위에는 언제나 조종사들로 가득했기에 지나온 내 이야기가 그리 특별하거나 재미있을 거라는 생각은 하지 못했다. 그러다 우연한 기회에 SNS에 내 이야기를 하나둘 올리기 시작했다. 의외로 사람들이 좋아해주었고, 그렇게 글을 쓰며 사람들과 소통하다 보니 어느새 많은 글이 쌓였다. 그간 써둔 글을 하나씩 읽어보면 참 용하다 싶다. 머리에 새치가 조금씩 늘고 돋보기가 필요한 나이가 되어가는 어느 조종사의 이야기를 사랑해준 수많은 SNS 친구들이 그저 고마울 뿐이다. 이들이 아니었다면 내 이야기는 쓸쓸히 잊히고 말았을 것이다. 천 번이라도 머리 숙여 감사할 일이다.

사실 돈을 받고 팔아야 할 물건은 아닌 듯싶다. 오히려 돈을 쥐어주며 "이 책을 좀 보관해주세요" 하며 떠넘겨야 서로 계산이 맞을 것만 같은 심정이다.

그저 조종사로서 사랑하고 웃고 울었던 이야기지만 이 이야기를 통해 독자 여러분이 즐거움을 느낄 수 있다면, 조종사를 꿈꾸는 이들에게 조금이라도 도움이 될 수 있다면 그것으로 충분하다.

책 구성은 이렇다. 공군과 대한항공을 거쳐 지금은 중동의 외항사에 몸담다 보니 하고 싶은 이야기가 너무 많았지만 책이라는 물성의 특성상 여기서는 꼭 나누고 싶은 이야기만 추려 실었다.

1장에서는 기장의 리더십과 크루들과의 일화를 주로 다뤘고, 2장에서는 비행과 관련한 재미있는 경험담들을 풀었다. 3장에서는 민항사 기장들이 사용하는 테크닉과 부기장들에게 하고 싶은 조언을 담았

어쩌다 파일럿

고, 마지막 4장에서는 지금의 나를 있게 한 공군에서의 소중한 추억을 모아보았다.

비행과 관련한 전문용어가 워낙 많고 복잡하다 보니 어떻게 풀어야 할지 고민이 많았는데, 이 책에서는 어린 학생들도 부담 없이 읽을 수 있도록 최대한 알기 쉽게 정리하려 노력했다.

가난한 시골 촌놈을 데려다 글 쓰는 법을 가르쳐주신 한남대학교 영자신문사 선배들과 내 가능성을 유일하게 알아봐주신 김남순 교수님, 이 책이 나오기까지 관심을 가져주신 합동군사대학교 황지홍 교수님, 시카고의 조셉 노 목사님 그리고 사진 사용을 허락해주신 많은 분께 감사를 드린다.

마지막으로 대학 때 CC가 되어 지금까지 곁을 지켜준 내 친구이자 아내인 클레흐에게 이 책을 바친다.

두바이에서

캡틴 제이

• 2장 •

의심하지 마, 네가 내린 거야!

· 3장 ·

오 나의 머스탱, B777!

4장

운명처럼, 우연처럼 어쩌다 파일럿

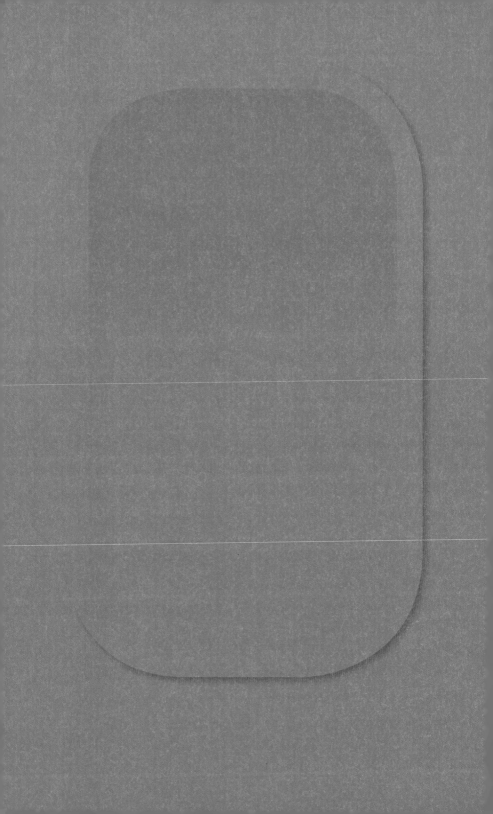

**제가 언제나 여러분 편이라는 걸
믿어주셔야 합니다**

크루와 그의 가족을 내 가족처럼

비행을 마치고 호텔에 도착할 즈음이면 크루Crew, 승무원들 중 기장에게 다가와 허락을 구하는 이들이 있다. 대게는 도착지 국가 출신 크루들이 호텔이 아닌 부모님 댁에서 하루를 자고 오겠다거나 아니면 공항에서 호텔로 이동하는 크루버스에 함께 여행하는 가족을 태우고자 하는 경우다.

회사 규정상 이런 일은 기장과 사무장의 허가 사항이다. 허락하지 않을 특별한 이유가 없는 한 기쁜 마음으로 허락하곤 한다. 간혹 크루가 머무는 호텔로 자녀를 만나기 위해 연로한 부모님이 찾아와 같이 머무는 경우도 있다.

튀니스에서도 어머니 한 분이 크루와 함께 호텔에 머물렀던 모양이다. 픽업 타임이 되어 체크아웃을 하고 나니 튀니스 출신 부사무장이 다가와 크루버스에 자기 어머니를 태우고 공항까지 함께 가도 되는지 허락을 구하기에 문득 떠오르는 게 있어 물어보았다.

"어머니가 두바이까지 같이 가시나요?"

"아니요. 어머니는 공항까지만 같이 가세요."

그제야 상황이 이해되었다. 그간 어머니는 딸을 자주 보지 못했던 모양이다. 사는 곳도 공항이 위치한 수도 튀니스가 아닌 버스로 몇 시간 거리에 있는 곳이었던 듯하다. 딸을 보기 위해 먼 길을 달려와 하룻밤을 같이 보내고, 다시 떠나보내야 하는 자식을 조금이라도 더 보기 위해 공항까지 따라가려는 어머니의 마음이 진하게 전해졌다. 평상시에도 크루버스를 같이 타는 크루의 친구나 남편, 아내가 종종 있지만 이런 경우는 느낌이 사뭇 다르다. 이곳 무슬림 여인들이 그렇듯 전통 이슬람 의상으로 머리까지 가린, 이제는 나이가 들어 그 몸이 더욱 작게 보이는 분이 조용히 딸 손을 잡고 크루들 사이에 섞여 있는 게 보였다.

크루가 모두 탑승한 것을 확인하고는 곧바로 모녀를 찾았다. 기장으로서 인사를 꼭 하고 싶었기 때문이다. 어머니가 내게 먼저 인사를 건네서는 안 될 일이었다. 딸을 다시 떠나보내야 하는 어머니를 마음 같아서는 꼭 안아드리고 싶었지만, 처음 만나는 이슬람 여인을 안아드릴 수는….

대신 정중하게 인사를 건넸다.

"봉주르, 싸바Bonjour, Ça va!"(안녕하세요, 잘 지내시죠!)

눈을 마주 보며 두 손을 내밀자 어머니가 바로 내 손을 꼭 잡아주

었다.

"만나뵙게 되어 반갑습니다, 어머니!"

영어를 하지 못하는 어머니는 그저 해맑게 웃으며 "슈크란"(감사합니다)이라는 말만 반복했다.

이런 때는 마치 학교 선생님이 된 듯한 기분이다. 어머니 입장에서는 기장인 내가 얼마나 어려울까. 책임자인 기장이 나서서 따스하게 손을 잡아주고 인사를 드렸으니 분명 자식을 떠나보내는 그분 마음이 조금은 안심이 되고 덜 서운했을 것이다. 어머니는 크루버스에서 내려 공항 터미널로 들어가는 나와 크루를 향해 환한 미소와 함께 수줍게 인사를 건넸다.

"본 보야지Bon Voyage!"(잘 다녀오세요!)

내가 항상 정성을 다하는 VVIP는 우리 크루의 가족이다.

압둘라! 알을 깨고 나와야 해!

"문 닫고 이리 가까이 와서 앉아봐, 압둘라!"

조금 전 항공기 엔진을 끈 뒤 내가 했던 말을 듣고 순간 토라져서 나가려는 부기장을 잠시 잡아 세웠다. 갑작스러운 제지를 예상치 못한 것인지, 스물넷밖에 안 된 어린 부기장은 순간 멈칫하더니 열려 있던 칵핏Cockpit, 항공기 조종석 문을 조심스럽게 닫고 다가왔다. 나는 그를 잡아끌다시피 바로 뒤 옵서버시트Observer Seat에 앉히고는 두 손을 잡고 가만히 눈을 바라보았다.

"압둘라! 완벽한 조종사는 존재하지 않아. 누구나 실수를 하지. 나도 실수 많이 해. 자네 나이 때 나는 정말 많은 실수를 했어. 그런데 그런 실수를 하고도 견뎌내는 테크닉을 익히는 게 더 중요한 거야. 기장이 자네 실수에 대해 한마디 했다고 토라져서는 눈도 마주치지 않고 서늘한 얼굴을 하고 돌아서면 안 돼.”

　조금 전 착륙 과정에서 있었던 일이다. 강하 과정에서 활주로에 다가갈수록 우측풍이 점점 줄어들고 있었다. 내 예상대로 그는 그맘때 신참 부기장이 흔히 하는 실수를 저질렀다. 초기 1000피트 상공에서 불던 17노트 정도의 우측풍에 대응한 측풍 수정을 바람이 점점 줄어드는데도 적절히 풀어주지 않아 결국 활주로 우측에 접지하고 말았다. 그뿐 아니라 이후 당황해서인지 리버스레버Reverse Lever, 역추진장치 레버를 충분히 당기지 않아 좌측 리버스가 펼쳐지지 않는 등 위험한 실수를 연거푸 하고 말았다. 접지 후 이를 바로 인지한 내가 “노 리버서 레프트Reverser Left”(좌측 역추진 부작동)라고 콜아웃Call Out, 복창해주었으나 그는 아는지 모르는지 즉각적인 반응을 보이지 않았고, 결국 기장인 내가 직접 손을 내밀어 좌측 리버스레버를 더 올려주고 나서야 마침내 좌우측에 동일한 역추진 추력이 작동되었다. 사실 부기장이라도 이런 연속된 실수는 드물다. 순간적으로 입에서 “I have control!”(지금부터 내가 조종한다)이란 말이 튀어나올 뻔했다.

　다행히 그는 우측으로 조금 벗어났던 항공기를 안정적으로 컨트롤해 활주로 센터라인으로 몰아갔다. 비행을 마친 뒤 부기장에게 이 문제를 지적하자 아이처럼 토라진 것이다. ‘뭐, 이런 일 가지고’라는 듯 심드렁한 표정을 짓고서는 “알았어요”라고 말하며 자리를 박차고 일어나는 그를 내가 막아선 상황이었다. 지금 그와 나의 거리는 30센티미터 정도. 나는 경험 적은 어린 부기장의 손을 꽉 부여잡고는 그의 두 눈을 응시했다.

"비행 중에 내가 몇 번 얘기했을 거야, 압둘라. 자네는 내성적인 성격이야. 이곳에서 정말 오랫동안 조종사로 일하고 싶다면, 그리고 좋은 기장이 되고 싶다면 이런 종류의 실수와 그 실수를 지적하는 기장에게 어떻게 대응해야 하는지 배워야 해. 그렇지 않으면 견디기 힘들 거야. 내가 자네 나이 때 했던 실수를 자네도 똑같이 하고 있어. 자네는 우선 자신에게 화가 나 있을 거야. 그리고 지금 지적하는 기장에게 '뭘 그렇게 심하게 말하는 거야? 그냥 넘어갈 수도 있는 일이잖아?'라는 마음을 가질 수도 있어. 그렇지?"

그의 눈을 보니 자신의 감정이 어떤지 자신조차 모르는 듯했다.

"압둘라! 넌 아주 좋은 가능성을 지닌 청년이야. 오늘 측풍 상황에서 내린지도 모를 만큼 부드러웠어. 부기장이 그렇게 잘 내리기란 쉽지 않아. 단지 오른쪽에 내렸다는 것과 왼쪽 리버스레버를 충분히 작동시키지 않은 실수를 했을 뿐이야. 아쉬운 건 기장이 지적했을 때 넉살 좋게 받아치는 법을 아직 배우지 못했다는 거고. 오늘 실수는 그냥 실수야. 사고도 아니고 보고서를 쓸 일도 아니지. 하지만 나는 자네가 이런 상황에 좀더 쿨하게 대응했으면 좋겠어. '아! 기장님, 죄송합니다. 제가 실수했어요. 도와주셔서 감사합니다. 잘 배웠습니다'라고 큰소리로 활짝 웃으며 말하는 법을 배워야 해! 그 한마디만 잘하면 이 어색한 감정과 분위기를 이겨낼 수 있을 거야. 오늘 내가 이렇게 자네 손을 잡고 얘기하는 건 10년 정도 지난 뒤 자네가 정말 좋은 기장이 되어 있기를 바라기 때문이야. 자네가 기장이 되었을 때를 생각해봐. 입장을 바꿔서 말이야. 그럼, 오늘 일이 조금 다르게 보일 거야."

그가 아까보다 훨씬 환한 미소를 지으며 연신 고개를 끄덕였다. 일어나 가방을 들고 나가려는 그를 다시 불렀다.

"이리 와, 압둘라! 한번 안아보자."

어색해하는 그를 끌어다가 품에 가득 안아주었다. 키가 나보다 5센티미터나 더 큰 이 청년은 사실 나이로 치면 아들뻘일 것이다.

"자네, 나중에 부기장들한테 잘해줘야 해! 알았지?"

그가 씩 웃으며 고개를 끄덕였다.

속으로 '녀석이 소극적이고 수줍어하는 마음을 빨리 깨고 나와야 할 텐데' 하고 생각했다.

"잊지 마! 기장이나 부기장 역할은 무대에 선 배우와 같다고 내가 비행 중에 했던 말. 우린 모두 최고의 배우가 되기 위해 매 비행마다 연극을 하고 있는 거야. 그 연기 연습을 반복하다 보면 어느 순간 우리 자신이 배우가 아니라 실제 기장과 부기장이 되어 있다는 걸 스스로 깨닫게 되는 날이 올 거야!"

기장님, 저 불편합니다!

외국인 동료 가운데는 내가 마냥 착하다고 오해하는 사람이 있는데, 사실 꼭 그렇지만은 않다. 이런 일도 있으니… 한번은 매년 실시하는 정기비행심사에서 파트너가 된 기장과 함께 오만의 무스카트공항으로 비행한 적이 있다. 그런데 기장이 너무 서두르는 게 보였다. 평상시에도 그렇게 비행을 하는지 싶을 만큼 부기장 업무까지 가로채 처리하는 통에 지상에서부터 슬슬 짜증이 올라왔다. 그러다 결국 기장은 사고를 치고 말았다.

지상 정비사가 "지금 그라운드파워Ground Power, 지상발전기를 제거해도 되겠습니까?"라고 말하자마자 번개 같은 손놀림으로 오버해드패널Overhead Panel의 그라운드파워 연결 스위치를 눌러 꺼버린 것이다. 원래 지상발전기와 연결된 케이블을 제거하려면 이를 이어받아 파워를 공급할 APUAuxiliary Power Unit, 보조동력장치가 작동되는지 확인하고 나서 항공기 노즈Nose, 항공기 머리 부분 아래로 연결된 커다란 노란색 전기케이블 두 개를 뽑도록 해야 한다. 그리고 여기에 추가해 만약의 실수로 파워가 나가는 걸 방지하기 위해 부기장이 스위치를 눌러 그라운드파워를 차단하도록 지시해야 한다. 그런데도 그는 이 모든 절차를 건너뛰고 직접 스위치를 누른 것이다.

"타다닥, 위이."

순간 조종석의 모든 계기가 나가버리고 팽팽하게 부푼 풍선에서 바람이 빠지는 것처럼 전기모터들이 내던 소음이 꼬리를 길게 끌다 사라져버렸다. 이렇게 되면 조종석과 객실의 모든 전기가 차단되어 최악의 경우 그동안 진행한 모든 절차를 처음부터 다시 시작해야 할 수도 있다. 객실 바닥에는 비상등이 들어왔고 열어둔 칵핏 문을 통해 객실 승무원들의 당황해하는 웅성거림이 들렸다.

"기장님, 객실에 지금…."

"알아요. 잠깐 기다리세요."

당황한 기장은 APU 스위치를 스타트 위치로 후다닥 돌려 시동을 거는 한편, 실수로 차단했던 그라운드파워를 다시 연결해달라고 요청했다.

지상에서 일어날 수 있는 실수 중 가장 큰 실수다. 하필 그 실수를 정기비행심사에서 평가관이 보는 앞에서 저지른 것이다. 그것도 이런 실수를 방지하기 위해 만들어둔 모든 절차를 무시하고 자신이 직접 스위치를 조작하다 발생했으니 기장은 무척 당황스러웠을 것이다.

문제는 이것만이 아니었다. 그 이전에도 무엇이 그리 급한지 부기장이 해야 할 업무인 비행허가요청ATC Clearance을 가로채 출발까지 30분 이상 남은 상황인데도 요청해버렸다. 아니나 다를까 바로 "거절Rejected"이라는 메시지가 날아왔다. 너무 일찍 요청했으니 당연한 일이었다.

어찌어찌 목적지에 도착해 엔진을 셧다운Shut Down, 정지하고 다시 돌아가기 위해 FMSFlight Management System, 비행관리시스템에 자료를 입력하는 동안 잠시 교관이 자리를 비운 틈을 타 기장에게 말을 걸었다. 여기서부터 일이 꼬이기 시작했다.

"기장님, 드릴 말씀이 있습니다."

"뭔데?"

"오늘 모든 절차를 너무 서두르고 있어요. 조금 천천히 해주세요. 제가 불편합니다."

내 말을 한 번에 알아들었으면 좋았으련만 한국인 엑센트에 익숙하지 않았는지 그만 알아듣지 못했다.

"뭐라고? 못 알아들었어. 다시 얘기해봐!"

기장은 다소 짜증 섞인 표정으로 재차 물어왔다. 내가 다시 말을 꺼내려는 순간 밖에 있던 평가관이 돌아와 옵서버시트에 털썩 앉고는 무슨 대화를 하고 있었는지 궁금한 표정으로 턱까지 괴고 쳐다보는 게 아닌가. 둘만 있을 때 조용히 하려던 말이었기에 순간 난처했다. 그래서 곧바로 "아닙니다. 나중에 다시 얘기하죠"라고 얼버무렸다. 그런데 눈치 없는 기장은 재차 "아냐, 아냐! 얘기를 꺼냈으니 마쳐야지. 궁금하잖아. 뭐라고 얘기한 거야?"라고 하는 게 아닌가.

1장

자신이 부기장과 대화도 잘 나누고 CRMCrew Resource Management, 승무원자원관리에도 문제가 없다는 것을 평가관에게 보여주려는 생각이 었는지 그는 못 참겠다는 표정으로 나와 평가관을 번갈아 쳐다보며 조르고 있었다.

일이 이렇게 된 이상 어쩔 수 없었다. 평가관은 더욱 바싹 다가와 앉으며 내 대답을 기다렸다. 실없는 소리로 뒤로 물러날 상황이 아니 었다. 그래서 숨 한 번 깊게 들이쉬고는 바로 이야기를 이어나갔다.

"기장님, 제가 불편합니다. 서두르지 말아주세요! 부탁드립니다."

남자 셋이 앉아 있던 칵핏에 흐르는 몇 초간의 침묵.

잠시 후 돌아보니 평가관은 멀찌감치 떨어져 앉아 딴청을 부리고 있었다. 다음 날 아침 확인한 내 평가보고서 리더십 항목에는 이렇게 마킹되어 있었다.

"회사 스탠더드에 부합하여 우수함."

기장이 터뷸런스를 다루는 방법

브리즈번공항에 착륙하고 짐을 찾으러 이동하던 중 우리 팀 막내가 스윽 곁으로 다가와 물었다.

"기장님, 질문이 있어요. 아까 싱가포르공항을 이륙하고 나서 터뷸런스Turbulence, 난류 때문에 서비스를 중단하고 모두 앉으라고 하셨잖아요. 부사무장에게서 우리가 터뷸런스를 피해 고도 강하를 했다고 들었어요. 이후 터뷸런스가 줄어들어 다시 서비스를 재개했다가 약 10분 뒤에 트레이Tray, 기내용 쟁반 수거를 마친 직후 거짓말처럼 다시 항공기가 한참 터뷸런스로 흔들렸고요. 어떤 상황이었는지 설명해주시겠어요?"

"맞아요. 오늘 인도네시아 상공에서 우린 모더레이트 터뷸런스Moderate Turbulence, 중간급 난류와 조우했어요. 구름에 의한 것이 아닌 화

창한 날씨에 겪는 터뷸런스였지요. 문제는 그때 객실 승무원 여러분이 한창 서비스 중이었죠. 계속 서비스하기에는 위험한 상황이었어요. 그래서 맨 처음 저는 '객실 승무원 착석하십시오'라고 알렸죠. 제 머릿속엔 여러분이 객실 좌석 사이에 나와 있던 카트를 갤리Galley, 기내에서 음식을 준비하는 공간로 가져가 고정하고 좌석에 앉는 모습이 그려졌어요. 승객들 앞에는 식사 트레이가 그대로 남아 있는 상황이었고요? 맞죠?"

그녀가 눈을 반짝거리며 "맞아요. 기장님"이라고 맞장구쳤다.

"터뷸런스가 언제 그칠지 모르는 상황에서 마냥 여러분을 앉혀둘 수는 없잖아요. 부사무장에게 트레이 회수까지 얼마나 걸릴지 물어보니 10분 정도라고 하더군요. 그래서 3만 5000피트에서 3만 3000피트로 강하했어요. 예상대로 2000피트 아래는 기류가 아주 좋아서 여러분을 다시 서비스하게 했죠. 약 10분 뒤 서비스가 종료되었다고 연락이 왔고, 우린 편안한 마음으로 관제소에 요구해서 3만 5000피트로 다시 올라갔어요. 운이 좋으면 터뷸런스가 그사이 사라졌을 수도 있고, 여전히 남아 있다 해도 서비스가 끝난 상황이니 여러분이나 승객이 다칠 위험은 없는 거니까요."

여기까지 이해한 그녀가 다시 물었다.

"그런데 왜 흔들릴 줄 알면서 꼭 3만 5000피트로 다시 올라가야 하는 거죠?"

좋은 질문이었다. 나는 그 질문이 나오길 기다렸다는 듯 씨익 웃으며 말했다.

"그건 3만 5000피트가 그 시기에 가장 연료 효율이 좋은 최적 고도였기 때문이에요. 그 최적 고도를 위나 아래로 벗어나 비행하면 연료 소모가 커집니다. 하지만 오늘은 결국 10분 정도만 최적 고도에 머물다가 다시 3만 3000피트로 내려가야 했어요. 왜냐면 모더레이트 터뷸런스가 너무 오래 지속되어서 안전 문제가 아니라 승객 편의에 심각한 지장을 줄 것 같아서였죠. 속이 불편한 분은 힘들어할 상황이었어요. 한 시간 정도 연료 소모는 다소 컸지만 터뷸런스가 없는 고도 3만 3000피트에서 순항했어요. 이후 3만 7000피트를 요구해서 올라갔고요. 그곳에는 라이트 터뷸런스Light Turbulence, 약한 난류가 있었지만 그 정도는 누군가 다치거나 속이 불편해지는 정도는 아니었거든요. 이상이 오늘 기장인 제가 여러분과 승객을 위해 고도를 여러 번 바꾸며 오르락내리락 한 이유입니다. 회사에서 연료를 충분히 준다면 터뷸런스가 없는 고도에서 계속 비행할 겁니다. 하지만 대부분의 항공사에게 연료 절감 문제는 가장 민감한 부분이에요. 조종사는 그 균형을 찾으려 늘 노력해요."

조종사는 비행 중 쪽잠을 잘 수 있을까?

비행 중에 갑자기 잠이 쏟아지면 조종사들은 어떻게 할까? 일부 항공사에서 운영하는 '컨트롤드 레스트Controlled Rest, 격식을 따르는 휴식' 정책에 대해 소개하고자 한다.

점심 식사 후 자리에 돌아와 앉은 오후 한두 시 사이에 학생들이나 직장인들은 대개 식곤증과 사투를 벌인다. 조종사도 사람인지라 별반 다르지 않다. 특히 시차를 무시하고 낮과 밤을 번갈아가며 비행하는 직업적 특성상 만성피로나 불면증을 호소하는 조종사가 적지 않다. 현실이 이렇다 보니 비행 중 조종사들이 자신의 좌석에서 잠시 눈을 붙이고 잠을 잘 수 있도록 한 정책이 바로 '컨트롤드 레스트' 정책이다. 간략히 설명하자면 기장과 부기장은 한 명씩 번갈아가며 한 번에 최대 40분의 쪽잠을 잘 수 있으며, 이때는 조종석 자신의 좌석에 앉아 객실에서 제공한 베개와 담요를 사용해도 되고, 안대나 귀마개를 착용한 채 잠을 청해도 된다.

통상은 객실에 미리 이 사항을 전하고, 다른 조종사가 30분마다 객실에 연락해 조종사 신변에 이상이 없다는 사실을 알려야 한다. 객실 승무원도 이 시기에는 가급적 칵핏 방문을 자제해 조종사 수면에 방해가 되지 않도록 유의해야 한다. 조종사들은 수면 전과 후에 비행 상태에 대한 브리핑을 해서 혹시라도 '싱글 파일럿' 운영으로 발생할 수 있는 실수를 방지한다.

나는 컨트롤드 레스트 중이어도 귀마개는 끼지 않는다. 대신 헤드셋을 착용한다. 깊은 숙면을 하려는 게 아니라 잠시 눈을 감고 선잠을 취함으로써 피곤해서 졸게 되는 상황을 피하려는 의도다. 더불어 부기장이 반대하지만 않는다면(아직까지 단 한 명도 반대한 적이 없다) 수면 중 객실 승무원이 칵핏을 방문하는 것도 막지 않으며 오히려 추천한다. 왜냐하면 객실 승무원 역시 잠시 눈을 붙이고 싶을 극심한 피로를 느끼는 순간이 있기 때문이다. 칵핏이 아니고는 단 10분이라도 승객들 눈을 피해 편하게 쉴 곳이 기내에는 없다.

보통 나는 비행 중에 조종사들이 컨트롤드 레스트할 계획이 없다 하더라도 베개 하나 정도는 꼭 칵핏 옵서버시트에 가져다 둔다. 그러곤 사무장을 통해 필요할 경우 누구라도 잠시 칵핏에 들러 눈을 붙여도 된다고 승무원들에게 알린다. 승무원들이 자유롭게 칵핏을 방문할 수 있도록 배려하는 것은 직접 겪은 가슴 아픈 경험 때문이다.

그날은 비행 중 몸 상태가 좋지 않은 승무원이 있다는 보고를 받았다. 그녀를 바로 비행에서 제외하지는 않았지만 잠시 휴식을 취하게 했다는 이야기였다.

"그 승무원은 지금 어디에 있나요?"

"일등석 화장실에 있습니다."

"속이 불편한가 보군요?"

"아닙니다. 본인이 그곳에서 승객들 눈을 피해 잠시 휴식을 취하고 싶다고 해서요."

이 보고를 받고 사실 몹시 화가 났다. '내가 얼마나 어려웠으면 칵핏에서 잠시 쉬어도 되겠냐는 그 간단한 부탁을 하지 못하고 화장실 변기에 앉아 쉬겠다고 했을까' 하는 생각이 들어서다. 나 자신에게 화가 난 것이다.

"당장 그 승무원을 칵핏으로 불러주시고 베개와 담요를 충분히 가져다주세요."

이 일이 있고 난 뒤에는 비행 전 브리핑에서 승무원들에게 당부한다.

"제가 오늘 여기 있는 가장 큰 이유는 여러분을 보호하기 위해서입니다. 얼굴은 조금 꼬장꼬장해 보이겠지만 속지 마세요. 저 아주 편한 사람입니다. 제가 언제나 여러분 편이라는 걸 믿어주셔야 합니다."

덕분에 내 비행에서 적어도 한두 명은 10분이라도 칵핏에서 눈을 붙이고 에너지를 충전해 돌아간다. 승무원들이 한결 밝아진 표정으로 돌아가는 걸 볼 때마다 내 일에 보람을 느낀다.

기장 너무 믿지 말고 안전비행!

"기장 너무 믿지 말고 안전비행!"

"부기장 믿지 말고 안전비행!"

가방을 끌고 비행에 나설 때마다 아내가 건네는 말이다. "정신 차리고 비행해!"라고 하지 않는 걸 보니 조종사로서 나를 믿는 모양이다.

여기 두 유형의 기장이 있다. 한 사람은 너무 꼼꼼해서 늘 완벽을 추구한다. 작은 실수나 규정에서 벗어나는 행동이 그의 눈에 띄면 바로 불호령이 떨어져 부기장은 비행 내내 기장의 심기를 건드리지 않기 위해 좌불안석하며 온 신경을 조작과 절차에 집중한다. 덕분에 비행은 늘 '안전하게' 끝난다.

또다른 기장은 느긋한 사람이다. 안절부절못하지도, 자신만의 절차를 강요하지도 않는다. 부기장의 실수가 눈에 띄면 일단 조용히 지켜보다가 말없이 그 부분을 수정한다. 그리고 자신의 행동을 통해 부기장이 그 차이를 발견하기를 기대한다. 같은 실수를 두 번 이상 반복하면 그때는 적당한 때를 기다려 부기장이 오해하지 않도록 자기 생각을 이야기해준다. 브리핑할 때마다 기장은 "내가 실수를 많이 하는 사람이니까 나를 믿지 말고 꼭 지적해주세요"라고 말해 부기장이 언제고 부담 없이 조언할 수 있도록 환경을 조성한다. 이들 역시 비행은 늘 안전하게 마친다.

두 경우 모두 똑같이 안전한 비행을 만들지만 부기장에게 미치는 영향은 하늘과 땅 차이다. 영어로는 'Empowering'이라고 하는데, 곧 힘을 실어주는 비행과 그렇지 않은 비행의 차이이기도 하다.

비행 중 들었던 가장 인상 깊었던 기장의 말은 "대세에 지장이 없으면"이다. 사람인 이상 실수할 수 있고 생각의 차이가 있을 수도 있다. 그런데 모든 것을 자기 생각대로 고집해 동료, 특히 부기장에게 강요하면 그들로서는 매번 기장을 바꿔 비행할 때마다 '어느 장단에 춤을 춰야 할지 모르겠다'는 불평이 나오게 된다. 평생의 꿈이었던 비행이 어느 순간 지옥 같은 고역이 되는 것이다. 때로 기장과 부기장이 인상을 쓰는 일도 생기고 심하면 비행을 마치고 눈도 마주치지 않은 채 돌아서기도 한다.

기장의 리더십은 언제나 서브미시브Submissive, 주로 타인의 말을 따라주는와 어서티브Assertive, 자신의 의지를 강제하는의 경계를 절묘하게 줄타기하는 게임이다. 나는 주로 부기장의 이야기를 최대한 들어주는 쪽이다.

"어느 구간 비행할래?"

"이 문제 어떻게 생각해? 어느 쪽이 나을까?"

"식사 먼저 골라!"

"혹시 피곤하지 않니? 먼저 컨트롤드 레스트할래? 아니면 내가 먼저 할까?"

두 가지 상황을 놓고 고민하다 부기장에게 "어떤 것이 좋을까?"라고 물었을 때는 언제나 답은 정해져 있다. 내가 미리 결론을 내고 형식상 물어보는 것이냐고? 그렇지 않다. 그 반대다. 미리 결정된 답은 바로 '부기장이 선택하는 답'이니까. 어느 쪽을 선택해도 각각 장점과 단점이 있는 결정이기에 늘 부기장이 결정한 쪽을 따르는 것이다. 왜냐하면 부기장의 선택이 옳았다면 부기장은 자신의 판단에 확신을 얻을 것이고, 기장 역시 그의 의견을 적극 반영했으니 더불어 자부할 만하니까. 만약 부기장 판단이 틀린 것으로 드러난다 하더라도 내 결정이 아니었으니 속으로 자신의 통찰력이 부기장보다 나았다는 자기 합리화(?)를 즐기게 될 것이다. 잃을 것이 전혀 없는 테크닉이다. 더불어 자기 생각만 고집하다 혹시 망신당할 일도 피할 수 있으니 더욱 기막힌 방법 아닌가!

손쉬운 CRM 기법이고 실패가 없으며 더불어 사람의 마음까지 얻는다.

경험 많은 부기장을 활용하는 기장의 소프트 스킬

부기장 시절 오사카 간사이공항으로 비행할 때의 일이다. 도착 한 시간 전 착륙 브리핑을 하려던 기장이 돌연 내게 부탁을 해왔다.

"제이, 오늘 내가 거의 한 달간 휴가 후 첫 비행이야. 그런데 공항 날씨가 보다시피 바람이 거세고 비도 내려서 조금 부담스럽네. 어때? 착륙을 부탁해도 될까?"

그는 영국 출신의 영리한 조종사였다.

"물론입니다. 물어봐줘서 고마워요. 이곳 날씨에 익숙한 제가 할 게요."

이 부탁을 하던 그의 얼굴에서는 쑥스러워한다거나 수치심 같은 표정을 전혀 찾아볼 수 없었다. 한 시간 뒤 기장이 기대한 대로 이곳에 착륙 경험이 많은 나는 06방향 활주로로 안전하게 터치다운Touch

Down, 접지시켰다.

"어때요? 최선을 다한 착륙이었는데 만족스러웠나 모르겠네요?"

그러자 그가 환한 미소를 지으며 말했다.

"내가 했다 해도 자네보다 잘 내렸을 거라고 생각지 않아. 훌륭한 착륙이었어."

한국에서 비행할 때 들었던 비슷한 일화가 하나 더 있다.

김해공항 18방향 활주로로 서클링Circling, 선회 접근을 하다 강한 측풍에 두 번째 복행Go Around, 착륙을 단념하고 상승해 재차 착륙을 시도하는 조작을 한 신참 기장이 자신보다 나이 많은 선임 부기장을 바라보며 정중하게 이야기를 꺼냈다고 한다.

"부기장님, 이번 접근은 부기장님이 해주실 수 있겠습니까? 부탁드리겠습니다."

누군가에게는 양 소매에 화려하게 수를 낸 네 개의 금줄을 단 기장이 대단해 보일 것이다. 하지만 그도 순간순간 당황하고 실수하는 평범한 사람이다. 기장이 부기장보다 나아야 할 것은 무엇보다 비행의 큰 그림을 보는 안목과 승무원들의 능력을 최대로 활용하는 부드러운 기술, 곧 CRM 기술이다.

부기장에게 언제 어떤 상황에서도 주저함 없이 말할 수 있도록 분위기를 만들지 못하거나, 또는 기장의 수치심 때문에 부기장에게 도움 요청하길 머뭇거린다면, 비록 아무 일 없이 비행을 잘 마쳤다 하더라도 그건 내가 생각하는 이상적인 비행이 아니다.

3년 전 러시아 로스토프공항에서 기장의 버티고Vertigo, 비행착각로 추락한 B737의 최종 사고조사보고서를 읽다가 잠시 생각에 잠겼다. 보고서에서는 얼버무렸지만 분명 그날 밤 둘 사이에 묘한 경쟁심과 갈등이 있었다. 기장은 부기장을 의지하지 못했고 부기장은 기장을 믿지 못하는 듯했다. 두 번의 복행을 하는 동안 부기장의 라디오 콜아웃에서는 긴장감이라고는 전혀 찾아볼 수 없었고, 마치 '내 그럴 줄 알았지'라고 비웃는 듯한 방관자적 조롱이 느껴졌다. 보고서에 따르면 그곳엔 분명 부기장이 기장을 리드하는 심각한 리더십의 공백이 존재했다. 기장은 계속 실수를 연발했다. 기장의 마지막 실수는 부기장의 너무도 차분한 콜아웃 "고 어라운드Go Around" 뒤에 시작되었다. 기장은 감정적으로 탈진된 상태였다. 그렇지 않고는 도저히 설명할 수 없는 안타까운 사고다. 만약 그날 밤 함께한 부기장이 경험 없는 신참이었다면 어땠을까?

엉뚱한 부기장

사실 나는 좀 엉뚱한 구석이 있는 부기장이었다. 대한항공을 그만두는 해에 하루는 예전에 상무를 하다 하번하고 평기장으로 근무하는, 퇴직이 얼마 남지 않은 할아버지 기장님과 비행을 하게 되었다. 그전에도 이분과 몇 번 비행을 했는데, 나를 아들처럼 편하게 대해주시곤 했다. 그런데 내가 회사를 떠난다는 이야기를 듣고는 엉뚱하게도 내게 한 가지 질문을 하셨다.

"떠나는 마당에 혹시 내가 그간 잘못한 게 있는지, 아니면 잘못 알고 비행하는 게 있는지 알려줄래?"

갑작스러웠지만 이 재미있는 요구에 장난스럽지만 진지하게 "기장님, 후회 안 하시는 겁니다? 제 얘기 듣고 나서 뒤에서 딴소리하기 없기입니다"라고 말하며 몇 번의 다짐을 받았다. 그러곤 정말 솔직하게 부기장이 상무 기장에게 처음이자 마지막으로 디브리핑Debriefing, 종료 브리핑을 했다.

"기장님 플라이트 컨트롤 체크Flight Control Check하실 때 왜 러더Rudder, 수직꼬리날개 조종장치를 그렇게 꽉꽉 차시죠? 그거 금지 조작인 거 모르셨죠?"

씩 웃으면서 이 말을 하는데 이분 얼굴이 싸하게 내려앉는 게 보였다. '아차' 하는 생각이 들 찰나, 기장님은 "언제부터?"라고 되물었다.

"제가 아는 바로는 최소 5년 전에 공지가 있었어요. POMPilot Operations Manual, 조종사운영매뉴얼에도 나와 있고요."

"그런데 왜 지금까지 아무도 나한테 얘길 안 해준 거야?"

"무서워서였겠죠. 상무님이셨잖아요!"

잠시 칵핏에 비가 내렸다. 그리고 그분이 마지막으로 남긴 말씀.

"나쁜 시키들, 그간 내가 평가받은 게 몇 번인데 누구도 얘기를 안 해주다니."

갈등 상황에서 물러서지 않기

20명에 가까운 승무원과 비행을 하다 보면 서로 갈등이 생길 수밖에 없다. 대부분은 사소한 일들로 이야깃거리가 되지 않지만 간혹 직간접적으로 기장이 개입해야 하는 경우도 생긴다.

한번은 홍콩 비행에서 레이오버Layover, 24시간 미만으로 경유지에서 대기하는 것로 호텔에 체크인할 때부터 다음 날 비행을 위해 버스에 탑승할 때까지 사무장과 대화를 전혀 하지 못한 일이 있었다. 통상 전체 브리핑 전에 사무장과 비행시간이나 터뷸런스 여부, 택시 타임이 길지, 짧을지 같은 특별한 정보를 공유한다. 그런데 그날 영국인 사무장은 나와 눈을 마주치려 하지 않았다. 부기장에게 혹시 사무장과 이야기를 나눈 적이 있는지, 서로 인사는 했는지 물었더니 그 역시 사무장 행동이 의아해 눈여겨보았다고 일러주었다. 사무장과 오해가 있었던 것은 아닌지 아무리 생각해도 떠오르는 게 없어서 부기장과는 "일단 그냥 덮고 가자"고 의견을 나누고는 비행을 시작했다. 통상 항공기가 이륙하면 이륙시간을 기준으로 예상 도착시간, 강하 20분 전 시간, 푸시백 Push Back, 항공기를 게이트에서 차량으로 밀어내는 절차 시간을 메모지에 적어 사무장에게 전달한다. 그런데 한 가지 다른 시도를 해보면 좋겠다고 생각했다. 그래서 메모지에 이렇게 썼다.

"캐서린, 좋은 아침이에요. 우리는 당신이 괜찮기를 바랍니다!"

문구 옆에 크게 '스마일'을 그려 넣고는 칵핏에 들어온 그녀에게 모른 척 건넸다. 그녀는 별다른 말 없이 음료 주문만 받고 나가더니 5분 뒤 다시 칵핏을 찾았다. 아주 환한 미소와 함께. 그녀가 들고 온 트레이에는 캐빈에서 준비할 수 있는 각종 간식거리가 과할 정도로 수북이 쌓여 있었다. 우리는 서로 웃으며 이런저런 얘기를 나눴지만 그녀가 오늘 아침 왜 그렇게 심술이 나 있었는지에 대해서는 말하지 않았다. 프라이버시니까.

이런 일도 있었다. 콜롬보에서 레이오버 뒤 호텔 체크아웃을 하는데 뒤를 돌아보니 부사무장이 서 있었다. 나를 보고도 시선을 피하면서 인사조차 안 한 채 지나치려던 그녀에게 먼저 인사를 건넸다. 좀 멀뚱한 표정이랄까, 차가운 표정이랄까. 그런 표정으로 고개만 까딱하고는 카운터로 가 체크아웃하는 그녀를 보고 나 역시 보살은 아닌지라 기분이 조금 상하고 말았다. 이후 사무장에게 넌지시 물어보았다.

"베키가 기분이 안 좋은 것 같은데 아는 거 있어? 조금 얼굴이 어두운 면이 있는 사람이지만 평상시에는 잘 웃는데 어제오늘은 피곤한

지 잘 웃지를 않네."

칵핏에 들어온 FG1First Grade1, 일등석 승무원에게도 조심스럽게 물어보았다. 그의 말은 이랬다.

"여자들 결혼하면 좀 주변에 무신경해지는 거 있잖아요. 그런 게 아닐까요?"

여전히 이들의 대답이 내게는 부족했다. 그냥 넘어갈 수도 있는 일이었지만 이런 마음으로 비행을 마치고 싶지는 않았다. 다시 사무장을 불렀다.

"첫 서비스가 끝나면 베키한테 얘기해서 칵핏으로 좀 와달라고 해줘요."

내가 직접 얘기할 수도 있지만 사무장을 통해 얘기하는 게 좀더 공식적이니까 그녀도 진지하게 임할 것이라는 계산이었다.

약 2시간이 지나고 잠시 객실에 나간 사이 그녀가 마침 프런트 갤리로 들어왔다. 그녀가 사과부터 하며 말을 꺼내자 주위 승무원들이 알아서 자리를 비켜주었다. 그녀를 데리고 칵핏으로 들어가 부기장이 듣는 가운데 대화하고 싶지는 않았다. 그래서 그 자리에 선 채로 이야기를 시작했다.

결론은 '자신은 내가 앞에 서 있는 것을 인지하지 못할 정도로 다른 생각에 빠져 있었다. 몸이 피곤하고 감기 기운이 있어 다른 승무원들과 교류가 적었다. 그래서 얼굴도 굳어 있었다' 이런 얘기였다. 나는 그녀에게 해주고 싶었던 말을 꺼냈다.

"어제 비행 시작 전 전체 브리핑에서 내가 했던 말 기억나니? 내

얼굴이 좀 경직돼 보이고 고지식해 보이는 면이 있어. 내가 군생활을 오래 해서 그래. 근데 사실 속은 그렇지 않아. 매우 털털한 사람이야. 그러니까 내 얼굴에 속아서 겁먹진 말아줘."

그녀가 고개를 끄덕였다.

"내가 그 말을 할 때와 안 할 때 비행 중 승무원들의 반응은 많이 달라. 나 많이 내성적인 사람이야. 그런데 사람들은 그런 내 모습을 종종 오해해. 친절하지 않다, 토라져 있다 등등. 그래서 늘 일부러 브리핑에서 그 말을 하는 거야. 내가 유니폼을 입고 있는 만큼은 이런 성격을 철저하게 감추고 내 일에 최선을 다해야 한다고 생각하거든. 만나는 모든 사람에게 먼저 인사하고 늘 미소를 잃지 않으려 해. 기분이 좋아서도, 힘이 넘쳐서도 아니야. 우리는 프로이기 때문에 당연히 해야 하는 일이잖아. 자네가 갓 입사한 신입이면 아직 어려서 그럴 거라고 생각해 넘어갔을 수도 있고, 만약 사무장이었다면 보스로서 존중해야 하니 이렇게 따로 불러 직접 이야기하지 않았을 거야. 그렇지만 베키는 조금 있으면 사무장이 될 사람이잖아. 리더가 될 사람이고, 지금도 중간 리더로서 업무를 수행하고 있고. 지금 내가 한 얘기를 잘 되새겨 좋은 사무장이 되어 만났으면 좋겠어."

그녀는 환한 미소를 지으며 친절히 지적해주어 고맙다고 했다. 그녀가 얼마나 내 말을 이해했는지는 모르겠지만 적어도 내가 그녀의 기분을 먼저 상하게 한 것이 있었거나, 그녀가 기장의 권위를 무시하려고 한 의도적인 행동이 아니었기에 특별한 보고서 없이 사담으로 끝을 맺었다.

잠시 후 사무장이 들어오더니 연신 깔깔대며 이렇게 물었다. 기장을 만나러 가기 전 긴장해 덜덜 떨던 그녀가 나를 만나고 와서 무슨 말을 들었는지 아주 쾌활해졌다고. 비결이 뭐냐고.

"음, 내가 그녀에게 작업을 걸었지. 하하하."

물론 모두들 내가 그녀에게 작업을 걸었을 거라 생각하진 않았을 것이다.

좋은 비행이었다.

기장이 객실 승무원을 대하는 자세

항공사에 근무하는 객실 승무원의 근무 환경은 의외로 열악하다. 외부에서 보이는 그들의 화려함은 종종 선망의 대상이 되곤 하지만, 그 이면의 현실은 무척 거칠고 험하다. 그들이 발을 딛고 서 있는 곳은 항상 흔들리고, 식사 서비스 도중 서 있기조차 어려운 터뷸런스를 아무런 경고 없이 만나기도 한다.

그들은 오늘 처음 만난 기장에게 자신의 안전을 전적으로 맡긴 상태로, 또 터뷸런스 위험에 무방비로 노출된 채 항공사 최일선에서 근무하는 이들이다. 그래서 나는 항상 브리핑 시간에 승무원들에게 이 말을 꼭 전한다.

"기장인 내게는 승객의 안전도 중요하지만 여러분의 안전도 무척 중요합니다."

거의 한 달에 한 번 정도는 승무원이 근무 중에 다치는 일을 목격한다. 손가락이 끼이거나 까진, 뜨거운 물에 데거나 낙하물에 맞아 발등이 부어오른 승무원을 볼 때마다 안타까운 마음을 주체할 수 없다. 기장으로서 내가 해줄 수 있는 것은 산업재해 보고서에 사인을 해주는 것과 따뜻한 위로의 말을 건네는 것이 고작이다. 이들의 평균 나이는 스물다섯 정도인데, 내 눈에는 걸스카웃이나 보이스카웃 아이들 같아 항상 마음이 놓이지 않는다.

한번은 서비스 도중 화상을 입은 승무원이 있다는 소식을 사무장으로부터 보고받았다. 비행 후 승객이 모두 내릴 때까지 칵핏에 남아 있다가 캐빈백Cabin Bag을 끌고 이동하는 승무원 한 명 한 명과 눈을 마주치면서 감사 인사를 전하는 중이었다. 그때 한 손을 다른 손으로 감싸 쥔 승무원이 보였다.

"네가 해나지? 뜨거운 물에 데었다는?"

그녀가 활짝 웃으며 고개를 끄덕였다.

"어디 좀 보여줘. 상태가 어떤지 확인해보자."

덮었던 다른 손을 치우자 상처가 드러났다. 왼손 검지와 중지 안쪽에 물집이 크게 잡혀 있었다.

"약은 바른 거지?"

비행 중 보고를 통해 그녀가 화상 연고를 사용했다는 이야기를 들어 사정을 알고 있음에도 다시 물었다.

"약을 발랐으니 상태가 더 나빠지지는 않을 것 같아요, 기장님."

안쓰러운 얼굴로 다시 물었다.

"물집이 터지면 상태가 나빠지니까 터지지 않게 조심해. 그대로 가라앉았으면 좋겠다. 혹 레이오버 중에 상태가 나빠지면 참지 말고 병원에 가도록 하자. 사무장이나 나에게 꼭 연락해."

그녀 얼굴에 환한 미소가 번졌다.

나는 모르는 사람에게 먼저 말 거는 걸 어려워하는 성격이다. 더욱이 그 사람이 금발의 외국인 여성이라면 더욱 불편해지는 지극히 내성적인 성격의 한국 남자다. 하지만 유니폼을 입은 순간만큼은 내가 내성적이라는 걸 사람들은 잘 알아채지 못한다. 승무원들에게 늘 먼저 다가가 따뜻한 말을 건네고, 비행 중 마주치는 승객에게도 눈인사를 잊지 않아서일 것이다.

좋은 기장과 나쁜 기장의 기준이 단순히 항공기를 안전하게 이륙시키고 착륙시키는 것에 국한된다면 항공사들이 기장을 선발할 때 엄청난 비용을 지출하면서까지 인터뷰를 진행하지 않을 것이다. 기장 선발을 위해서는 왕복 비즈니스 항공권과 4박 5일간의 숙박 그리고 정교한 인터뷰 구성, 훈련된 산업심리학자와 전문 인터뷰어 섭외, 시뮬레이터 평가 등에 수천만 원의 비용이 들어간다.

항공사가 원하는 기장은 조종수가 아니라 조종사다. 자신이 이끄는 팀의 리더로서 명확한 소명의식과 책임감을 가지고 그들과 공감의 끈을 팽팽하게 유지하며 자상한 아빠처럼 아픔을 나누고 다독일 줄 아는 사람이어야 한다. 신뢰할 수 있는 사람이라는 것을 행동과 말을 통해 승무원들에게 적극 알려야 한다. 그래야 진정한 기장이 될 수 있다. 말이든 행동이든 승무원들로부터 공감을 얻어내는 역할의 책임은 항상 기장에게 있다.

군대에서 좋은 리더는 '공은 항상 부하에게 돌리고 과는 자신이 책임지는 지휘관'이라고 말한다. 민항사도 다르지 않다. 과를 기장이 짊어지면 일이 쉬워진다. 할 수 있을 때마다 칭찬을 아끼지 말고 구성원에게 적극 다가가야 한다. 그러면 비행을 마치고 헤어질 때 기장과 눈을 마주치며 인사하기 위해 그들이 먼저 다가올 것이다. 그래서 조종수가 아니라 조종사라 불리는 것이다.

어느 조종사의 인터뷰

기장 승급 인터뷰에서 두 번 연속 떨어진 스티브는 어쩌면 마지막이 될 세 번째 인터뷰를 앞두고 있었다. 예정된 시간보다 10분 일찍 회사 3층 운항부의 기장 인터뷰 시험장에 도착한 그는 대기실 의자에 앉아 연신 손바닥을 초조하게 비벼댔다.

이전 두 번의 인터뷰에서 그는 지식이나 상황 판단, 리더십 부족이라는 대표적인 인터뷰 탈락 항목이 아닌 다소 황당한 이유로 고배를 마셨다. 두 번 모두 소장인 스테판이 인터뷰 상대로 배정되었는데, 마음 착한 스티브는 구 동독 공군 조종사 출신인 이 나이 많고 고지식한 소장 때문에 지난 일 년간 악몽 같은 시간을 보내야 했다. 자신이 아직도 공군에 복무하고 있는 줄 착각하는 듯한 스테판은 지극히 보수적인데다 군기와 매너를 강조하는 독특한 리더십의 소유자였다. 그런데 세 번째 인터뷰 상대 역시 소장 스테판으로 결정된 것이다.

인터뷰가 시작되자 스테판은 연기를 시작했다. 터무니없는 핑계를 대며 기장을 압박했고 스티브가 내놓는 모든 결정을 다소 모욕적일 만큼 거칠게 반박했다. 사람 좋은 스티브는 터무니없는 부기장 스테판의 도전을 그의 기분을 상하게 하지 않으면서 해결하기 위해 이러저러한 방법을 시도했지만 여의치 않았다. 그러는 사이 부기장의 도전은 점점 그 수위가 높아졌다. 기장 앞에서 소리를 질러대며 얼굴이 벌게져 날뛰는 스테판에게 기장 승급 대상자 스티브는 진땀을 뺐다. 그러다 어느 순간 돌연 그의 얼굴이 일그러지고, 분노의 눈빛이 잠시 일렁이는가 싶더니 이내 사그라들었다. 그러더니 조용히 자리에서 일어나 가지고 온 서류를 가방에 아무렇게나 쑤셔 넣고는 인터뷰실을 떠나려고 문을 열었다. 그때 소장 스테판이 돌아선 그의 등에 대고 소리를 질렀다.

"너 그 문 나가면 영원히 기장 못 할 줄 알아, 이 나약한 XX야!"

이 소리에 스티브가 갑자기 멈칫하더니 고개를 숙인 채 돌아섰다. 돌아선 그의 눈은 분노로 가득 차 있었고 눈물이 그렁그렁했다. 스티브는 소장을 노려보며 나지막이 포효했다.

"스테판, 한 마디만 더 해봐! 죽여버리겠어. 이 정신병자 XX야!"

모든 게 끝난 것 같았다. 자리에서 짐을 챙겨 일어났을 때 그는 이미 기장이 되기를 포기했다. 그리고 처음이자 마지막으로 내뱉은 한마디 때문에 어쩌면 회사를 떠나야 할 수도 있었다. 다시 고개를 돌려 방을 나가려는데 스테판이 갑자기 달려들었다. 순간 놀라 움츠린 스티브가 잠시 후 올려다본 곳에는 스테판이 짓궂은 소년의 미소를 가득 머금고 그를 내려다보고 있었다.

"축하해! 스티브. 이제야 네가 이곳 기장이 되기에 충분한 깡이 생겼구나! 행운을 빈다, 캡틴!"

이어 급히 서명한 기장 추천서를 스티브 손에 꼭 쥐어주고는 아빠 미소로 악수를 청했다.

기장이 생각하는 CRM

400여 명의 승객과 20여 명의 승무원을 책임지는 기장의 입장에서 이해하는 CRM은 '이용 가능한 모든 인적 자원을 최대한 활용해 최선의 결과를 도출하는 것'이다.

이를 위해 나는 승무원들을 믿고 그들에게 많은 걸 맡기는 방법을 택한다. 이런 리더십은 언제나 준수한 성과를 낸다. 기장으로서 가장 주의하는 일이 바로 불필요한 간섭이다. 놔두면 다 알아서 하는 일을 하나씩 간섭하기 시작하면 리더나 직접 일을 하는 팔로워 모두 곱절의 힘이 든다.

첫째, 문제가 발생했을 때 사태를 정확히 파악하기 위해 많은 질문을 한다. 그리고 최대한 먼저 들으려 한다. 최선의 방법은 결국 기장 머리에서 나오는 게 아니라 승무원들 의견에서 나오는 경우가 대부분

이기 때문이다. 한번은 카이로에 도착한 직후 두바이공항이 일시 폐쇄되었다는 소식을 듣고 승무원들과 호텔로 이동한 적이 있다. 이때 승무원들이 원하는 것이 무엇인지 먼저 물었다.

"유니폼을 세탁해주세요."

"충분한 휴식이 가능하도록 해주세요."

"룸서비스를 포함한 식사를 지점에서 처리해주세요."

정말 중요하고 필요한 요구들이었다. 이렇게 정리된 머리로 지점장을 만나 하나하나 요청하니 모두 들어주었다. 내 머리에서 나온 생각이 아니었다.

둘째, 문제가 발생했을 때 승무원들에게 생각할 시간, 토의할 시간을 준다. 중앙유압장치가 고장 나 비상착륙을 해야 하는 상황에서 처음부터 나는 착륙 이후의 상황을 머리에 선명히 그리고 있었다. 익숙한 고장이었으니까. 부기장에게 '이것은 이렇고 저것은 저래서 이렇게 흘러갈 것이다'라고 말하고 싶은 욕망이 목까지 차올랐지만 참았다. 왜냐하면 부기장이 스스로 문제를 이해하고 답을 찾아 내게 조언할 기회를 주고 싶어서다. 이렇게 기다리면서 아주 작은 부분만 보완해주면 그와 나는 동일한 페이지를 보고 비행하는 좋은 동료가 된다. 그도 자신을 뿌듯하게 여기며 자신감을 얻을 수 있다.

승무원들을 믿고 일을 맡기고, 문제가 발생할 경우 생각할 시간을 주며, 찬찬히 이야기를 들어주면 그들의 능력을 최대로 활용할 수 있다. 신뢰가 CRM의 출발점이다.

조종사와 담배

지금은 상상할 수도 없지만 예전에는 조종석에서 나이 든 기장님이 담배 피우던 시절이 있었다. 담배를 피우지 않는 부기장에게는 고역스러운 순간이었다. 피우지 말라고 대놓고 항의할 수도 없으니 차라리 그 시간 화장실에 다녀오기도 했다.

한번은 양해도 구하지 않고 바로 담배를 빼어 무는 용감한(?) 기장님을 본 부기장이 사이드 콘솔에서 풀 페이스드 옥시즌마스크Full Faced Oxygen Mask, 얼굴 전체를 감싸는 산소마스크를 뽑아 들고는 고개도 돌리지 않은 채 뒤집어썼다고 한다.

"뻐끔, 뻐끔."

"쉬익, 쉬익."

아, 용감하다!

나의 동료를 시험하지 않게 하소서

단체로 움직이다 보니 가끔 늦는 사람이 나온다. 늦잠을 자거나 슈트케이스Suit Case, 승무원용 개인 가방를 수하물 찾는 곳에 두고 나와 나머지 승무원들을 기다리게 하는 일이 종종 생긴다. 그런데 지켜보니 이렇게 늦게 나온 잠꾸러기가 버스에 올라타며 "미안합니다" 하고 사과하지 않고 그냥 자리에 앉는 경우가 있었다. 처음에는 매너가 없다고 생각했다. 몇 번 불러서 좋게 지적해준 적도 있다. 그러다 깨달았다. 이들도 잘못을 알고 있으며 단지 당황해서 행동하지 못했을 뿐이라는 걸.

요즘은 어느 한 사람이 버스에 늦게 오르면 일부러 박수를 쳐준다. 당황했을 거라고 위로하면서 기장인 나도 같은 실수를 저지른 적이 있다고 다들 들으라고 큰 소리로 말해준다. 그러면 기다렸다는 듯 나머지 승무원들도 같이 환호해준다. 사실 승무원들은 기장의 눈치를 보고 있었던 것이다. 늦은 동료를 걱정하기보다 기장이 이 일로 짜증을 낼까 싶어서다. 이런 와중에 기장이 아무 일 아닌 것으로 선언해주니 그간 마음을 짓누르던 걱정이 일순간 사라져 모두 환호하는 것이다. 그리고 부르지 않아도 지각한 승무원이 찾아와 얼굴 가득히 진심어린 미소를 담고 고마워한다. 야단치지 않고 보호해주어 고맙다는 표현을 이렇게 하는 것이다.

어느 방법이 좋은가?

"사무장님, 아까 지각하고도 버스에 오르며 사과하지 않은 막내 승무원을 잠시 칵핏으로 오라고 해주세요!"

"놀랐지? 괜찮아. 나도 늦잠 자고 가방도 두고 오는 실수를 해봐서 잘 알아. 원래 우리 모두 실수해."

우리는 늦게 나온 승무원을 꽁한 맘으로 지켜보는 것과 같은 우를 종종 범한다. 실수하지 않는지 시험하지 말자. 시험하지 않으면 그도 선의를 의심하지 않는다.

좌석벨트 사인

"손님, 당장 자리로 돌아가 앉으세요!"

그녀가 매섭게 눈꼬리를 추켜올리고는 나를 향해 손가락질하다가 마지막에는 눈까지 부라렸다. 순간 예상치 못한 승무원의 기세에 눌려 움찔하다가 "난 지금 돌아갈 수가 없는데?"라고 말하고 말았다.

그날 나는 칵핏에서 70미터를 내려와 목적지를 불과 몇 미터 앞에 두고 예상치 못한 복병을 만났다. 그래도 내가 멈추지 않고 계속해서 갤리 쪽으로 나아가자 그녀는 내게 소리까지 지를 기세였다. 그때 그녀를 향해 등을 돌렸다.

"Crew." (승무원)

갈아입은 회사 파자마 등에 새겨진 글씨를 보고 그녀의 얼굴에는 순간 당혹감이 번졌다. 그제야 자신이 방금 기장에게 손가락질하며 눈까지 부라렸다는 사실을 깨달은 눈치다.

"기장님, 미안합니다. 좌석벨트 사인이 들어와 있어서 모두 앉아 있는 상황이라 기장님인 줄 몰라봤습니다. 정말 미안합니다."

좌석에 앉아 벨트까지 꼼꼼히 맨 채 나를 올려다보는 이 영국인 부사무장은 손까지 앞으로 모으며 미안해했다.

"아닙니다. 그럴 수 있지요. 제가 사인을 켜고 내려왔으니 이런 오해는 제 탓이기도 하네요."

그렇게 CRCCrew Rest Compartment, 승무원 휴식공간 문을 열고 계단을 오른 다음 맨 안쪽까지 허리를 잔뜩 숙이고 들어와서는 좌측 기장용 침대에 누웠다. 그러곤 한참을 생각했다. 만약 승객이 용변이 급해 좌석벨트 사인이 들어온 상황에서 화장실을 향했다면 승무원들은 매번 승객에게 "당장 좌석으로 돌아가세요!"라고 인상을 쓰며 소리를 질렀을 게 아닌가. '이건 승무원들 잘못이 아닌 기장 잘못이다. 내가 좌석벨트 사인을 너무 안일하게 생각하고 있었구나' 싶었다.

이후 비행 전 승무원들과 갖는 브리핑에서 다음과 같은 규칙을 전달해 오해의 소지를 없애려 노력했다.

"오늘내일 비행 중 좌석벨트 사인이 들어오면 이건 비행기가 터뷸런스에 들어갔거나 들어갈 가능성이 있다는 경고적인 사인입니다. 승객들이 좌석에 앉아 벨트를 매는 게 가장 이상적이겠지만, 만약 용변이 급한 승객이 있다면 막지 말고 보내주십시오. 정말 모든 승객이 좌석에 앉아 절대 이동해서는 안 되는 상황이라면 제가 별도의 방송이나 인터폰으로 사무장께 알리겠습니다. 만약 예상치 못한 극심한 터

뷸런스와 조우해 승객이 다친다면 그건 여러분 책임이 아니라는 점을 말씀드립니다. 기장인 제 책임입니다."

이렇게 말해둔 뒤로는 비행 중 좌석벨트와 관련한 승객과 승무원 간의 실랑이가 더는 발생하지 않았다. 대신 기장인 내 책임이 조금 더 무거워졌을 뿐.

두 가지 중 하나를 선택해야 한다. 극심한 터뷸런스로 승객과 승무원의 부상이 발생하지 않을 것이라는 확신이 드는 안전한 경로를 택해 비행하거나, 피치 못할 경우 미리 서비스를 중단시키고 모두 좌석에 앉힌 다음 어느 정도의 터뷸런스를 감내한 채 악기상 지역을 통과하거나. 후자의 경우는 동남아 지역처럼 기상레이더 상의 위험 지역이 100마일을 넘어가는 등 너무 광범위해서 좌측이나 우측으로 완전히 회피할 수 없는 상황이거나 간혹 연료가 부족해 더는 보수적인 회피를 감당하지 못할 때 행해야 한다. 사무장에게는 이 경우 최대한 세부적인 상황을 설명해둔다. 터뷸런스가 언제 시작되어 언제까지 이어질 것으로 예상되는지 미리 알리는 것이다. 물론 예상이 언제나 맞는 건 아니다. 지나고 나면 열에 아홉은 자리에 앉히지 않았어도 되었을 터뷸런스였다는 자책을 한다.

그래도 이 규칙을 지속하고 있다. 왜냐하면 아직까지 단 한 명의 승객과 승무원도 내가 책임지는 항공기에서 터뷸런스로 다친 경우가 없었기 때문이다. 대개 10시간의 비행에서 승객과 승무원들이 모두 자리에 앉아 대기해야 하는 시간은 30분 이내다.

P.S. 비행 중 터뷸런스는 지역과 계절에 따라 천차만별이다. 예전 대한항공에서 A330을 탔을 때다. 인천에서 오사카로 향하는 2시간 내내 극심한 터뷸런스로 승무원들을 모두 좌석에 앉혀둔 채 모든 서비스를 포기한다는 사과 방송까지 한 적이 있다.

"기장님의 판단을 믿으셔야 합니다."

조종사와 관제사, 서로의 마음 읽기

방콕에 접근하는 일이 만만치 않았다. 사막 조종사라 그런지 비구름이 나를 잘 따라다니는 것만 같다. 접근경로 스타STAR, Standard Terminal Arrival Route, 표준터미널도착경로에 뇌우구름이 자리했다. 조종사들 용어로 '풀 스타Full STAR'를 따라갈 수 없는 조건이었다. 다음 이미지에서 빗금 친 부분이 뇌우구름, 파란색으로 그린 경로가 관제에서 허락한 루트, 노란색으로 그린 경로가 실제 비행 루트다. 접근이 시작되면서 눈치 빠른 전직 ERJ 기장 출신 부기장에게 "절차를 따를 수 없다고 얘기해줘!"라고 말했더니 바로 이해하고 유창한(?) 영국 영어로 태국 관제사에게 전했다. 예상대로 관제사는 알아듣지 못했다. 그사이 다른 항공기들이 끼어들었고 우리는 뇌우 속으로 선회해야 할 순간에 이르렀다.

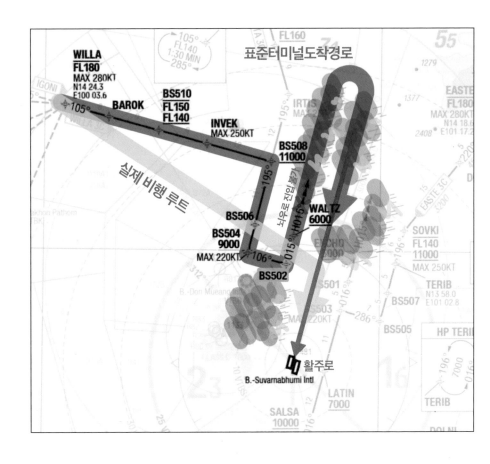

"다시 요구해줘, 못 알아들은 거야!"

다행히 두 번째 요구가 너무 늦지 않게 이뤄졌고 부기장 역시 센스 있게 옆에서 한마디 한마디 '엄지 척'을 해가며 내 의도를 놓치는 법 없이 완벽히 관제에 전달했다.

"BS502 이후 더이상 스타를 따를 수 없습니다. 이후 헤딩Heading, 방위, 기수 방향 120도를 허가하거나 그대로 우선회해 ILSInstrument Landing System, 계기착륙시스템 접근 허가를 받을 수 있도록 해주세요!"

두 명이 비행하지만 마치 한 몸이 된 것처럼 상황을 판단하는 데에 전혀 이견이 없었다. 이러면 폭풍 속에서 접근해도 마음이 편하다.

관제사에게 미리 의도를 밝히지 못하고 시간이 닥쳐서 기상 회피를 요구하면 자칫 비상을 선포해야 할 상황에 몰릴 수 있어 미리미리 조종사와 관제사가 동일한 판단과 조치를 할 수 있도록 협의해야 한다. 비행 안전에 매우 중요한 일이다. 거기에 더해 훌륭한 부기장의 서포트까지 받을 수 있다면 뇌우로 둘러싸인 구름 골짜기로 들어간다 해도 차분히 대응할 수 있는 것이다.

다행히 우린 파이널 접근경로를 그대로 따르지 않고 바로 '스트레이트 인 클리어런스Straight In Clearance, 직진입접근 허가'를 받아 안전하게 착륙했다.

훌륭한 부기장 덕이다.

내가 비행 바꿔 달라고 해볼까요?

기장 승급 최종 평가를 16시간 앞둔 어느 날, 회사로부터 문자메시지를 받았다.

"스케줄이 변경되었으니 회사 포털에서 확인하십시오."

좋지 않은 소식이었다. 기장 승급 최종 평가비행이 겨우 16시간밖에 남지 않은 상황에서 일정이 변경되었으니 어느 훈련 조종사가 이를 반기겠는가? 포털에 들어가 확인하니 비행 준비를 마친 독일 함부르크공항이 아닌 아프리카 케냐의 나이로비공항으로 비행 계획이 바뀌어 있었다.

"음. 케냐 나이로비공항을 언제 가봤더라…."

미간이 찌푸려지면서 낮게 신음을 내뱉었다.

워드로 정리해둔 그간의 비행 기록을 열어 검색 버튼을 눌렀다.

1장

영문으로 'N, B, O' 세 글자를 입력하고 엔터키를 치자 마지막으로 나이로비로 비행했던 기록이 화면 좌측에 나타났다. 커서를 움직여 링크를 클릭하자 4년 전 기록으로 순간 타임머신을 탄 것처럼 화면이 이동했다. 우선 지금은 사용하지 않는 예전 포맷이었다.

'아, 이곳에 한참 동안 가지 않았구나.'

그뿐이 아니었다. 승객으로 들어갔다가 다음 날 화물기를 몰고 독일 프랑크푸르트공항으로 비행했던 기록이었다. 결국 나는 내 손으로 케냐 나이로비공항에 접근이나 착륙을 한 번도 해본 적이 없었다. 운이 없기는 했지만 그렇다고 비행을 거부할 수 있는 것도 아니었기에 서둘러 준비를 시작했다.

그때였다. 메일 한 통이 도착했다. 열어보니 내일 함께 비행할 평가관이었다. 영국인 기장이었던 스티브는 기장 승급 시뮬레이터에서 나와 한 차례 만났던, 서로 안면이 있는 사람이었다. 그가 내게 평가 전에 메일을 보낸 것이다. 의외였다.

"안녕, 제이! 내일 나이로비로 기장 승급 최종 평가를 함께 가는 스티브입니다. 스케줄이 갑자기 바뀌어서 당황하고 있을 것 같아 메일 보냅니다. 이런 종류의 스케줄 변경은 나로서도 당황스러운 상황이라서 한 가지 당신의 생각을 물어보고 싶습니다. 나이로비공항으로 비행을 다녀온 적이 있나요? 만약 이곳으로 비행해본 경험이 없다면, 그래서 부담스럽다면 그렇다고 알려주세요. 내가 스케줄러에게 전화해서 비행을 취소하거나 변경하도록 요구해볼게요. 시간이 얼마 남지 않았으니 빨리 답장 주기 바랍니다."

함께 시뮬레이터를 한 번 탄 사이일 뿐인데 이런 메일을 주어서 솔직히 놀라웠다. 나를 도와주려고 이렇게까지 나선다는 게 바로 이해가 되지 않았다. 잠시 고민한 뒤 답장을 썼다.

"스티브, 친절한 메일 주어서 우선 감사드립니다. 확인해보니 그곳에 승객으로 들어가 다음 날 화물기를 몰고 나온 적은 있습니다. 그렇다고 스케줄러에게 연락해서까지 피하고 싶지는 않습니다. 나이로비로 기장 승급 최종 평가비행을 그대로 진행하겠습니다. 단 한 가지 부탁드려도 되겠습니까? 제가 그곳으로 비행한 경험이 없으니 비록 내일 비행이 평가비행이긴 하지만 보편적 수준의 부기장으로서의 서포트를 기대해도 좋겠습니까? 답변 기다리겠습니다."

그날 저녁 메일함에 다음과 같은 답장이 와 있었다.

"물론이죠. 중간 정도 기량의 부기장이 할 수 있는 조언과 서포트를 제공할 테니 걱정하지 말고 내일 회사에서 봅시다."

다음 날 아침 나이로비공항 도착 두 시간 전, 나는 PFPilot Flying, 해당 구간에서 조종을 맡은 조종사로서 먼저 FMS에 예상되는 도착Arrival과 접근Approach 경로를 선택해 입력하고는 스티브에게 확인을 부탁했다. FMS 버튼을 하나하나 눌러 입력사항을 확인하던 그가 갑자기 나를 향해 돌려 앉으며 빙긋 웃으며 이렇게 말했다.

"기장님, 제가 이곳 나이로비에 몇 번 와본 사람으로서 조언을 드리자면, 기장님이 입력하신 도착과 접근 경로는 그곳 관제사가 일반적으로 발부하는 경로가 아닙니다. 여기 이 접근에서 이 트렌지션Transition, 경로을 선택하는 게 맞다고 조언드립니다."

물론 나는 마음씨 착한 부기장이자 나의 평가관인 스티브의 조언을 받아들여 경로를 수정한 뒤 브리핑을 시작했다. 그의 조언대로 케냐 관제사가 준 접근 경로는 FMS에 입력된 그대로였다. 수정이 필요하지 않았다.

이후 접근이 시작되는 첫 웨이포인트Waypoint, 항로상의 특정 지점인 IAFInitial Approach Fix, 최초접근지점를 떠나며 나는 FMS가 제공하는 강하각 정보를 그대로 따라가는 자동모드인 VNAVVertical Navigation, 수직유도 정보제공 항행 모드를 사용해 강하를 시작했다. 이때 부기장 스티브가 내게 다시 한 번 조언을 해주었다.

"기장님, 제가 이곳에 자주 와본 경험에서 드리는 조언인데요. 이곳은 해발고도가 높고 표준 대기와 온도 차이가 많이 나서 통상 FMS의 강하각 정보가 부정확합니다. 그래서 그대로 따라가다 보면 마지막 순간에 갑자기 높아지는 경향이 있습니다. VNAV 모드보다는 파워를 모두 줄이고 일찍 강하할 수 있는 FLCHFlight Level Change, 비행고도자동변경 모드로 비행하는 게 좀더 안전할 것 같다는 생각이 듭니다. 그냥 조언입니다."

물론 기장인 나는 부기장 스티브의 조언을 100퍼센트 신뢰하고 바로 FLCH 버튼을 눌러 강하율을 증가시켰고, 안전하게 활주로 연장선에 도달한 뒤 속도를 줄여 계기착륙장치 전파를 캡쳐Capture하고 3도 강하각을 따라 내려가 활주로에 B777을 안착시켰다.

항공기를 게이트에 정지시키고 엔진을 끈 다음 셧다운 체크리스트Shutdown Checklist를 요구했다.

"파킹 브레이크Parking Brake?"

그가 읽고 내가 응답했다.

"셋Set!"

이제 절반의 비행이 끝났다. 그런데 그가 갑자기 나를 바라보며 씨익 웃는다.

"파킹 체크리스트 컴플리트. 캡틴 제이! 그간 승급훈련에 수고 많았습니다. 이제부터는 제가 두바이까지 몰고 가겠습니다. 기장 승급 평가 통과를 축하합니다."

왕가의 VIP 승객과의 일화

6박 7일간 방콕과 시드니 비행을 마치고 아침에 두바이로 돌아왔다. 돌아오는 비행기에서 잠시 스트레칭을 하려고 객실에 나갔더니 승무원들이 누군가와 재미있게 이야기를 나누고 있었다. 자세히 보니 일등석 파자마를 입고 있는 젊은 여자 승객이 객실 승무원 의자에 자연스럽게 앉아 있었다.

그런데 무슨 생각이 들었는지 이 대화에 끼어들었다. 분위기로 보거나 나이로 보거나 어쩌면 같은 항공사 승무원일 수도 있겠다는 생각이 들어 혹 승무원이냐고 물었다. 곧바로 고개를 끄덕이기에 '아, 그래서 이 친구들이 이렇게 분위기 좋게 스스럼없이 이야기를 나누는구나' 싶어 한참 수다를 떨었다. 어느덧 화제가 E항공 여자 조종사로 넘어갔다.

혹 몇몇 왕족 출신 여자 조종사와 비행해본 적이 있느냐는 질문에 나는 한 번 만난 적이 있다는 얘기와 이들이 아주 인상적인 훌륭한 조종사였다는 말로 훈훈하게 대화를 마무리했다. 혹시나 하는 생각에 "어디 출신이시죠?"라고 묻자 여자 승객은 "두바이요"라고 밝게 웃으며 대답했다. 그런데 두바이 출신 승무원일 리 없다는 생각이 갑자기 들어 "아까 승무원이냐는 질문에 그렇다고 하지 않으셨냐"고 다시 물어보니 좀 전에는 질문을 잘못 들었단다. 승무원이 아니라면서도 이 젊은 승객은 무슨 생각인지 나를 바라보며 연신 웃느라 바쁘다.

승객과 너무 오래 실없는 소리를 했다는 생각이 들어 짧게 인사한 뒤 칵핏에 돌아와 앉았는데 대화 자리에 같이 있었던 승무원이 따라 들어왔다.

"기장님, 그 승객이 누군지 아세요?"

"무슨 소리죠? 그 승객이 누군데요?"

"그 일등석 여자 승객, 두바이 공주님이에요. 하하."

"맙소사!"

혼돈에 빠진 부기장

대한항공이라는 최고의 회사에 입사한 뒤 부기장으로 비행을 하면서 가장 힘들었던 건 어떻게 공부해야 하는지 막막했던 점이었다. 비행 때마다 새로운 기장을 만났는데 이분들 생각과 절차가 모두 조금씩 달랐다. 작은 차이야 개인적인 것이라 치부할 수 있지만 가끔 내 조작이나 생각에 정색을 하고 야단치는 기장님을 만나다 보니 어느 장단에 맞춰 춤을 춰야 할지 난감했다. 그때마다 물러서지 않고 공손히 물어보았다.

"기장님, 죄송한데 그렇게 말씀하시는 근거를 어디에서 찾아봐야 할까요?"

"그걸 내가 왜 알려줘? 니들이 찾아야지!"

곁눈질 한번 찔끔 하고는 그때부터는 고개마저 돌리곤 대응해주지 않았다. 처음 몇 번은 비행 뒤에 정말 모든 매뉴얼을 늘어놓고 뒤지기도 했다. 하지만 대부분 답을 찾지 못했다. 대한항공에서 보냈던 첫일 년은 이렇게 좌충우돌 흘러간 힘든 시간이었다. 그러다 우연히 사무실 근무를 제안받았다. 그것도 운항품질부 간행물검열관Publication Auditor이라는 근사한 자리였다. 두 번 생각할 것도 없이 당장 근무에들어갔다. 그리고 마침내 그곳에서 그렇게 애타게 찾아 헤매던 질문의해답들을 얻을 수 있었다.

그곳은 각 기종의 검열관급 선임 한국인 기장 다섯 명과 동일한숫자의 선임 외국인 기장 다섯 명이 근무하는 곳이었다. 이분들이 매주 특정 이슈를 두고 테이블에 둘러앉아 토의하는 광경을 보고 있노라면 입이 딱 벌어지곤 했다. 논리적이고 박식한 데다 30년 가까이 비행한 경험까지 훌륭한 지식에 버무려져 나오는 토론을 보다 보면 시간가는 줄 모르고 빠져들었다.

혹 어떤 문제에 관해 질문이라도 할라치면 대부분 몇 분 안에 근거가 되는 규정을 가지고 돌아와 자세하게 설명해주거나 혹 그 근거를찾지 못하면 미안하다고 사과까지 하고는 언제까지 자료를 찾아 다시알려주겠다고 하시던 분들이었다. 이곳에서 배운 네 가지가 이제는 그분들 나이가 되어가는 내게 흔들리지 않는 기준이 되었다. 소개하면이렇다.

하나. 근거 없는 지식은 입에 올리지도 마라. 경험에서 나온 것이면 경험이라고 말해라.

둘. 10명의 훌륭한 검열관이 가진 10가지 다른 생각이 있기 마련이다. 서로가 다르다는 걸 인정하고 나만 옳다는 생각을 버려라.

셋. 사소한 것에 목숨 걸지 마라. 나무만 보다가 숲을 놓치는 우를 범한다. 무엇이 더 중요한지 늘 생각해라.

넷. 당신을 흔드는 주변의 말에 기죽지 말아라. 늘 정답은 그들의 입이 아니라 규정에 있다.

비행 교관의 자격

"교관은 스승이고 스승은 타의 모범이 되어야 하는 사람이다."

시절이 변하긴 했어도 유교사상이 뿌리 깊게 남아 있는 한국에서 여전히 스승은 존경받아 마땅한 대상이다. 그런데 조종사들이 비행훈련을 통해 기억하는 교관의 모습은 어떤가? 타의 모범이 되는 사람이었는가? 아니면 타의 모범이 절대 되지 못할 사람이었는가? 단정적으로 교관 대부분이 후자라고 말하진 않겠다. 적어도 우리는 '그 사람은 교관이어서는 절대 안 되는 사람이었어'라고 기억하는 이가 한두 명쯤 있을 것이다.

처음 대한항공에 입사해 A330 초기 교육을 받을 때 내게는 두 분의 교관이 배정되었다. 정교관과 부교관이었는데, 이 두 분은 스타일이 극과 극이었다. 초기에는 대부분 정교관과 OE_{Operation Experience, 운}

항경험훈련 과정을 진행했는데, 당시 나는 극심한 스트레스를 받았다. 전혀 교감이 되지 않는 사람이었기 때문이다. 이를테면 동남아로 가는 야간비행에서 그는 이륙하자마자 칵핏의 모든 등을 최저 밝기로 낮추고 한마디 말도 없이 6시간가량을 날아갔다. 교관 행위도 없었고 대화도 없었다. 깜깜한 밤에 학생조종사는 별들과 조종석 계기만 번갈아 바라보며 멍하니 앉아 있을 뿐이었다. 훈련이 중반에 들어섰을 때 하루는 이런 말씀을 해주셨다.

"개선이 안 되면 추천해줄 수 없어요. 생각해서 해주는 말인데 지금 연장 훈련에 들어갈 상황이에요. 경각심을 가지세요."

그러던 어느 날 차가웠던 그가 갑자기 빠지고 무슨 이유에서인지 부교관이 비행을 하기 시작했다. 훈련 종료까지는 약 10소티Sortie, 비행 횟수 정도 남아 있는 상태였다. 그분 스타일은 정교관과 반대로 이륙해서 순항에 들어가면 야간에 칵핏 등을 최대로 밝혀두었다. 그러곤 이렇게 말했다.

"I have control, I have radio."(조종과 교신을 모두 혼자 하겠다는 뜻)

"자네는 지금부터 내가 하는 질문에 대답만 하면 되는 거야. 규칙은 간단해. 비행은 걱정 마. 내가 다 할 거니깐. 내가 질문하면 최대한 알고 있는 한도에서 최선을 다해 대답해봐. 그리고 내가 아니라고 하면 저 뒤에 있는 매뉴얼에서 답을 찾아 나에게 보여주면 되는 거야! 쉽지?"

말레이시아 쿠알라룸푸르공항까지 밤새워 날아가는 사이 조종석 구석에 비치된 운항 매뉴얼 키트가 모두 세 번 나왔다 들어가기를 반복했다. 그런데 다음 날 돌아오는 길 바람이 좀 심하게 부는 인천공항에서 조종간을 내게 넘기는 게 아닌가.

"그냥 편하게 하면 돼. 잘 보이려고 하지 말고, 자네가 군에서 하던 대로 안전하게 내려봐."

항공기를 안전하게 착륙시키자 그분은 이렇게 이야기했다.

"역시! 참 잘한다. 자네 에이스야. 연장 없어도 되겠어. 내일모레 평가니까 그렇게 알아!"

두 교관님을 기억하며 조종사 여러분에게 묻고 싶다. 우리가 기억하는 교관은 어떤 모습이었는가? 존경할 만한 스승이었는가?

너무 직설적인 부기장을 다루는 법

호주 콴타스항공은 최장 기간 무사고 기록을 보유한 세계 최고 항공사 중 하나다. E항공에 근무하게 되면서 여러 나라에서 온 조종사들을 자주 접하다 보니 어떻게 콴타스항공이 영국이나 미국 같은 항공 종주국보다 이 부분에서 우월할 수 있었는지 알게 되었다.

호주인들을 지칭할 때 보통 영어 표현으로 "We make no bones about it"이라고 말하곤 한다. 한국말로 바꾸면 "아, 그 사람 화끈해. 기면 기고 아니면 아니야. 대신 뒤끝은 없어"쯤 될 것이다. 호주인들이 그렇다. 이 친구들은 비행 중 돌려 말하는 법이 없다. 모든 지적은 직접적이고 즉각적이다. 그러다 보니 오해할 여지를 남기지도 않는다. 친한 호주 친구가 소장(직속 상관)과 비행한 이야기를 해주었는데, 비행 중 소장이 하도 헤매기에 바로 조종간을 빼앗았다는 것이다. 농담이 아니다. 이 친구들이 실제로 이렇다.

호주 출신 기장들은 객실 승무원 중에 지시에 불응하는 사람이 있을 경우 한번 얘기해보고 아니다 싶으면 바로 근무에서 배제시킨다. 이러다 보니 회사 내에선 악명이 높다. 종종 이런 성격 때문에 갈등이 일어나지만 뒤끝이 없어서 좋긴 하다. 정당한 지적에는 바로 꼬리를 내릴 줄도 안다.

내게도 그런 일이 있었다. 호주 부기장이 비행 중 내 조작에 대해 지적한 것이다. 처음엔 조언으로 생각하고 웃으며 넘어가려 했다. 그런데 그다음에는 내가 비행 중 감정적으로 불안해 보인다는 것이다. 전날 착륙 중 부기장이 20피트까지 당김을 하지 않기에 "플레어Flare, 착륙 직전의 당김 조작, 강하율을 줄여 부드럽게 착륙하는 기술!"라고 콜아웃한 것에 기분이 상했던 듯하다. 이 정도 되면 정리가 필요하다 싶었다. 그래서 곧바로 이렇게 이야기했다.

"말 잘했네. 자네, 사람들이 말하는 호주와 비호주 조종사의 차이라는 것 들어봤어? 나는 호주 사람들 성격에 대해 좀 알아. 뒤끝 없이 화끈한 거. 그 점 존중하고 비행 안전에 도움을 주는 조언들도 언제나 환영해. 하지만 동양 사람들은 상대방에게 조언할 때 때와 장소를 조심스럽게 골라서 예의를 갖춰서 하지. 상대방이 오해하지 않도록 말야. 물론 자네에게 그 문화를 따르라고 강요할 마음은 전혀 없어."

그러자 그가 바로 질문을 던졌다.

"그 문화라는 게 어떤 건데?"

그의 눈에서 진정성이라는 게 보였다. 정말 알고 싶어 하는 표정

이었다.

"오늘 네 태도는 동양 문화에선 아주 무례한 거야. 그런데도 내가 뭐라고 하지 않은 건 이곳이 한국이 아니기 때문이지. 솔직히 네 태도가 나는 많이 불편해. 동양인 기장에게 조언을 하려면 상대방이 자라온 문화환경이 다르다는 걸 이해하려는 노력도 조금은 필요하지 않을까? 이런 문화적 차이에 대해 이해하지 못하는 사람들 중에 유독 호주 조종사들이 많아! 어제 브리핑실에 들어오던 널 처음 본 순간 내가 무슨 생각을 했는지 알아?"

이 말까지 하자 그는 눈이 휘둥그레진 채로 나를 쳐다보았다.

"속으로 'Shit!'이라고 했어. 비행 정말 힘들겠다고 생각했지. 왜냐고? 같이 비행할 동료와 처음 인사하면서 마치 똥 씹은 표정에 눈도 마주치지 않고 브리핑실에 들어오는 사람은 네가 처음이었거든. 지금까지 나와 대화하면서 한 번도 얼굴에 미소를 보이지 않은 거 알아? 솔직히 아주 불편해. 왜 옆 사람을 불편하게 만들지? 리더가 되고 싶으면 옆 사람도 배려해야 하지 않을까?"

이야기가 많이 격해지면서 속으로 무척 걱정이 되었다. '아, 이거 괜히 시작했네, 어떻게 정리하지?' 싶어서.

이야기를 다 들은 부기장은 이렇게 말을 꺼냈다.

"기장, 미안해. 조언해줘서 고맙고. 사실 요즘 회사에 실망한 게 많아서 그래. 그리고 내가 미소를 짓지 않은 건 어릴 적 이를 다쳐 치열이 고르지 못한 데서 온 콤플렉스 때문이야."

이 말을 듣자 조금 미안한 생각이 들긴 했지만 그래도 여세를 이어갔다.

"나를 봐!"

윗입술을 잔뜩 올리고 입꼬리를 끝까지 말아 아주 큰 미소를 지어 보였다.

"네가 보기에 내 치열이 예뻐 보여? 나 역시 마찬가지야. 내 치열이 고르지 않은 데에 다른 사람은 신경도 안 써. 따라해봐! 연습이 필요해. 입꼬리 올리고, 입술도 더 올리고, 좀더, 좀더!"

놀라운 건 이 친구가 이걸 바로 받아주었다는 것이다. 호주 조종사들의 이런 면이 맘에 든다.

오해 없길 바란다. 이 사례는 정말 드문 경우다. 나는 부기장에게 정말 잘해주는 사람이다!

1장

북한 그리고 러시아 관제사와의 추억

2000년대 들어 북한과 사이가 갑자기 좋아졌던 시기가 있었다. 그때 잠시 미국에서 돌아오는 민항기들이 북한 영공(정확히는 비행정보구역이라 부르는 FIR[Flight Information Region])을 통과해 인천으로 돌아오는 일이 가능했다.

새해 첫날은 관제사들 일이 더 힘들다. 모두가 새해 인사를 건네고 그 답사(?)를 듣고 싶어 하기 때문이다. 관제사들은 "새해 복 많이 받으세요"라는 말을 수없이 반복해 아마 자다가도 중얼거릴 지경이었을 것이다.

그날도 새해 첫날이었다. 미국에서 돌아오던 길에 우리 항공기는 북한 영공으로 진입했다. 그러곤 평양컨트롤 관제사에게 "새해 복 많이 받으세요"라고 조심스럽게 인사를 건넸더니 곧바로 "조종사 동무도 새해 복 많이 받으시라요"라는 인사가 돌아오는 게 아닌가. 기장님과 서로 바라보면서 "오호!" 하고 웃던 기억이 생생하다. 시간이 흘러 북한 미사일이 동해로 발사되고 "북한 영공을 통과하는 남조선 괴뢰 민항기의 안전을 보장할 수 없다"는 황당한 발표가 있기 얼마 전, 마지막으로 북한 영공을 통과하는 비행이 있었다. 다른 조종사에게 들은 이야기다.

"평양컨트롤, 안녕하십니까. 대한항공 ○○○편 위치 보고합니다."

이렇게 몇 번 교신을 이어가자 북한 관제사가 냉전시대 모드로 어느새 바뀌어서는 "동무는 말이 너무 많아. 원래 하게 돼 있는 말만 하라우!"라고 했단다.

그로부터 며칠 뒤 북한 영공은 폐쇄되었다.

사람 냄새 폴폴 풍기는 러시아 관제사와의 추억도 있다. 그해는 B777 항공기에 휴대전화의 문자메시지 기능과 비슷한 CPDLCController Pilot Data Link Communication, 관제사·조종사간 데이터통신시설라는 장비가 처음으로 운영되던 해였다. 관제사나 조종사나 이 신기한 물건을 어떻게 사용해야 하는지 그 절차가 완성되기 전이었다. 절차가 만들어지면 그 다음부터는 사람 냄새가 나지 않는다. 미국에서 돌아오는 길에 시베리아 상공으로 들어서며 마가단관제소에 CPDLC를 처음으로 연결했다. 그리고 위치 보고를 전송하자 "띵" 하는 경쾌한 소리와 함께 마가단관제소로부터 회신 문자가 도착했다. 아주 짧은 단어였다.

"Hi!"

기장님과 이걸 보고 한참을 웃다가 우리도 "Hi!"라고 답해주었다. 그러자 이번엔 지금도 생각하면 웃음 나는 문자가 들어왔다.

"How are you?"

지금부턴 그냥 대화 수준이다.

"I'm fine and you?"

"Its very cold here."

이제는 이런 문자놀이를 하지 못한다. 처음이라 그럴 수 있었을 뿐.

기장과 부기장의 차이

간혹 부기장 중에 회사에서 잘나가는 보직자들이 있기 마련이다. 그런데 가끔은 너무 일찍 '웃자란' 이들이 문제를 일으키곤 한다.

부기장 알렉스는 플릿Fleet의 소장을 보좌하는 부소장 아래의 데퓨티Deputy, 부소장 대리 정도의 직책이었다. 그런데 이 사람, 아주 행실이 못됐다. 사정이 있어 몸이 아프지 않은데도 아픈 척 병가를 내는 조종사를 찾아내 처벌받게 하는 짓을 종종 했던 모양이다. 머리는 좋았던 것 같다. 그러다 보니 기장들도 한동안 그의 눈치를 보는 황당한 지경에 이르렀다.

그러던 어느 날, 알렉스와 착하기가 부처님 같은 기장 리처드가 함께 비행을 하게 되었다. 대서양을 건너는 비행 중에 PF는 기장 리처드였다. 비행 중 매시간 인근 공항의 기상을 데이터 통신장비인

ACARS Aircraft Communication Addressing and Reporting System, 공중·지상 데이터 통신시스템를 통해 뽑아보던 리처드에게 갑자기 부기장 알렉스가 퉁명스 러운 표정으로 한마디 했다.

"기장, 그거 알아? 그렇게 매번 ACARS로 기상 데이터를 뽑아보 는 건 회사 스탠더드 절차가 아니야!"

다소 무례했지만 황당한 이 말에(이렇게 기상 데이터를 뽑아보는 것이 일반적이다) 기장이 웃으며 "그럼, 어떻게 하는 게 회사 절차인데?"라고 되물었다. 그러자 알렉스는 빈정거리며 "매시간 정각에 나오는 볼멧 VOLMET, Volume Meteorological, 국제선을 비행하는 항공기의 운항에 필요한 항공 기상 통보, 주요 비행장의 일기 개황 및 예보를 음성으로 제공함을 켜서 귀로 듣고 확인하는 게 회사 절차지. 기장이 아직 그것도 몰라?"라고 받아쳤다.

사실 볼멧규정은 사문화된 규정이나 마찬가지였기에 얼굴에 웃 음기를 머금은 기장 리처드가 다시 물었다.

"알렉스, 너 지금 나랑 농담하자는 거지?"

"아닌데? 나 지금 진지한데? 당신은 지금 회사에 불필요한 비용 이 지출되게 하는 거야!"

이쯤 되자 사태를 파악한 리처드는 웃음기 사라진 얼굴이 되어 그를 한참 바라보다가 마침내 가라앉은 목소리로 시선을 피한 채 이렇 게 말했다.

"내가 잘못한 것 같네. 오늘과 내일모레 돌아오는 비행에서 매시 간 볼멧으로 기상을 파악하도록 하자. 네 뜻대로 할게. 회사 부소장 대 리니 잘 아시겠지. 그 대신!"

리처드는 음흉한 미소를 머금으며 말을 이었다.

"기장 권한으로 네게 이 중요한 업무를 위임할게. 앞으로 매시간 빠뜨리지 말고 주변 공항 다섯 곳 이상 찾아서 볼멧으로 기상정보 파악해 내게 확인받아!"

찰리 채플린의 마음을 얻다

'공감하다'를 '서로의 마음을 읽다' '서로의 진심을 읽다'로 달리 표현해보고 싶다.

필리핀 마닐라공항으로 가는 비행에서 항로기장으로 동승했을 때의 일이다. 마음 선한 20년 차 인도인 기장과 나는 먼저 도착해 있었고, 부기장은 약물 및 음주 검사로 뒤늦게 브리핑실에 들어왔다. 그런데 순간 내 눈을 의심했다. 후줄근한 행색에 자기 몸보다 한 치수는 커 보이는 유니폼 재킷을 걸치고, 치켜 올려 쓴 모자와 그 속에 부풀어 오른 단정하지 못한 곱슬머리까지 한, 마지막으로 이발소에 가본 게 한 일 년쯤 되어 보이는 사람이 등장했기 때문이다. 찰리 채플린을 보는 줄.

그런데 이상하게도 이 스물여섯 청년의 황당한 외모가 거슬리지 않았다. 그의 눈을 보고는 '아, 이 친구 귀여운 갈색 푸들 같다'는 생각만 들었다. 내성적인 성격에 말소리가 너무 작아 몇 번을 되물어야 했지만, 비행 내내 이 친구가 너무나 사랑스러워 어쩔 줄 몰랐다.

마닐라에 도착하고 다시 엉망으로 구겨진 때 묻은 모자를 부풀어오른 곱슬머리 위에 엉성하게 얹은 그를 보고는 웃음이 나서는 결국 이렇게 말을 건넸다.

"자네, 나랑 사진 좀 찍자! 어디에도 올리지 않을 거야. 약속해!"

웃음을 감추지 못하고 기어이 이 친구와 사진을 여러 장 찍었다. 돌아오는 비행에서는 궁금한 마음을 누르지 못하고 기어이 물어보고 말았다.

"분명 이유가 있을 거야. 왜 그런 머리에 그런 유니폼을 입고 다니는지 말해줄 수 있어?"

잠시 서로 눈을 바라보았다. 그가 전한 말은 예상대로였다.

"이혼하고 저를 떠난 어머니가 어릴 적 제 더부룩한 곱슬머리를 싫어해서 언제나 짧게 깎게 했어요. 전 어린 마음에 그게 정말 싫었고요."

재혼한 아버지가 새어머니 사이에서 동생 두 명을 낳았다는 말에 나는 다시 질문을 이어갔다.

"새어머니는 자네에게 잘해주셨나?"

이 말에 고개를 돌리는 그를 보고 답을 듣지 않아도 된다고 생각했다.

"나는 군 장교 출신이라 사실 자네처럼 유니폼 스탠더드를 무시하고 머리도 단정하지 못한 사람에게 그리 관대하지 않아. 하지만 어떤 이유에서인지 자네 눈을 바라보고는 사랑하지 않을 수 없었어. 하지만 자네를 위해 꼭 한 가지만은 조언해주고 싶어. 지금은 부기장이라 그냥 넘어갈 수 있지만, 기장이 된 뒤에도 이러면 안 돼. 왜냐하면 20여 명 승무원의 리더로서 자네는 롤모델이 되어야 하기 때문이야. 그들이 자네처럼 유니폼을 입는다면 자넨 어떤 말도 그들에게 해줄 수 없을 거야. 자네가 그들의 롤모델이라는 걸 잊지 말아야 해."

이렇게 말하고는 활짝 웃어주었다.

두바이로 돌아와 헤어지려는데 이 친구가 사랑스러운 눈망울을 하고는 "기장님, 어려운 일 있으면 연락 주세요!"라고 말하는 게 아닌가.

순간 당황해서는 "야, 그건 기장인 내가 부기장한테 할 말이지!"라고 말하며 헤어지는데 속으로 '이 녀석 뭐지? 혹시 내가 모르는 왕족인가?' 싶은 생각이 들었다. 이 친구가 앞으로 어떻게 성장할지 몹시 기대되었다.

처음엔 내가 그의 마음을 읽었다면 이후엔 그가 내 마음을 오해 없이 읽어주었다.

1장

등 뒤에서 따라오는 부기장

"비행기에 끌려가지 말고 늘 앞서서 나가야 한다."

조종사는 매 순간 내 에너지와 주변 환경에서의 위치를 파악하고 내가 원하는 비행 상태를 유지하기 위해 냉철한 판단을 해야 한다. 이 판단이 결여되었을 때를 가리켜 '비행기에 끌려간다'고 말하는데, 영어로는 "Behind the aircraft"라고 표현한다. 상황판단력을 상실한 조종사가 조종하는 항공기는 사실 '조종사 없이 혼자 날아가는 상태'라고 할 수 있다.

내게도 이와 관련된 일화가 있다. 군 수송기 부기장 시절, 정기공수 임무로 군산공항에서 막 나오려는데 무슨 이유에서인지 기장이 기본 절차를 건너뛰며 무척 서둘렀다. 부기장인 내가 미처 따라가지 못할 만큼 재촉하는 바람에 나는 조종석에 앉아 있기는 했지만 사실

'비행기에 끌려가고 있는 상태'였다. 이륙 허가를 요청하고 곧바로 항공기는 활주로를 달리기 시작했다.

얼마 지나지 않아 계획된 이륙 속도인 "VR" 콜아웃을 외치자 기장이 조종간을 당겨 이륙 자세를 만들었다. 그런데 순간 무언가 잘못되었다는 걸 느꼈다.

"아, 씨, 이거 왜 이래?"

잔뜩 조종간을 당겨도 항공기는 좀체 부양되지 않았고 활주만 계속 이어갔다. 미간에 잔뜩 주름을 잡은 채 끙끙거리다시피 항공기를 이륙시키려 조종간을 당기는 기장의 모습이 어깨너머로 보였다. 다행히 활주로는 전투기가 이륙하기에도 충분할 만큼 길었고 우리는 아주 가벼웠다. 잠시 어려움을 겪긴 했지만 어쨌든 부양했고, 고도 1000피트를 넘어서자 우리는 이륙을 위해 내려둔 고양력장치인 보조 날개, 곧 플랩Flap을 올릴 순서에 다다랐다.

"플랩스 업!"

기장 지시에 따라 플랩을 올리려고 손을 가져다 댔는데, 이럴 수가! 아무것도 잡히는 게 없었다. 순간 화들짝 놀라 플랩레버가 내려가 있어야 할 자리를 보았다. 그런데 그곳에는 레버가 위치해 있지 않았다. 우리는 이륙을 위해 필요한 플랩을 내리지 않은 상태로 활주로를 내달린 것이었다.

늘 장난기 많던 선배는 너무 놀란 나머지 오른손 주먹을 입에 밀어넣고는 경악스러운 표정을 지었다. 그날 우리는 단지 '운이 좋아서' 살아남은 거였다. 비행은 그런 것이다. 펑퐁을 하듯 절차를 서로 확인

Cross Check하고 단계별 체크리스트가 정확하게 완료되지 않으면 그다음 단계로 넘어가지 못하도록 규정을 만들어둔 것은 모두 이런 실수를 방지하기 위해서다.

비행훈련을 막 시작한 학생들이나 민항사에 들어온 지 얼마 되지 않은 신참 부기장은 종종 항공기에 끌려가고 있는 상태를 경험한다. 그럴 때면 이렇게 달래준다.

"너무 심하게 자책하지 마!"

경력이 부족한 신참은 늘 그런 것이다. 같은 상황을 마주해도 기장과는 이해의 깊이가 다르고 똑같은 공항 자료와 기상정보를 읽어도 판단에서 큰 차이가 날 수밖에 없다. 부기장이 만약 비행기에 끌려가고 있다면 십중팔구 기장의 잘못이다. 어떤 상황에 대해 미리 브리핑해주었다면 피할 수 있었을 것이기 때문이다.

부기장이 기장이 보는 것의 전부를 볼 수는 없을 것이다. 그렇지만 적어도 비행기 뒤에서 따라오는 게 아니라 칵핏 안에서 따라올 수 있도록 상황 인식을 공유하고 필요하다면 기다려주어야 한다. 그래야 기장의 실수까지 막을 수 있다.

2장

의심하지 마, 네가 내린 거야!

E항공 조종사 인터뷰

2011년, 두바이 E항공 본사 2층 면접실.

미셸은 E항공의 현역 B777 기장으로 이 항공사의 조종사 채용을 담당하는 프랑스계 캐나다인이다. 첫날은 지원자들에 대한 시뮬레이터 실기평가와 컴퍼스테스트Compass Test, 수학과 항공상식 테스트 및 공간지각력·지각반응신속성 검사 등가 이뤄졌고, 둘째 날 오전에는 세 시간에 걸쳐 심리검사를, 그 결과에 기반해 오후에는 심리학자와 한 시간 동안 심층 심리 면접을 진행했다. 지원자 가운데 총 열두 명이 살아남았다.

셋째 날에는 팀을 이룬 세 명의 지원자에 대한 세 단계의 '집단문제해결Group Problem Solving' 평가가 실시될 예정이었다. 인터뷰는 총 나흘 동안 서바이벌 방식으로 진행되는데, 셋째 날까지 지원자 절반 이상이 탈락해 회사가 마련한 비행 편으로 두바이를 떠났다.

의심하지 마, 네가 내린 거야!

미셸은 응시자들이 들어오기 전 HRHuman Resources, 인사관리팀의 캐서린과 진행 방식에 대한 논의를 마치고 테이블에 질문지 세 부를 올려놓았다.

집단문제해결 2단계 질문지

- 지구온난화로 인류 멸종이 임박한 지구에서는 유엔의 주도로 선정된 이주 행성에 총 10명의 인류를 선발해 우주선으로 대피시킬 계획이다. 여러분들은 최종 10명을 선정하라(총 30명의 이름, 직업, 나이, 성별이 적힌 별도의 리스트가 제공됨).
- 문서를 읽고 토론에 주어진 시간은 총 30분이다. 30분 안에 10명을 선정하지 못할 경우 전원 불합격 처리한다.

지원 조종사들이 들어왔다. 아일랜드 라이언에어 출신 35살 영국인 총각 다니엘, 그리고 얼마 전 파산한 영국 토마스쿡항공 출신 45살 영국인 조나단(역시 노총각) 그리고 기혼인 동양인 남자였다.

미셸은 두 영국인 조종사들보다는 이 동양인, 정확히는 한국인 조종사에게 관심이 더 많았다. 공군 수송기 조종사 출신에 대한항공에서는 A330과 B777을 모두 타 다른 이들에 비해 경력이 좋았고, 시뮬레이터 평가와 컴퍼스테스트 그리고 심리검사에서 상위 성적을 받았기 때문이다. 그를 추천한 사람들의 추천서도 아주 공들여 쓰여 있었기에 좋은 조종사임에는 의심의 여지가 없어 보였지만 그의 영어 실력에는 의구심을 떨치지 못했다.

한 시간 전 실시된 집단문제해결 1단계에서 그의 약점이 여실히 드러났다. 분명 그의 영어에는 문제가 있었다. 주어진 과제는 "비행 중 비상 발생 시 회항 공항의 선택과 진행"이었다. 북극해 상공을 비행하는 항공기 칵핏을 가상해 지원자 세 명은 롤 플레이를 통해 대체 공항을 선정하고 진행했다. 문제는 의사 결정 과정에서 한국인 조종사의 참여도가 아주 미미했다는 것이다.

2단계에서도 참여가 저조하면 캐서린과 미셸은 그를 돌려보낼 생각이었다. 한국인 지원자는 파트너가 된 조종사들의 영국식 영어에 고전하고 있었다.

"지금부터 읽기에 들어갑니다. 제한 시간 30분이 지금부터 적용됩니다. 시작!"

세 조종사는 동시에 주어진 두 장의 문제지를 읽어 내려갔다. 5분 정도 시간이 지난 뒤 두 영국인 조종사는 읽기를 마치고 나머지 한 명, 한국인 조종사가 고개 들기를 기다렸다. 그는 아직도 문제지를 읽고 있었다. 만약 30분 안에 문제를 해결하지 못하면 자기들도 탈락하기에 더이상 못 기다리겠는 듯 한 명이 나섰다.

"자, 모두 읽었으면 우리 누구를 보낼지 선정하자."

이 말에 아직 문제지를 읽고 있던 한국인 조종사는 고개를 들어 그들에게 말했다.

"조금만 시간을 더 줘. 아직 못 읽었어."

이 말에 두 조종사는 "그래, 다 읽으면 알려줘"라고 말하며 한 발 물러섰다.

1분 뒤 그는 다 읽었다는 표정으로 고개를 들었고, 조나단은 영국인 특유의 강한 엑센트로 말했다.

"논의를 시작해볼까?"

그때 한국인 조종사가 다시 한 번 염치없이 끼어들었다.

"잠깐만, 미안한데, 내가 모르는 단어가 몇 개 있어! 이거, 이거, 이거 의미 좀 설명해줄래?"

단어 의미를 설명하는 데에 또다시 몇 분이 흘렀다. 이제 남은 시간은 20분이다. 두 명의 얼굴에는 시간 압박 때문에 스트레스가 묻어났다. 다니엘이 주도하려는지 먼저 말문을 열었다.

"자, 그러면 리스트의 첫 사람부터 토론해보자."

그런데 또다시 한국인 조종사가 손을 들었다.

"시작하기 전에 한마디만 의견을 얘기해도 될까? 미안한데, 나 때문에 시간을 너무 많이 소모해서 우리는 지금 한 명 한 명에 대해 토의할 시간이 없어. 우선 각자 10명을 고르고, 서로 비교해서 공통적으로 선발된 사람들은 토론 없이 선정하자. 그리고 나머지 부족한 숫자만 토론으로 채우면 어떨까?"

두 조종사가 반색하며 속으로 '이 사람 제법이다'라고 생각하는 게 보였다.

"그거 좋은 생각이다."

"그럼, 빨리 각자 10명을 고르자!"

이때 HR팀 캐서린이 얼음같이 차가운 목소리로 제지했다.

"투표는 오늘 허용되지 않아요!"

그러자 한국인 조종사가 바로 반박했다.

"저는 이게 투표라고 생각하지 않는데요? 효율의 문제라고 봅니다."

캐서린이 바로 옆 동료를 돌아보았다. 동의를 받을 셈이다. 그런데 지금껏 지켜보던 미셸 기장은 캐서린과 생각이 달라 보였다. 아까부터 그는 이 동양인의 뻔뻔한 배짱이 맘에 든 것 같았다. 그가 어깨를 씰룩이며 문제 되지 않는다는 몸짓을 보이자 캐서린도 어쩔 수 없다는 듯, 하지만 여전히 쌀쌀한 말투로 "그럼, 그냥 진행해요"라고 말했다.

세 조종사는 먼저 공통으로 선정한 7명을 제외하고, 나머지 3명에 대해서만 토론을 진행해 결국 30분 내에 10명을 여유 있게 선발했다.

결과는?

문제를 해결하는 가운데 줄곧 부족한 동료를 배려한 두 영국인 조종사 합격!

부족한 영어를 인정하고 이를 커버할 창의성과 배짱을 보여준 한국인 조종사 역시 합격!

집단문제해결 평가에서 세 구성원이 모두 합격한 팀은 그날 이 팀이 유일했다.

이상은 김치찌개와 사랑에 빠진 나의 벗 조나단과 입사 후 사귀던 한국인 승무원과 결혼한 다니엘 그리고 나의 E항공 입사 인터뷰였다.

기장이 되려면 반드시 통과해야 하는 과정

"이런 경우가 어디 있습니까? 기장님! 이건 아니지요. 왜 긴 비행 시간으로 인해 추가된 부기장에게 정당한 휴식을 주지 않는 겁니까?"

얼굴은 벌겋게 달아오르고 성난 황소처럼 콧구멍에서 연신 뜨거운 김을 내뿜는 부기장 데이비드가 내 얼굴에 자기 얼굴을 바짝 가져다 대고는 눈까지 부라린 채 위협했다. 내 머릿속은 '내가 강단 있게 이 사람을 쳐내야 하는 거야? 아니면 화가 나 이성을 상실한 부기장을 달래 함께 비행해야 하는 거야?'라는 생각으로 복잡했다. 결정해야 할 순간이었다. 나는 내게 더 편한 쪽, 지금 잔뜩 화가 나 소리를 지르는 부기장의 얘기를 좀더 들어보기로 했다.

"화를 좀 가라앉히고 찬찬히 설명해봐. 지금 두바이에서 몰디브까지 3시간 30분 비행, 몰디브에서 콜롬보까지 1시간 30분 비행에서 어떻게 내가 추가된 부기장인 너에게 휴식시간을 보장할 수 있는지 근거를 가지고 차분히 얘기해줘. 듣고 타당하면 들어줄게!"

그제야 부기장은 화가 조금 가라앉았는지 앞에 놓인 비행계획서 뒷면에 그래프까지 그려가며 찬찬히 설명했다.

"오늘 직무를 수행하는 기장, 부기장 두 분은 비행 중에 나누어서 1시간 30분씩 휴식을 취했으니, 저는 몰디브에 착륙한 이후 지상에서 1시간 정도 휴식을 달라는 겁니다."

순간 '큰 문제는 아니다. 어디에도 그렇게 하라고 규정에 쓰여 있는 건 아니지만 그렇게 하지 말라고 제한하는 규정도 없다'는 생각이 들었다.

"알았어, 이해했어. 100퍼센트 만족스럽진 않지만, 오늘 비행에서 나는 네 참여가 꼭 필요해. 우리는 한 팀이어야 하니 네 제안을 받을 생각이야. 부기장 스티브, 너는 어때?"

"저도 동의합니다."

그 순간 씩씩거리며 울분을 토하던 부기장 데이비드가 갑자기 찡그렸던 얼굴을 풀더니 벌떡 일어나 손을 쑥 내밀었다.

"축하해 제이. 당신은 방금 회사 기장 승급 입과 인터뷰를 통과했어."

이제야 비로소 그는 화가 나 씩씩거리던 다혈질 부기장 데이비드의 역할을 끝내고 기장 승급 심사관 세라가 되어 내 앞에서 환하게 웃었다. 그러고는 2주 전 심리검사와 1주 전 심리상담사와의 인터뷰 결과가 적힌 서류 한 장을 테이블 너머로 쓱 건네며 읽어보라고 눈

짓했다.

"기장 승급 대상자의 영어능력만 점검하십시오. 이 외에 저희 쪽에서는 이의가 없습니다."

이어 부기장 역을 맡았던 세라가 덧붙였다.

"지난 한 시간 동안 당신의 지식이나 성격, 문제해결능력에는 사실 별 관심이 없었어. 당신은 알아채지 못했겠지만 나는 정말 다양한 방법으로 당신의 영어능력을 테스트했고, 질문을 달리해 반응을 살폈어. 당신 영어능력은 기장이 되기에 충분해. 여기 내 추천서야."

그는 준비한 폴더에서 기장 승급 추천서를 꺼내 이름을 적고 사인을 한 뒤 내게 넘겨주었다.

"행운을 빌어, 제이. 그리고 축하해."

그날 내 코앞까지 다가와 소리를 질러대며 씩씩거리던 부기장을 어떻게 다뤄야 하는지 순간 갈등했지만, 사실 어느 쪽을 선택했더라도 정답은 없는 시나리오였다. 그저 나를 코너로 몰아 영어능력이 기장으로서 자격이 없는 수준으로까지 떨어지지 않는지 보려는 의도였던 것이다. 다행히 나는 말려들지 않았다.

이것이 내가 치른 그 악명 높은 E항공 기장 승급 인터뷰 가운데 하나다. E항공의 기장 승급 인터뷰의 1차 탈락률은 50퍼센트에 달한다. 탈락할 경우 통상 6개월에서 1년 이후에나 재시도 기회가 주어진다. 두 번 탈락하면 기장 승급은 거의 불가능하다.

이곳 인터뷰는 비행 기량은 기본이고 기장으로서 지식과 상황판단능력, 영어능력, HR팀의 개인 기록, 거기에 심리검사 결과를 적극 반영해 개인별 시나리오를 준비한다. 심리검사와 이어진 심리상담사와의 인터뷰 결과를 통해 파악된 기장 승급 대상자의 성격상 약점을 심사관은 집요하게 파고드는데, 어떤 사람은 너무 많이 알기에 다른 사람의 말을 귀담아듣지 않아 탈락하고, 어떤 사람은 다른 사람 말을 너무 많이 들어 결단력 없이 우유부단하다는 평가를 받아 떨어졌다.

승객이나 객실 승무원의 말이나 행동에 공감하지 못한다거나 이들을 보호하려는 의지를 보여주지 않는 경우에도 이곳에서는 기장이 될 수 없다. 이는 공감능력 결여로 대표적인 탈락 사유다. 자신의 약점을 스스로 인정하고 이를 극복할 능력이 있음을 보여주는 것이 기장 승급 인터뷰의 핵심이다.

공감능력이 부족한 조종사

"당신은 공감능력Empathy이 부족해서 기장으로서 자격 미달입니다."

8년 전 같이 입사한 동기생 하나가 기장 승급 인터뷰에서 떨어졌을 때 들었던 탈락 사유다.

처음 E항공에 입사한 뒤 가장 생소하게 다가왔던 주제가 바로 이 '공감능력'이었다. 항공사 승무원들이 매년 재교육받아야 하는 CRM 수업에서도 공감능력의 중요성은 늘 강조되었다. 한국에서도 CRM 교육을 받았지만 이곳에서 공감능력에 주어지는 무게감만큼은 아니었다.

기장 승급 인터뷰의 대표 탈락 사유가 이 공감능력 부족인데, 친한 동기생마저 이 문제로 아직까지 기장이 되지 못했다. 이 친구의 승급 인터뷰에서 주어진 시나리오는 아주 단순한 것이었다.

야간 이륙 제한시간(통금)이 부여된 어느 공항에서 푸시백 직전 객실 승무원 하나가 몸이 좋지 않다는 연락을 칵핏으로 해왔다. 바로 푸시백을 하지 않으면 공항 통금으로 항공기가 붙잡혀 승객들 모두 호텔로 이동해야 할 수도 있는 상황이었다.

여러분이 기장이라면 어떤 결정을 내리겠는가.

정답은 없다. 단, 이 시나리오가 주어진 데는 이유가 있다. 인터뷰 전에 실시한 심리검사에서 공감능력 부족 성향이 발견되었던 걸 그는 몰랐던 것이다. 여기서 그는 자신으로서는 제일 자연스러운 선택을 했지만 보편적 상식으로는 가장 나쁜 선택을 하고 말았다.

"바쁘니까 그 문제는 이륙 후에 다루도록 하고 일단 이곳을 떠납시다."

"미안하지만, 당신은 탈락입니다."

굳은 표정의 평가관은 곧바로 인터뷰를 중단했고, CRM 교육과 심리상담사와의 추가 인터뷰 일정에 대해서만 간략히 설명하고는 자리를 떠났다.

이와는 상반된 사례도 있다.

몇 년 전 싱가포르공항에서 이륙 후 엔진이 폭발해 화재가 발생하고, 연료탱크에 구멍이 나 연료가 세는 데다, 일부 유압라인이 절단되어 슬랫Slat, 주날개 전연부에 설치된 가동식 또는 고정식의 작은 보조날개이 내려오지 않는 등 자그마치 58개의 결함 메시지가 뜨며 심각한 손상을 입은 A380을 안전하게 착륙시킨 기장이 있었다.

호주 콴타스항공의 기장 리처드 챔피언은 착륙 후 터미널에서 승객들을 모두 모아놓고 브리핑을 실시했다. 그가 자신을 포함한 승무원과 승객이 오늘 함께 겪은 사고의 종류와 조치 절차 그리고 앞으로 콴타스항공이 승객에게 제공할 서비스에 대해 브리핑하고 이어진 질문에 답변하는 데 소요한 시간은 자그마치 두 시간이었다. 그는 브리핑을 마치며 자신의 핸드폰 번호를 앞에 크게 적어두고 "만약 콴타스항공이 제가 말한 이 사항들을 지키지 않는다면 제게 전화를 주십시오. 제가 책임지고 해결하겠습니다"라고 말했다고 한다.

물론 기장의 핸드폰은 모든 승객이 그들의 목적지에 도착할 때까지 한 번도 울리지 않았다. 이런 '기장의 역할'은 비상이 발생한 항공기를 그간 갈고닦은 지식과 기량을 발휘해 안전하게 착륙시켜 승객과 승무원 그리고 항공기를 구함으로써 그 역할을 다했다고 생각하는 우리의 전통적 '기대치'와는 다소 차이가 있다.

이제 한국의 승객도 기장의 역할이 단순히 고장 난 항공기를 안전하게 착륙시키는 것에 그치는 게 아니라 그들과 공감하고 불안을 다독여주며 항공사를 대표해 마지막까지 승객들 편에서 그들을 보호해주는 '진정한 리더'이기를 기대하고 있다.

보안을 우려해 승객과 분리되어 늘 닫힌 조종실 너머에만 머물러야 했던 기장은 비상이 발생하면 승객들을 위해 스스로 그 폐쇄성을 걷어내야 한다. E항공 같은 항공사가 왜 공감능력이 부족하다는 이유로 다른 항공사라면 문제 삼지 않았을 선임 부기장을 승급에서 배제하는지 이제 이해가 될지 모르겠다. 항공사는 브랜드의 가치가 그 어떤 사업보다 중요하다. 비정상 상황이 발생했을 때 콴타스항공 기장처럼 승객들과 공감할 수 있는 능력을 갖춘 기장이 현장에서 발휘하는 리더십이 광고에 수백억 원의 돈을 쓰는 것보다 더 큰 가치를 만든다는 것을 이들은 오래전부터 알고 있었던 것이다.

항공사 입사 인터뷰에서 내가 떨어지지 않은 이유

중동에서 비행을 하다 보면 아시아에서 비행할 때 경험하지 못한 색다른 체험을 하게 된다. 승객 대부분이 무슬림이기 때문에 특정한 시간에 그들이 신성시하는 사우디아라비아의 메카를 향해 절하며 기도하는 의식을 비행 중에도 거르지 않는다. 그래서 메카의 위치를 알려달라는 요청을 비행 중 종종 받는다.

그럴 때면 현재 항공기 위치와 진행 방향을 고려해서 "메카의 방향은 진행 방향으로부터 3시 방향입니다" 하는 식으로 알려준다. 한국에서는 이런 기능이 있었는지조차 몰랐지만, FMS에는 메카의 위치가 저장되어 있다.

스크래치패드에 "Islam"이라고 쳐서 FMS L1 웨이포인트에 입력하면 메카를 향한 상대적 방위가 점선으로 시현된다. 간혹 여기에 덧

붙여 현지시간을 알려달라고 요구하는 신자도 있다. 그 시간에 맞춰 기도해야 하니까.

이럴 때는 현 위치의 경도를 항법컴퓨터에서 확인한다. 가령 경도가 E060도인 경우 UTC에 4시간을 더한 시간이 현지시간이 된다. 각각의 15도가 한 시간이므로 30도는 두 시간, 60도는 네 시간이 되는 식이다.

이런 기본적 지구과학 지식은 별로 특별할 게 없는 고등학교 수준의 것들이다. 그렇지만 이런 기본 지식이 간혹 인생의 방향을 바꾸기도 한다.

E항공 입사 인터뷰에서 집단문제해결 과제로 비행 중 비상 발생으로 회항해야 하는 시나리오가 주어졌다. 지도를 각자에게 나눠주었다. 먼저 토의를 통해 어느 곳으로 회항할지 결정했다. 그러자 현 위치에서 그곳까지 얼마나 소요될지 평가관이 물었다. 우리 셋은 거의 동시에 시선을 지도에 고정하고 그곳에 있어야 할 스케일바Scale Bar를 찾았지만 야속하게도 스케일바가 있어야 할 자리를 평가관은 미리 잘라놓았다.

그래서 나는 위도 1도는 60노티컬마일Nautical Mile이라는 지구과학시간에 배운 기억을 동원해 눈짐작으로 현 위치에서 회항 공항까지 약 400노티컬마일, 곧 순항 속도로 한 시간 거리라는 것을 계산해냈다. 이 답을 찾았을 때 인터뷰를 진행하던 B777 기장이 물었다. 어떻게 계산한 것이냐고. 내 설명을 듣고는 그의 입가에 미소가 번지던 걸 기억한다. 그때 눈치챘다.

'아, 이 사람이 오늘 나를 떨어뜨리지는 않겠구나!'

내게 종종 연락해오는 꿈나무들은 지금 고등학교 혹은 대학교에서 민항기장이 되기 위해 열심히 공부하고 있노라며 "좋은 조종사가 되기 위해 어떤 부분을 미리 준비해야 할까요?"라는 질문을 하곤 한다. 그 대답을 지금 드리겠다.

현재 배우고 있는 교과목에 집중하고 잘 배워두시라. 수학도, 영어도, 과학도 모두 중요하다. 시험을 보고 나면 모조리 잊어버리는 지식이 아니라 여러분이 나중에 실제 비행에서 다시 사용할 지식으로 여기고 원리를 이해하는 공부를 해두라고 말하고 싶다.

B777 국제선 기장에게 요구되는 지식 수준이 내가 보기에는 고등학교 기본 지구과학, 물리 수준을 넘지 않는다.

폭우 속 야간비행

그가 인사를 나눈 뒤 먼저 제안을 했다.

"내가 뭄바이를 할 테니까 돌아올 때 네가 하는 게 어때?"

자정 가까운 시간, 인도 뭄바이에는 폭풍이 몰아치고 있었다. 시정 1000미터, 변풍Variable Wind, 방향이 변하는 바람 20노트, 돌풍 35노트, 강한 폭우에 윈드시어Windshear, 짧은 시간 내에 풍향·풍속이 급격히 변하는 현상 예보까지. 인도의 전형적인 몬순Monsoon, 우기이었다. 그 밤 나는 기장 승급 훈련을 수행 중이었다. 내게 제안한 교관 데이비드는 홈 스탠바이Home Standby, 자택 대기 중 갑자기 불려나왔다. 그의 제안에 이렇게 답했다.

"데이비드, 미안한데 내가 뭄바이를 하면 안 될까?"

폭풍이 몰아치는 뭄바이를 내가 당연히 피하고 싶어 할 것이라 생각했던 그가 예상치 못한 답변에 당황하는 게 보였다.

"그래? 그럼, 그렇게 해."

그가 한 발 양보했지만 그의 얼굴은 내 의중을 헤아리려는 듯 모호한 미소를 짓고 있었다.

이륙한 지 한 시간이 지난 목적지 도착 1시간 30분 전, 이들이 막 받아본 ATISAutomatic Terminal Information Service, 공항정보자동방송서비스에는 "폭풍으로 공항 일시 폐쇄. 홀딩Holding, 체공 예상. 시정 1000미터, 바람 변풍 25노트, 돌풍 35노트, 뇌우+폭우+윈드시어 경보 발령"이라고 되어 있었다. 내가 우측을 돌아보며 데이비드에게 씩 웃어 보이며 물었다.

"지금 내 선택이 잘못됐다고 생각하는 거지?"

데이비드는 웃으며 고개를 위아래로 끄덕였다.

예상대로 우리는 이날 밤 뭄바이 서쪽 약 100마일 거리에서 30분간 홀딩하고 나서야 접근 허가를 받을 수 있었다. 레이더에 비친 강한 비구름이 서서히 공항 서쪽으로 물러나는 게 보였다. 나는 홀딩 전 미리 악기상에 대비해 브리핑을 해두었다.

"접지 직전 강한 폭우로 시정이 제한되는 상황에 들어가면 나는 오토파일럿Auto Pilot, 자동비행장치 해제 후에 500피트 이하에서 레터럴Lateral, 좌우 경로에 집중하고 주로 밖을 볼 테니 데이비드는 칵핏의 계기, 특히 강하율 지시계가 예상치보다 갑자기 깊어지거나 낮아지는 게 보이면 바로 정확한 수치를 '1000' 또는 '500' 이런 식으로 명확히 불러 줘. 폭우 속에서 안과 밖을 번갈아 보면 외부 참조물을 순간 놓칠 수 있어 위험하니까."

2장

기상은 시정 1500미터, 폭우, 풍향 30도, 측풍 20노트, 돌풍 35노트였다. 활주로 너머에는 방금 공항을 훑고 지나간 거대한 CB Cumulonimbus, 적락운가 중간중간 "빠지직" 소리를 내듯 번쩍거리며 여전히 위압적인 모습으로 우리를 내려다보고 있었다.

"윅윅, 윅윅, 윅윅."

양쪽 와이퍼가 쉴 새 없이 최대 속도로 움직이며 전면 창에 순간순간 고이는 빗물을 바삐 걷어냈다. 이어 오토파일럿을 해제했다. 멀리 활주로의 붉은 접근등과 그 뒤 흰색 접지등이 내뿜는 불빛이 와이퍼가 지나간 사이사이에 미처 제거하지 못한 빗물에 번지면서 어지럽게 뒤섞였다.

"50, 40, 30, 20, 10."

'제발.'

접지를 기다리는 그 찰나의 순간이 지나고 가볍게 '툭' 하고 메인기어가 활주로에 닿는 느낌이 들었다. 다행히 제법 부드럽게 접지했고, 동시에 스피드브레이크레버 Speed Brake Lever가 "위이잉" 하며 올라오는 소리가 들렸다. 데이비드는 쩌렁쩌렁한 목소리로 "스피트브레이커스 업 Speed Brakes Up! 리버서스 노멀 Reversers Normal!"이라고 외쳤고, 거의 동시에 항공기 노즈가 활주로를 향해 부드럽게 떨어지고 노즈기어 Nose Gear까지 완전히 노면에 닿았다. 곧이어 잔뜩 당겨진 최대 리버스 레버에 항공기가 순간 움찔대는가 싶더니 굉음을 내며 확연히 감속하는 게 느껴졌다.

그때였다. 접지 전까지 절정에 달했던 긴장감이 순식간에 사라져

버려 흥분이 되었는지 아직 감속 중인 조종석에서 데이비드가 소리를 질렀다.

"최고야, 제이! 정말 최고의 접근과 착륙이야!"

그렇게 내가 기장으로서 감당해야 했던 첫 구간 비행이 안전하게 종료되었다. 그리고 두 시간 뒤 두바이로 귀환하는 조종석 안. 데이비드가 나를 돌아보며 심각한 표정으로 말문을 열었다.

"제이, 하나 궁금한 게 있는데, 내가 뭄바이 착륙을 하겠다고 먼저 제안했을 때 왜 굳이 본인이 첫 구간을 하겠다고 고집을 부린 거야? 이렇게 날씨가 나쁜데 말이야."

나는 살짝 미소를 머금었지만 신중한 표정으로 속내를 밝혔다.

"그건, 바로 전 비행에서 저지른 실수 때문이야. 지난 주 탄자니아 다르에스살람공항 착륙 중에 200피트 이하에서 갑자기 소나기 속으로 들어갔어. 안과 밖을 번갈아 보다가 그만 강하율이 깊어지는 것을 놓쳤고, 교관이 '싱크레이트Sink Rate, 강하율'라고 콜아웃을 해주어 실수를 알아차리고 수정한 뒤 착륙했거든. 이것 때문에 핸들링 부분에서 낮은 점수를 받았어. 그래서 오늘 이런 폭우 속에서도 안전하게 내릴 수 있는 기장이라는 걸 스스로 증명해 보이고 그 '확신'을 얻고 싶었어. 확신이 없는 상태로 기장이 되어 승객과 자신을 위험에 빠뜨리기보다는 교관이 옆에 있는 상태에서 테스트해보고 싶었던 거야."

잠시 생각에 잠긴 데이비드가 창밖을 바라보다가 다시 말을 이었다.

"오늘 밤 내가 너였다면 첫 구간은 교관에게 넘겼을 거야. 만약 폭우 속에 접근하다가 실수라도 했다면 내가 컨트롤을 가져갔을 것이고 그 즉시 너는 기장 승급에서 제외됐을 거야. 그게 이곳 규칙이니까. 그런 위험을 굳이 감수하면서까지 비행을 하겠다고 우기다니. 한번 기장 훈련에서 빠지면 최소 일 년이라는 기간을 기다려 처음부터 다시 시작해야 하는데…."

그렇게 데이비드와 비행을 마친 뒤 한 달 반 정도 되는 남은 훈련 기간 동안 확 달라진 교관들의 태도를 느낄 수 있었다. 그들은 이미 내 훈련이 다 끝난 것처럼 느슨한 태도로, 주로 기술적인 조언을 해주는 정도에 그칠 뿐 기량에는 전혀 의심이 없는 눈치였다.

처음에는 단순히 그날 뭄바이 비행에서 데이비드가 평가지에 적어둔 긍정적 평가와 좋은 점수 덕분이겠거니 생각했다. 그런데 나중에 안 사실이지만, 교관 데이비드는 나보다 나이도 어리고 입사도 늦었지만 기장으로 들어와 3년 만에 훈련부 서열 5위 안에 들어간 실세 표준 훈련 검열관이었다.

조종사의 필수 영어 등급

민항기 조종사로 근무하기 위해서는 EPTA English Proficiency Test for Aviation, 항공영어능력평가 4등급 이상의 자격을 획득해야 한다. 4등급은 3년마다, 5등급은 6년마다 재평가를 받아야 하고, 네이티브 수준으로 인식되는 6등급을 받으면 평생 평가가 면제된다. 한국에서는 이 시험 방식에 불신이 높은데, 외국인이 모여 있는 이곳 중동에서도 최근 시험정책이 변경되어 불만의 소리가 많다. 독특한 엑센트를 가지고 있는 국가의 조종사들이 4등급이나 5등급을 받는 경우 또는 3등급을 받아 비행에서 제외되는 황당한 일이 벌어져서다. 이들은 6등급을 가지고 입사해 원래 평생 평가가 면제되었던 사람들이다. 평가정책이 바뀌면서 등급이 인정되지 않아 다시 평가를 받아야 했던 것이다.

개인적으로 가장 알아듣기 어려운 영어를 구사하는 네이티브 영어 사용자는 스코틀랜드 출신이다. 특히 입사한 지 얼마 되지 않은 이들의 영어는 도통 알아들을 수가 없다. 노력하지 않으면 5년, 10년이 지나도 이들의 영어는 같이 일하는 동료들을 고통스럽게 할 것이다. 아마도 이번 EPTA 평가에서 4등급도 받지 못한 이들 대부분이 이런 경우일 것이다.

'모국어인데 타지인들이 이해하지 못하는 영어.'

이 지점에서 한국 사람들의 영어능력으로 이야기를 돌려보고 싶다. 같은 한국인 사이에서는 명확하게 의미가 전달되는 영어가 외국인에게는 도무지 의미 전달이 안 된다면 어떨까? 원어민과 비원어민을 떠나 위에서 언급한 스코틀랜드 출신 조종사와 동일한 문제가 아닐까?

이 글을 쓰기 위해 찾아본 EPTA에 대한 정책연구자료에 따르면, 20년 이상 근무한 조종사들이 그 이하의 조종사들보다 영어능력이 자기 업무에 미치는 영향이 적다고 본다는 설문조사 결과가 있어서 흥미로웠다. 나는 이 경우를 다음과 같이 해석한다.

경력이 있는 조종사는 자신도 모르는 사이 자연스럽게 어떻게 하면 관제사가 자신의 요구와 의도를 쉽게 알아듣는지 체득하게 된다. 어렵게 얘기하지 않고 쉽게 키워드를 스탠더드 항공영어Standard ATC Phraseology로 전달하는 것이다. 이에 반해 경험이 부족한 조종사, 거기에 영어까지 능통하지 않은 이들은 어려운 영어를 한다. 특히 아시아권 비행에서 유창한 영어는 사실 불필요하다. 스탠더드 항공영어가 훨씬 효과적이다.

표준 관제용어에 익숙한 경험 많은 조종사는 일반적인 비행에서 영어로 문제를 일으킬 일이 극히 드물다. 단지 미국과 같이 공항의 처리능력이 한참 초과된 과밀한 환경이나 스탠더드 항공영어가 아닌 구어체 영어를 사용하는 곳에 들어갔을 때 문제가 발생할 수는 있다.

어차피 원어민을 따라갈 수 없는 비영어권 조종사에게 요구되는 항공영어 구사법은 표준 관제용어를 익히는 것과 상대방이 내 의도를 알아듣지 못했을 때 즉시 문장을 재구성해 말할 수 있는 재치다. 우리는 학문으로서 영어를 대하는 것이 아니라 의사소통의 현실적 도구로서 접근해야 한다.

"Do you speak English?"

자신의 영어를 도무지 알아듣지 못하는 미공군 조종사에게 파키스탄 관제사가 짜증을 내며 했다는 말이다.

"넌 쓸데없이 너무 말이 많아. 네 영어를 비영어권 관제사들이 얼마나 이해할 것 같아?"

비상상황을 장황하게 설명하던 영국인 기장을 오만 출신 평가관이 타박하며 했던 말이다. 우리는 지금 상대가 알아듣는 영어를 하고 있는가? 나는 이것이 조종사나 관제사가 지향해야 하는 항공영어 학습과 EPTA 평가의 방향이 아닐까 생각한다.

조종석의 아날로그 시계

조종사들 사이에서는 오래전부터 내려오는 좋은 이야기들이 많다. 승객과 항공기를 구한 영웅 이야기, '좋은 조종사란 이래야 한다'는 짧지만 울림이 있어 오랫동안 살아남은 '설화'들이 대표적이다.

예전에 B747 기종이 처음 나왔을 때는 모든 계기가 아날로그, 곧 동그란 계기에 바늘이 돌아가는 형태였다. 지금은 디지털화되어서 칵핏에는 소형 모니터 몇 대가 전부인 것처럼 보이는 시대가 되었다. 거기에 더해 터치스크린까지 일부 구현하고 있으니 기술 발전이 이곳을 비켜가지는 않은 모양이다.

예전 B747에는 칵핏 비행계기 옆에 작은 시계가 달려 있었는데 아마도 태엽을 감아 작동시키는 방식이었던 것 같다. 이제 이것과 관련한 재미있는 이야기를 꺼내볼까 한다.

"띵, 띵."

항공기 시스템의 이상을 알리는 경고가 조용하던 칵핏을 여러 번 울렸다. 경고가 시현된 이상 한 개가 아니라 여러 문제가 동시다발적으로 발생한다. 그런데 노老 기장은 지금 고장이 발생한 것을 아는지 모르는지 경고 메시지를 슬쩍 쳐다보고는 고개를 돌려버렸다. 기장은 자기 앞에 있는 작은 시계만 붙잡고 무엇을 하는지 조금 전 발생한 문제들에는 관심이 없는 듯했다.

"끄리릭, 끄리릭."

"저, 기장님?"

젊은 부기장이 참지 못하고 머리가 하얗게 센 기장에게 말을 걸었다.

"지금 뭘 하고 계십니까?"

"나 지금 시계 밥 주고 있어."

"아니, 기장님. 지금 수행해야 할 체크리스트가 이렇게 많은데 어떻게 그러고 계십니까?"

당장 무언가를 해야 한다는 압박에 체크리스트를 꺼내 든 부기장의 목소리에는 잔뜩 힘이 실려 있었다. 기장은 돌아보지도 않은 채 기다리라는 작은 손짓을 하고는 시계 밥 주는 데에만 온 신경을 집중했다. 그렇게 한참 태엽을 돌리고는 마침내 중요한 업무를 무사히 끝냈다는 듯 한결 편안해진 표정으로 부기장을 돌아보며 말했다.

"자, 인웅아. 이제 우리 체크리스트 해볼까?"

두 조종사는 모든 체크리스트를 마쳤고 다행히 항공기는 안정을

2장

찾았다. 한숨 돌린 부기장이 아까부터 묻고 싶었던 질문을 참지 못하고 꺼냈다.

"기장님, 아깐 왜 그러셨습니까? 왜 체크리스트로 바로 안 들어간 겁니까?"

경험이 부족한 젊은 부기장을 안경 너머로 쓱 바라본 노 기장은 빙긋 웃었다. 이제는 안경을 쓰지 않으면 체크리스트를 읽을 수조차 없는 그는 이렇게 말했다.

"조금 생각할 시간이 필요했지. 적어도 태엽 감는 동안은 내가 아무도 안 죽였잖아? 하하."

완벽한 조종사란 없다. 그래서 판단이 안 되는 순간은 누구에게나 찾아올 수 있다. 가끔은 아무것도 하지 않고 마음이 안정될 때까지 기다리는 게 최선의 선택을 불러올 수 있다.

이제 밥을 줘야 하는 아날로그 시계가 칵핏에 없으니 이런 때 나는 무얼 해야 할까. 커피 한 잔 마시면서 생각이라도 해볼까?

롤모델

"50, 40, 30…."

전파고도계Radio Altimeter의 자동 콜아웃이 이어지는 접지 직전 단계였다.

그때 갑자기 조종간이 확 당겨졌다. 부기장인 나의 좌측에 앉은 교관이 무슨 이유에서인지 먼저 당김을 시작한 것이다. 그러자 항공기는 바로 맹숭하게 다소 높은 플로팅Floating, 접지를 위한 강하를 멈추고 둥둥 떠있는 상태을 시작했다. 교관이 "I have control"을 적극 외치지 않은 상황이라는 판단에 나는 차분하게 항공기를 지그시 눌러 터치다운 존Touch Down Zone, 접지지대 안에 안착시켰다.

게이트에 도착해 항공기 엔진을 셧다운하는 것으로 또 하나의 전환훈련이 무사히 끝났다. 회사로 향하는 버스에서 나는 답답함을 참지 못하고 착륙 이후 머릿속을 맴돌던 의문에 대해 조심스럽게 물었다.

"교관님, 여쭤보고 싶은 게 있습니다. 아까 제 착륙 중에 조종간을 미리 당기셨는데 혹시 제가 인지하지 못한 문제가 있었던 건가요?"

교관은 갑자기 겸연쩍게 웃었다.

"아, 그거요? 미안해요. 제가 실수한 겁니다. 제가 잘못 판단하고 당겼어요. 그렇게 당겨놓았는데도 잘 마무리해주셨어요. 잘하셨어요."

늘 학생에게 존칭을 쓰던 교관이었는데, 이 대답에서 나는 이 사람에게 반하고 말았다.

'자신의 실수를 거침없이 인정하는 저 자신감! 멋있다.'

비슷한 경우가 대한항공에 막 입사해 받았던 A330 훈련에서도 있었다. 부기장의 정측풍 이착륙 제한치는 20노트다. 그날은 부기장으로서 평가를 받고 있었는데 인천공항 기상은 부기장의 정측풍 제한치를 넘나들고 있었다. 이런 기상에서 머리가 하얗게 센 교관은 부기장인 내게 접근과 착륙 모두를 요구했다. 이를 보다 못한 세이프티파일럿Safety Pilot, 안전조종사으로 동승한 부기장이 내가 걱정되었는지 조심스럽게 나서서 막아보려 했다.

"교관님, 오늘은 평가고, 바람이 부기장 제한치를 넘어갈 것 같아 무리인 것 같습니다."

그러자 교관은 씩 웃으며 장난스레 인상까지 써가며 타박했다.

"맡겨봐! 안 되면 내가 내리면 되지."

착륙 허가를 받은 A330이 활주로로 빨려 들어가듯 진입하고 플레어가 시작되었다. 마지막 전파고도계의 자동 콜아웃 "10"을 들으면서 내가 왼쪽 러더를 지긋이 발로 차며 오른쪽으로 날개를 조금 더 눕히려는 순간, 녹색 듀얼인풋Duel Input, 두 명의 조종사가 동시 조작하고 있다는 신호 라이트가 순간 번뜩이다 갑자기 사라졌다. 다행히 접지는 부드러웠고 착륙은 안전하게 진행되었다. 엔진이 정지한 칵핏에서 교관이 갑자기 내 손을 잡고는 "축하해, 합격이야!"라고 알려주었다. 그러고는 순간 내 눈에 스치는 무언가를 놓치지 않고 바로 힘을 주어 이렇게 말했다.

"의심하지 마! 듀얼인풋 라이트가 잠깐 들어온 건 맞아. 하지만 네가 내린 거야. 절대로 이 할아버지가 내린 게 아니야. 러더가 들어가면서 날개가 살짝 들리는 듯해서 내가 손을 대려는 순간 네가 잘 막아주었어. 불필요한 간섭이었어. 아주 잘 내렸어!"

나는 오늘까지도 이 두 분 교관님을 향한 깊은 존경과 감사의 마음을 가지고 있다. 내게는 이분들이 롤모델이다.

룰 브레이킹

"크루는 비행 중 에이비오닉베이Avionic Bay에 절대 들어가서는 안 된다."

에이비오닉베이는 항공기의 주 컴퓨터장비가 보관되어 있는 곳이다. 항공 용어에서 'Shall'과 'Must'는 반드시 지켜야 하는 절대명령을 의미한다. 예외를 인정하지 않겠다는 것이다.

그런데 한편으로는 예외가 없는 규정 또한 존재하지 않는다. 공군에서 비행훈련을 받기 시작한 이후 귀에 딱지가 앉을 정도로 들었던 단어가 바로 '융통성'이다. 비행을 하다 보면 어느 순간 조종사가 규칙을 깨야 하는 상황이 있다는 말이다.

비행은 규칙만 따라서는 안 되는, 여전히 불안정하고 불확실한 분야다. 그래서 여전히 한국에서는 '융통성'이라는 단어를, 영어권에서는 'Resilience'라는 단어를 사용하며 조종사의 '규칙 깨기'를 허용하는 것이다. 이와 관련된 대표적인 조종사 채용 인터뷰 질문은 다음과 같다.

"당신은 지금까지 규정과 절차를 의도적으로 어겨본 적이 있습니까?"

이 질문에 만약 "저는 지금껏 단 한 번도 규정과 절차를 어겨본 적이 없습니다"라고 대답한다면 지원자는 100퍼센트 탈락이다. 비행은 그런 곳이 아니다. 규칙을 어떻게 하면 안전하게 잘 깰 수 있는지를 고민하고 연구해야 하는 곳이다. 동일한 질문을 E항공 입사 인터뷰에서 받았다.

"당신은 지금까지 규정과 절차를 의도적으로 어겨본 적이 있습니까?"

주저함 없이 대답했다.

"네, 저는 비행 중 에이비오닉베이에 출입해보았습니다."

이 말이 무엇을 의미하는지 모르는 HR팀 인터뷰어의 멍한 표정과 달리 평가관인 B777 기장 미셸은 곧바로 눈을 치켜뜨고 나를 노려보았다. 이런 경우를 한국말로 '작두를 탔다'라고 한다. 잘 되면 통과지만 평가관을 설득하지 못하면 바로 탈락하는 '도박'이다.

"이륙 후 화장실 플러싱Flushing, 물 내림이 전체의 절반(왼쪽 열 화장실)에서만 되는 상황에서 정비본부에서는 그곳에 내려가 서킷브레이커Circuit Breaker, 회로차단기가 혹시 뽑혀 있는지 확인해달라고 요청했습니다. 그때 내려가서 확인하지 않았다면 우리는 괌으로 회항해야 할 상황이었습니다. 객실 승무원들은 지상에서 플러싱 여부를 확인하지 않았고, 정비부서는 화장실 점검 후 서킷브레이커를 제 위치로 돌려놓지 않는 실수를 범한 상황이었습니다. 우리는 내려가기로 결정했고 스위치가 뽑혀 있는 것을 확인 후 다시 리셋Reset해 모든 문제를 해결했습니다. 12시간의 비행을 회항 없이 완료할 수 있었고요."

"동일한 일이 발생한다면 또다시 내려갈 겁니까?"

미셸 기장이 알 수 없는 오묘한 미소를 지은 채 안경 너머로 나를 바라보며 마지막 질문을 던졌다.

"동일한 상황이 또다시 발생한다면 먼저 종합통제실에 연락을 하고 그곳이 반대하지 않는다면 역시 내려가서 스위치를 리셋하겠습니다."

이것이 종합 인터뷰 마지막 질문이었다.

"축하합니다, 제이. 당신은 3일차 인터뷰를 통과했습니다."

인생은 코드다. 코드에 맞추면 작두를 타고 춤을 추어도 다치지 않는다.

조종사의 피로와 지각

SNS 팔로워 한 분이 이렇게 물었다.

"기장님, 안 주무세요? 조종사는 규칙적인 생활을 해야 하지 않나요?"

이 질문을 받고 '아, 내가 규칙적인 생활을 안 하고 있었나?' 하고 자문하고는 금세 실소하고 말았다. 조종사는 규칙적인 생활이 '불가능'한 직업 아니던가.

스케줄에 따라 한 달에 한두 번은 늘 자정에 출근해야 하고, 또 한 달에 서너 번은 새벽녘에 두바이에 착륙한다. 시차 극복 문제는 이제 '극복'이라는 말이 낯설게 느껴질 만큼 민항기 조종사에게는 생활 그 자체다.

들쭉날쭉한 시차 속에서 살아남기 위해 각자 다른 테크닉으로 분투하고 있지만, 딱히 정답은 없는 것 같다. 내가 따르는 시차 극복법은 그냥 몸의 요구에 순응하는 것이다. 졸리면 자고 한밤중이라도 정신이 맑으면 일어나 비행 자료를 정리하거나 다음 비행을 준비한다. 한때는 수면제를 처방받기도 하고 술을 먹어보기도 했지만 내게는 맞지 않았다. 나 역시 사람인지라 실수도 있었다. 새벽 1시 20분이 픽업인 야간비행이었다. 현재 근무하는 E항공은 집 앞까지 출근 택시가 배차되어 픽업 서비스를 해준다. 통상 시계를 여러 개 맞추고 초저녁에 잠이 들어 픽업 한 시간 반 전에 일어나는 패턴인데, 무슨 일인지 알람이 울리지 않았다. 그리고 잠결에 들리는 핸드폰 소리에 바로 문제가 생긴 걸 직감했다. 전화기 너머로 택시가 기다리고 있다는 것과 지금 시각이 픽업시간으로부터 15분이 지났다는 말이 들려왔을 때 허겁지겁 10분만 주면 준비해 나갈 수 있다고 사정하고 있었다.

야속하게도 다른 크루가 탑승한 상태라 기다려줄 수 없다면서 새로 배차하겠다는 말만 해주었다. 정신없이 준비한 나는 연신 시계를 보며 집 밖으로 나갔지만 '내가 시간에 맞춰 갈 수 있을까' 하는 생각에 불안해졌다. 그 순간 직접 차를 몰고 회사로 가는 게 빠를 수 있겠다는 생각에 배차 부서에 전화를 걸어 의도를 얘기했다. 그러자 그쪽에서 하는 말에 나는 '아, 회사 시스템이 제대로 되어 있구나' 하고 느꼈다.

"기장님, 지금 당황하셔서 직접 운전하면 대단히 위험합니다. 5분 내에 차량이 도착하니 걱정하지 말고 기다리시면 됩니다."

본사에 도착해 바로 비행근무매니저Crew Duty Manager에게 문제를 일으켜 미안하다고 사과하려는 순간 또 한 번 위안을 받았다.

"기장님, 아무 일도 아닙니다. 저도 수업에 늦어본 적이 있어서 잘 압니다. 우리는 기계가 아니라 사람이잖아요. 그리고 오늘 늦지도 않으셨어요. 걱정 마시고 비행 안전히 다녀오세요."

아직 사람 냄새가 남아 있는 회사에서 일하고 있어 좋다고 생각했다. 점점 사라지는 느낌이 들기는 하지만, 그래도 여전히 내 상식과 회사의 상식 간에 차이가 크지 않다.

세인트 엘모의 불

중세 대양을 항해하던 범선들의 마스트 끝에 한밤중 홀연히 나타나 파랗게 일렁거리던 이 정체불명의 불덩어리를 당시 선원들은 자신들을 지켜주는 '세인트 엘모의 불Saint Elmo's Fire'이라고 불렀다. 이 현상을 두고 '하나님이 자신들을 지켜주겠다는 뜻' 정도로 해석했다고 한다. 로마시대 이후 이 파란 불덩이에 대한 기록은 무수히 많은 곳에서 나타났다. 오토만제국(지금의 터키)에게 포위된 콘스탄티노플성당 첨탑에도 하루는 이 파란 불이 일렁였다는 기록이 있는데, 그때 사람들은 이를 이슬람으로부터 기독교도들을 지켜주실 거라는 하나님의 계시로 여겼다. 하지만 콘스탄티노플은 현재 터키의 이스탄불이 되었으니….

내가 종교적인 이야기를 쓸 정도로 담이 크지 못한 관계로 여기

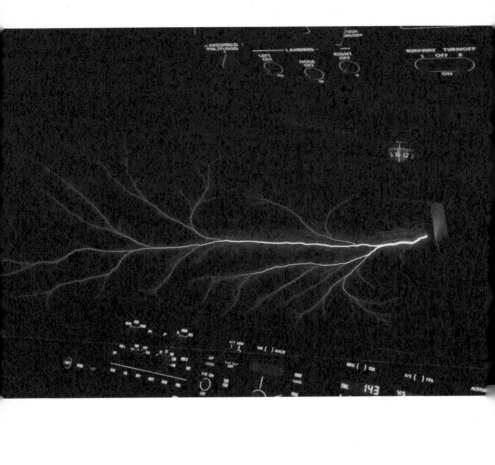

서는 이 세인트 엘모의 불과 관련된 중요한 과학적 현상에 대해 이야기보따리를 풀어보려 한다.

세어보진 않았지만 이 현상을 지금까지 10여 차례 경험한 것 같다. 캄캄한 밤 대양 한가운데에서 홀연히 나타난 파란 불덩어리만큼은 아니지만 비행 중 목격하는 이 전기 현상은 처음 보는 신참 조종사에게는 공포감을 주기에 충분하다. 사실 아직까지 나는 손으로 유리창을 만져볼 용기는 내지 못했다. 이 현상은 주로 폭풍이 치는 열대지방의 고고도에서 발생하는데, 승객들은 이 시간 대부분 창문 덮개를 내리고 있어 인지하지 못하지만 비행기 전체가 거대하고 파란 정전기 덩어리에 휩싸인 상태가 된다. 다소 기괴하지만 사실 비행 안전에는 전혀 영향을 미치지 않는다. 주로 마찰이 발생하는 칵핏 전면 유리에 정전기 현상처럼 살아서 꿈틀거리며 "지직, 지직" 할 뿐이다.

주변 대기가 번개를 칠 수 있는, 전기적으로 충전Charging된 상태의 대기층을 지나고 있다는 의미이기도 하다. 공기 중에 마찰을 일으키는 화산재 같은 작은 입자가 풍부할 때 더 자주 발생한다. 그런데 이런 현상이 목격될 때 동반되는 특이한 냄새가 있다. 영어로는 'Acrid metallic smell' 정도로 표현하는데, 굳이 풀어서 우리말로 하자면 '자극적인 비릿한 쇳내음' 정도가 될 것이다. 이 냄새의 근원은 바로 오존Ozone이다. 방금 여러분 머리에 스쳤을 여름철 통상 듣게 되는 바로 그 '오존 주의보' '오존 경보' 할 때의 그 오존 말이다. "지구의 오존층 파괴로 북반구의 피부암 발생이 증가하고 있다"는 기사에 등장하는 바로 그 선과 악의 이중성을 가지고 있는 오존 가스가 세인트 엘모의 불이 나타날 때 통상 기내로 유입된다. 산소의 사촌 격인 이 불안정한 기체는 인체에 해를 끼치는 것으로 알려져 있다. 심할 경우 구토와 가슴 통증을 유발하고, 장기적으로는 암을 발생시킨다는 의심을 받고 있다. 그렇다고 너무 걱정할 필요는 없다. 민항기 대부분에는 이 오존을 제거할 필터가 달려 있어서 상당 부분 오존을 제거한 신선한 공기가 객실에 제공된다. 그렇지만 이 오존 컨버터Ozone Converter가 필수 장비로 분류되지는 않는다. 법적 구속력은 없는, 있으면 건강에 좋은 공기청정기 정도의 개념으로 인식되는 현실이다.

이런 연구를 수행하는 데 소요될 경비를 항공사들이 부담하려 들 리 만무하기에 의심만 갈 뿐 장기적인 오존 흡입이 인체에 미치는 영향은 당분간은 '영구 미제'로 남아 있을 것 같다. 극지방 비행 시 노출되는 방사능 때문인지, 오존 때문인지, 아니면 기술적 한계로 제거하지 못한 채 기내로 흡입되는 '제트 엔진이 자연적으로 태워버리는 엔진 오일의 독성' 때문인지 특정할 수는 없지만, 가장 최근 발표된 보고에 따르면, 평균수명이 가장 짧은 직업에 항공기 승무원이 여전히 이름을 올리고 있다고 한다.

밤을 새우고 방금 마닐라에 도착한 오늘은 시차 변경에 따른 수면 부족인 것 같기도 하다.

아무것도 하지 마!

"내가 아버지에게 배운 것 중 하나가 계약서 내용이 이해가 되지 않으면 사인을 미루라는 겁니다. 그것이 언제가 될지 모르지만, 공부해서 이해될 때까지 사인하지 않을 겁니다."

오디오북으로 들었던 어느 영문소설 속 구절이다. 유산 상속과 관련한 서류에 무리하게 사인을 요구하는 삼촌에게 어린 주인공이 한 말이다.

"아무것도 하지 마! 판단이 안 되면 그냥 가만히 노래라도 부르면서 기다려. 네가 당장 처리해야 할 일은 그리 많지 않아. 대부분의 비상은 아주 시간이 많아. 서두르지 말아야 해."

경력이 미천한 젊은 조종사 시절부터 선배들이 귀에 못이 박이도록 해주었던 이야기다. 비상이 걸린 항공기에서 반드시 지켜야 할 최고 원칙이다.

미국에서 비상을 선포하고 라디오에 비명을 질러대며 어쩔 줄 몰라 당황하는 자가용 조종사에게 관제사가 했다는 말은 이렇다.

"손발 다 떼고 아무것도 하지 마세요. 그리고 기다려보세요."

조언을 따른 젊은 조종사는 곧 항공기 컨트롤을 회복할 수 있었다.

400명에 이르는 승객의 목숨을 지켜야 할 책임이 있는 민항기 기장에게도 이 원칙은 유효하다. 상황 판단이 컴퓨터처럼 바로바로 되는 날도 있지만, 간혹 안갯속에 서 있는 것처럼 갑자기 발생한 상황에서 머리가 하얗게 되어버리는 일을 겪기도 한다. 기장 승급 시뮬레이터 평가에서 시스템 고장Failure이 발생하자 어느 영국인 여성 기장 승급자가 부기장에게 했다는 말은 이랬다.

"내게 5분만 시간을 줄래? 내가 준비되면 그때 우리 어떻게 할지 같이 얘기하자."

그렇게 말한 그녀는 시선을 창밖으로 돌리고 콧노래까지 부르며 5분을 보낸 뒤 훨씬 밝아진 표정으로 "이제 준비된 것 같아. 문제가 뭐였지?"라고 말했다고 한다. 그리고 교관은 그날 그녀에게 최고 점수를 주었다고 한다.

모스크바의 아에로플로트 사고를 바라보는 조종사들의 관심은 그들이 겪었다는 라이트닝 스트라이크Lightening Strike, 낙뢰에 맞음나 라디오 고장, 하드랜딩Hard Landing, 구조적 손상을 초래할 수 있는 거친 착륙 같은 세부적인 일이 아니었다. 과연 비상이 발생하고 30분도 안 되는 시간 동안 항공기를 바로 돌려야 할 만큼 급박한 상황이었느냐였다. 이 물음의 결과에 따라 그는 35명이나 살린 영웅이 되거나 반대로 살릴 수 있었던 승객과 승무원 75명을 희생시킨 죄인이 되는 것이다. 사고 조사는 몇 년이 소요될 것이다.

판단이 안 되면 아무것도 하지 마시길. 그냥 노래라도 부르길 권한다.

김해공항 서클링을 거부한 대통령 전용기

가장 안전해야 할 에어포스 원Air Force One, 대통령 전용기이나 VIP 항공기의 운항 리스크가 오히려 일반 민항기보다 높다는 걸 아는 이는 많지 않다. 이제는 기억도 가물가물한 20여 년 전 이야기다. 그때 김해공항에는 한바탕 큰 소동이 벌어졌다. 동유럽 어느 국가의 대통령 전용기 TU154가 접근을 시작할 즈음 강한 남풍으로 활주로 방향이 36방향에서 18방향으로 변경되었기 때문이다. 지금도 그렇지만 김해공항의 18방향 서클링 접근은 전 세계 어느 공항보다도 난도가 높아서 사전 훈련 없이 한 번에 성공하는 것은 거의 불가능하다. 최초 김해 접근관제소와 교신한 에어포스 원에게 관세사는 이렇게 말했다.

"에어포스 원, 활주로가 18방향으로 바뀌었으니 어떻게 할 것인지 의도를 말씀하십시오."

이 질문을 하는 이유는 서클링 접근에 익숙지 않은 조종사에게 일차적으로 18방향 서클링이 요구되는 상황임을 확인시키는 것이기도 하고, 동시에 준비가 안 되었다면 인근 공항으로 회항하라는 은근한 권유이기도 하다.

"잠시 기다리세요."

조종사는 생각할 시간이 필요했을 것이다. 얼마 뒤 그는 관제사에게 이렇게 말했다.

"활주로 36방향 정밀계기접근을 요구합니다."

이때 바람은 대략 남풍 20노트를 넘나들고 있어 규정상 활주로 36방향으로 착륙을 허가할 수 없는 상황이었다. 당황한 관제사가 "지금 활주로 36방향 착륙은 불가합니다. 배풍 20노트로 허가할 수 없습니다"라고 다시 회신했다. 그런데도 조종사는 "활주로 18방향으로 서클링 접근을 수행할 생각이 없습니다. 36방향 ILS 접근 직진입 착륙을 요구합니다"라고 단호한 목소리로 재차 알려왔다.

국빈으로 방문하는 일국의 대통령을 태운 전용기가 배풍 20노트 착륙을 요구하는 상황을 허가하는 일은 관제사가 결정할 사항이 분명 아니었을 것이다. 아마도 핫라인으로 상황을 모니터하던 공군과 정보 기관의 지시를 받지 않았을까.

관제사는 잠시 후 "에어포스 원, 활주로 36방향 ILS 접근을 허가합니다. 대신 이 시간 이후로 벌어지는 모든 사태의 책임은 귀측에 있음을 확인해주십시오"라고 전했다.

이에 전용기 조종사가 "이 결정의 모든 책임은 조종사인 제가 지겠습니다. 감사합니다"라고 확인해주었다.

TU154 구소련 항공기는 접근 속도가 서방 항공기보다 빠르다고 당시 알려져 있었는데, 거기에 더해 배풍 20노트 상태로 9000피트 활주로에 착륙하는 비정상 상황이 김해공항 타워 관제사들 눈앞에서 벌어졌던 것이다. 관제탑에서 이를 지켜본 관제사들이나 집무실에서 모니터하고 있었을 지휘관들 모두 손에 땀이 배어났을 것이다.

다행히 그는 아주 훌륭한 조종사였다. 여러분이 이와 관련한 사고를 기억하지 못하듯 그 착륙은 평범한 대통령 순방의 한 페이지로 기록되었을 뿐이다.

요물 비행기?

"아, 이놈 이거 요물이야, 요물!"

오래전 에어버스 A330 초기 훈련 중 이륙 플랩레버를 잘못된 위치에 놓는 실수를 저지른 적이 있다. 교관도 나도 이를 인지하지 못하다가 택시 중에 경보가 뜨고서야 황급히 레버를 제 위치로 옮겨놓았다. 나이 많은 교관은 그런 나를 질책하기는커녕 껄껄 웃으며 "요물이야, 요물"이라는 말만 되풀이했다.

여기서는 여러분이 승객으로 탑승하는 최신 항공기가 어떤 수준까지 조종사를 보조(감시)하고 있는지 이야기하고자 한다.

한번은 캄캄한 밤, 러시아의 상트페테르부르크공항으로 비행 중이었다. 그날 우리는 조종석 불 밝기를 줄이고 조용히 명상(?)하듯 비행하고 있었다. 그런데 갑자기 조종사들이 상상하기도 싫어하는 최고 위험의 경고음, 귀 옆에 바싹 붙어 쇠 종을 깨질 듯 때리는 듯한 경고음이 울렸다. 이 경고음은 통상 '엔진 화재'를 의미한다.

이착륙 과정도 아니고 야간 순항 중에 캄캄한 칵핏에서 이 화재 경보를 들었으니 얼마나 놀랐는지 모른다. 좌석에서 튀어오르듯 몸을 반사적으로 세우고 바라보니 스모크 래바토리Smoke Lavatory, 화장실 연기 감지 경고였다. 누군가 화장실에서 담배를 피우고 있거나, 정말 화장실 한 곳에서 화재가 발생한 상황일 수 있었다. 이 경고음을 들은 객실에서 화장실을 확인한 끝에 일본인 승객 한 명이 몰래 흡연하고 있던 것을 찾아냈다. 만약 그 사람이 앞에 있었다면 정말 한 대 쥐어박았을지도 모른다.

재미있는 일은 바로 그다음이었다. 몇 분 지나지 않아 "띵" 하며 회사 운항통제실로부터 메시지가 도착했다.

"항공기 화재 상황이 확인되었음. 현재 상황을 보고할 것."

그때 알았다.

'이 요물 비행기가 실시간으로 비행 데이터를 전송(고자질)하고 있었구나.'

이런 일은 B777을 탈 때도 발생했다. 미국 남부 댈러스행 비행으로 기억한다. 비행 중 회사로부터 갑자기 위성통신 전화가 걸려왔다. 비행 중에 회사로부터 위성통신 전화를 받는 일은 정말 드문 일이다. 아주 위급한 상황이라는 뜻이기도 하다. 전화를 받자 대뜸 운항통제실 요원이 잔뜩 긴장한 목소리로 물었다.

"기장님, 괜찮으십니까?"

"예, 우리 아무 일 없는데요?"

그러자 다시 그쪽에서 물었다.

"지금 워싱턴으로 회항하는 거 아니죠?"

"무슨 소리예요? 회항이라뇨? 우린 계획된 대로 항로비행 중입니다."

그제야 마음이 놓이는지 그가 이렇게 말했다.

"다행입니다. 저희 시스템에는 기장님 항공기가 워싱턴으로 회항하는 것으로 비상신호가 떠 있어요."

잠시 뒤에는 관제사도 우리에게 똑같은 질문을 해왔다.

위에서 언급한 일을 경험한 지 어느덧 10여 년이 지났다. 나는 아직도 B777을 운항하고 있다. 똑같은 항공기지만 그간 시스템의 정교함이나 안정성은 더 향상되지 않았을까. 특히 실종된 말레이시아 B777 사고 이후에는 조종사도 알지 못하는 장치가 조종사의 통제를 벗어난 상태로 어딘가에 심겨 있을 것이라는 생각도 든다. 요즘은 칵핏을 제외한 모든 객실에 CCTV가 설치되는 추세다. 덕분에 그간 기내에서 발생하던 도난사건이 많이 줄어드는 긍정적인 효과도 있었다. 하지만 객실 승무원의 잘못된 처사를 녹화된 CCTV를 근거로 처벌하는 경우가 증가하는 추세이기도 하다.

한편으로 순항 중 30분 이상 조종사의 생명반응(기기조작)이 감지되지 않아도 경고가 발생한다. 이 경고 역시 실시간으로 회사에 전송되는데, 마지막 마스터워닝Master Warning, 주 경고 단계까지 조종사가 반응하지 않으면 스틱쉐이커Stick Shaker, 조종간 진동를 동반한 모든 시각·청

각 경보가 한꺼번에 울린다. 이 정도면 보고서를 올리는 것으로 일이 끝나진 않을 것이다.

내게 누군가 물었던 질문에 답하는 것으로 이 글을 마무리할까 한다.

"싱글파일럿Single Pilot, 1인 조종사 항공기인 B797이 곧 나온다는데 어떻게 생각하시나요?"

나는 기본적으로 사람이 자동차를 모는 일이 너무 위험하다고 생각하는 사람이다. 자동차 운전은 인간의 능력을 넘어서는 일이라고 본다. 일 년에 자동차 사고로 목숨을 잃는 사람 수가 몇백만 명이라고 하지 않던가. 그렇다면 비행기 역시 인간이 몰기에 너무 위험한 기계가 아니냐고 물을 수 있겠다.

동의한다. 아주 위험하고 너무 복잡한 기계다. 게다가 인간을 대체해 이 위험한 기계를 몰고 태평양과 대서양을 안전하게 운항할 로봇은 존재하지 않는다. 평상시에 모든 컴퓨터 시스템이 완벽히 작동하는 상황이라면 문제가 없겠지만, 1인 조종사가 화장실에 갔을 때나 의식을 잃는 상황이 발생할 경우 완벽하게 항공기를 통제할 수 있는 시스템, 곧 100퍼센트 완벽한 원격 조종이 가능한 수준의 시스템이 아니라면 실용 단계라고 말할 수 없지 않을까.

위에서 언급한 "기장님 왜 회항하세요?"라고 묻게 되는 시스템 에러가 만에 하나라도 발생한다면 승객에게 비행기가 안전하다고 말할 수 있을까. 추락한 B737 맥스가 두 대라면, 사람들의 안전에 대한 우려를 의식해 항공사가 미처 공개하지 않은, 똑같은 결함에서 조종사가 추락을 막고 회복한 경우는 훨씬 많지 않았을까.

혼자 하는 비행은 위험하다. 조종사가 비행 중 무엇이든 조작하려 들면 '물도록' 교육한 강아지라도 한 마리 같이 타지 않는다면.

"멍멍아! 조종사가 이상한 짓 하려는 낌새가 보이거든 확 물어 버려!"

홈 스탠바이

어제와 그제는 새벽 2시부터 홈 스탠바이Home Standby였다. 내가 일하는 E항공은 일 년 중 한 달 전체를 리저브Reserve, 예비 달로 운영한다. 매일 저녁 6시에 그다음 날 스케줄을 확인할 수 있는 하루살이 같은 날이 이어지는 것이다. 혹시나 하는 마음에 저녁 9시경 일찍 잠자리에 들었다. 다행히 날이 밝아오는 시간까지 전화가 없기에 '오늘은 넘겼다'라고 생각하던 아침 8시, 머리맡에 둔 핸드폰이 울렸다.

'아, 회사 번호…'

"기장님, 주무시는데 죄송합니다. 대기가 딱 두 시간 남았는데, 하하하, 비행 나가셔야겠습니다. 모스크바고요. 차는 8시 30분까지 준비해두겠습니다. 30분 드립니다."

군을 떠난 지 16년이 지났는데도 이런 상황에서는 마치 비상 대기하는 군인이 된 것만 같다. '군대 샤워'를 하고 모스크바 자료를 프린트한 뒤 공항 그라운드차트 바인더에 넣어둔 마지막 비행 자료를 꺼내 오늘 비행 바인더로 옮겼다. 그러고 나서 아이패드를 통해 비행계획을 내려받는 데까지 걸린 시간은 단 20분.

이때 죄 없이 덩달아 심란한 아내가 스케줄을 확인해보고는 말한다.

"출발이 9시 40분인데 픽업이 8시 30분? 이게 가능해?"

그제야 이건 '누군가가 마지막 순간 펑크를 낸 거구나' 싶어 회사에 도착하면 브리핑이고 뭐고 비행기로 바로 가야겠다고 마음먹었다. 서재 구석에 배를 빵빵하게 부풀리고 "난 안 데려갈 거야?"라고 말하는 듯한 세탁할 유니폼 가방을 바라보며 "오늘은 널 회사 세탁실에 던져줄 시간이 안 되겠다"고 혼자 중얼거리고는, 비행가방과 슈트케이스를 옆구리까지 끌어올려 들고는 아래층으로 한 발 한 발 기우뚱거리며 내려가 대기하던 차에 몸을 실었다.

항공기에 도착한 시간은 출발 45분 전. 부기장과 사무장과는 얼굴도 기억 못 할 만큼 스쳐 지나가듯 인사하고는 먼저 "외부 점검은 했나요?"라고 물었다. 다행히 부기장은 그 정도의 센스는 있었는지 해두었단다. 덕분에 최소 5분은 벌었다. 이제부터 밀려드는 서류를 해결할 시간이다. 보안점검 서류에 사인을 해야 보안요원들이 다음 게이트로 이동하기 때문에 먼저 처리하고는 화물서류 노톡NOTOC을 들여다보았다. 그 와중에 사무장이 "기장님, 승객 보딩해도 될까요?"라고 물어왔다. 항공기 정비로그를 슬쩍 확인하고는 고개를 끄덕여 바로 보딩신호를 주었다. 통상 50분 전에 보딩 사인이 나가니 다행히 많이 늦지는 않았다.

이어서 탑재할 연료량을 결정해주고 그사이 부기장이 준비해둔 FMS를 확인하고 이륙 성능 계산을 마치고 나니 출발 30분 전이다. 이어지는 이륙브리핑을 마치고 이륙 성능 자료를 항공기 컴퓨터에 입력하고 나니 10분 전. 이어지는 기장 방송을 하다 잠시 '내가 어딜 가는 거였더라?' 생각하느라 살짝 뜸을 들였다.

"아, 오늘, 모, 모스크바까지의 비행시간은 다섯 시간…."

다행히 푸시백은 제시간에 이뤄졌다.

한 시간 반 전까지 침대에서 꼬물대고 있었는데, 푸시백 완료를 기다리며 이제야 부기장 얼굴을 천천히 쳐다볼 여유가 생겼다.

"야, 근데 자네 정말 잘생겼다. 여자들이 많이 따를 것 같은데?"

부기장 입이 귀에 걸린다. 이제 그는 내 편이다.

다섯 시간 조금 넘는 비행은 탈 없이 잘 마쳤다. 호텔로 이동하는 버스에서 승무원들에게 그제야 "여러분 만나서 반가워요. 저는 캡틴 제이입니다"라고 말했다.

여기저기서 깔깔거리는 웃음소리들….

조종사가 연료를 리터로 채우지 않는 이유는?

중학교 수준의 과학 수업에 나오는 밀도Density가 어떻게 항공기 연료에 적용되는지 살펴보자. 참고로 나는 문과, 그것도 영문학을 전공한 사람이다. 이 점을 감안해 읽어주셔야 한다!

시장에 콩을 사러 가서 한 '됫박'(아직도 이렇게 파는지 모르겠지만)을 산다면 이건 부피 단위로 물건값을 치른 것이다. 돼지 목살 1킬로그램을 산다면 이건 부피가 아닌 저울 무게Mass 단위로 돈을 낸 것이고. 그럼, 주유소에서 휘발유 1리터에 1700원을 지불했다면 이건 부피일까? 무게일까? 안타깝게도 소비자에게 불리한 부피 단위로 구매한 것이다. 엄밀히 말해 공정한 거래를 위해서라면 우리는 무게 단위(킬로그램)로 휘발유를 구매해야 한다. 그렇지만 그렇게 하려면 휘발유의 밀도를 매번 측정해 이를 무게로 변환한 다음 가격을 매겨야 하므로 번거로

울 것이다. 그래서 자동차 휘발유는 부피 단위로 돈을 치르는 것이다. 따라서 퇴근 시간보다는 출근 시간에 자동차 연료를 채우는 게 소비자 입장에서 유리하다. 밤새 기온이 내려가 동일한 1리터의 연료더라도 아침에 무게가 더 나가기 때문이다.

항공유는 어떨까? 자동차와 똑같이 리터 단위, 곧 부피 단위로 항공유를 급유하고 성능 계산을 할까? 그렇지 않다. 항공유는 무게 단위로 급유를 요구한다.

"연료 100톤 채워주세요"라고 말하지 "연료 10만 리터 채워주세요"라고 말하지 않는 것이다. 왜냐하면 항공기의 성능을 결정하는 것은 무게이지 연료가 차지하는 부피가 아니기 때문이다. 모든 성능 계산의 기준은 무게다. 그래서 항공유는 급유 과정에서 늘 밀도를 측정하고 이것을 부피에 곱해 무게 단위로 환산한 값을 급유한다. 보통 항공유 JET A1의 밀도는 0.8에서 0.7 사이다. 기압이 높을수록 그리고 온도가 낮을수록 밀도는 높아진다. 그러다 보니 최저 밀도(고온 저압) 상태와 최고 밀도(저온 고압) 상태에서 실제 급유 가능한 연료의 무게 차이가 B777의 경우 자그마치 '6톤'에 이른다.

아주 더운 날 연료탱크 최대치까지 가득 채워도 가장 추운 날보다 6톤가량 덜 들어간다는 말이다. 6톤이면 B777이 대략 한 시간 비행할 연료량에 해당한다. 엄청난 차이다.

자, 이제 자동차 1리터당 연비에 어떤 한계가 있는지 알 수 있을 것이다. 동일한 차량도 겨울과 여름에 연비가 다르게 나오는 이유다.

4발 민항기 시대의 종말

　콴타스항공이 2020년에 B747을 그리고 2030년에 A380을 퇴역시킬 계획을 발표했다는 기사가 최근 실렸다. 통상 항공기 도입 후 최소 10년을 사용한다고 보았을 때 2020년 이후에도 인수할 A380이 있다는 점에서 아직 시간이 많이 남았다고 생각되지만, 어쨌든 2030년 경이면 이곳 항공사에서도 마지막 4발 민항기인 A380을 퇴역시킬 수밖에 없을 것으로 보인다.

　최근 A380은 조종사들 사이에서 인기가 없다. 내가 몸담은 항공사에서도 B777 조종사 가운데 희망자를 받아 부족한 A380 인원을 보충하려 시도하고 있지만, 지원자가 부족해서 결국 입사 순서에 따라 강제로 전환시킬 계획이라고 한다. 나 같아도 10년 후 사라질 기종을 타고 싶지 않을 것 같다. 조종사 나이로 예순 근처에 주 기종 항공기가 사라진다는 것은 사실 재앙에 가깝다. 이런 경우 회사는 타 기종으로 전환시키는 걸 주저하다 희망퇴직을 요구할 수도 있다. 다른 회사로 이직한다 해도 그 나이에 전환 교육을 받는다는 것은 사실 힘든 일이다. 반면, B777은 B777X가 2020년 새로 도입된다. 또 동일 레이팅Rating, 기종 자격이라 볼 수 있는 B787까지 최소 20년 이상 전 세계에서 안정적으로 운영될 것으로 보인다.

그러면 왜 4발 민항기는 이렇게 역사 속으로 사라지는 걸까? 간단히 몇 가지 사항만 살펴보자.

첫째, 4발 민항기는 연료 효율 면에서 쌍발 민항기보다 많이 불리하다. 자료에 따르면 777-9X의 100킬로미터 비행 시 좌석당 연료 소모율은 2.85리터인 데 비해 A380과 B748은 각각 3.27과 3.35리터를 보여 도저히 경쟁할 수준이 아니다. 유일하게 A380을 성공적으로 운영하는 E항공도 이 점을 우려해 그간 에어버스와 오랜 기간 연료 효율 개선을 위해 접촉했지만, 결국 에어버스는 개량 없이 단종하는 것으로 결론을 냈다.

둘째, 4발 민항기는 쌍발 민항기보다 엔진 결함에 따른 회항 확률이 두 배나 된다. 당연하다. 그리고 A380 같은 대형 기체는 회항 시 입게 될 손실이 더욱 클 수밖에 없다.

셋째, 약 500명가량의 승객을 태우는 항공기는 200명이나 300명을 태우는 항공기에 비해 비행 중 환자 발생으로 인한 회항 가능성이 두 배가 된다. 이 점은 A380을 그간 운영해온 항공사에서 공통으로 겪는 문제다.

15시간 가까이 소요되는 비행에서 최대 연료탱크 용량인 220여 톤을 실었다고 가정해보자. 이때 회항이 결정되어 최대 착륙중량으로 줄이고자 연료 방출을 한다면 얼추 계산해봐도 약 180톤을 공중에 뿌려야 한다. 1톤당 500달러라고 가정한다면 9만 달러의 돈을 버리는 셈이다. 극단적 사례지만, 한화로 약 1억 원에 이르는 돈을 승객 목숨을 살리기 위해 포기하는 것과 같다. 그러면 이런 회항 사례가 얼마나 자주 있을까? 생각보다 꽤 자주 발생한다. 한 달에 몇 건씩 보고되기도 한다.

간단히 알아본 세 가지 이유로 4발 민항기는 계륵 같은 존재가 된 지 오래다. 특히 10여 대 남짓한 A380을 운영하는 항공사에서는 더욱 사정이 어려울 수밖에 없다. 승객을 가득 태운 A380 한 대가 기술적 이유로 회항했을 때 이 승객들을 다시 태우기 위한 또 한 대의 A380이 준비되어 있거나, 아니면 B777 정도로 대체해 그중 일부 승객만 먼저 보내야 하는 일이 발생하기 때문이다.

나는 10년이 못 되어 A380이 사라질 것이라고 생각한다. 항공기가 낡거나 당장 손실을 입어서가 아니라 이 불운한 항공기를 B777X나 B787로 교체해 얻을 수 있는 순익이 너무 크기 때문이다.

이탑스 인가가 중지되었다는 것의 의미

엔진이 하나만 달린 소형 항공기로 뉴욕에서 파리까지 대서양을 33시간 30분에 최초로 횡단한 린드버그 같은 무모한 비행을 막고자 FAAFederal Aviation Administration, 미국연방항공청가 엔진 수에 무관하게 모든 항공기는 착륙 가능한 공항으로부터 한 시간 이내의 구간에서만 비행해야 한다는 제한(60분 규칙)을 둔 해가 1936년이다. 이 제한은 1953년에 이르러 단발 및 쌍발 항공기만으로 완화된다.

60분 규칙은 예전 무역선으로 치자면 연안에서 해안선을 시야에 둔 상태에서 항해하도록 제한을 둔 것과 같다. 이런 제한을 풀고자 항공사들이 FAA와 JAAJoint Aviation Authorities, 유럽항공연합를 설득해 만들어낸 것이 이탑스ETOPS, Extended-Range Twin-engine Operational Performance Standards다. 이 규칙의 기본은 이렇다.

엔진 내구성을 증명할 테니 60분 제한을 풀고 120분, 180분, 최대 330분까지 늘려달라는 것이다. 이렇게 하면 보다 큰 범위에서 비행 계획을 세우는 게 가능하다. 곧 연안을 따라 항해하는 것이 아니라 해안선이 보이지 않는 원양까지 나아가 직선 구간으로 목적지까지 갈 수 있도록 허가해달라는 것과 같다. 연료가 절감될 것이다.

제트엔진은 피스톤엔진보다 단순한 구조인데다 내구성과 신뢰성이 획기적으로 향상되어 규칙을 바꾸는 데 긍정적으로 작용했다. 그러나 이런 원양 항해에서 한 가지 빠뜨려서는 안 되는 것이 최악의 상황에서 지정된 항구(공항)로 돌아올 충분한 연료를 정확히 계산해 실어야 한다는 점이다. 그리고 그 최악의 상황은 항공기에서는 여압장치가 고장 나 낮은 고도로 내려와서 비행하는 경우다. 그렇게 되면 연료 소모율이 매우 높아진다.

고려된 최악의 시나리오는 이렇다. 착륙 가능 대체 공항 두 곳의 딱 중간 지점에서 항공기가 여압 상실로 1만 피트로 강하하는데, 엎친 데 덮친 격으로 한쪽 엔진까지 고장 났을 경우다. 따라서 대체 공항에 착륙할 때까지 소모될 것으로 예상되는 연료(법적 예비연료)가 추가로 실려야 한다. 다시 정리해보자. 배로 치면 해안선을 따라 항해할 필요 없이 대양으로 나가되, 최악의 상황이 발생했을 경우 안전하게 지정된 인근 항구로 돌아올 수 있도록 충분한 연료를 탑재해야 한다는 것으로 비유할 수 있겠다.

조종사는 이 규칙이 어떤 기준으로 만들어진 것인지 확실히 이해해야 한다. 이탑스 규정은 모든 것이 최악인 상황을 고려한 시나리오에 기초한 계획이다. 실제 비행에서 조종사가 무조건 그대로 따라야 한다고 만든 절차가 아닌 것이다. 곧 조종사를 강제하려는 게 아니라 운항관리사Dispatcher와 회사가 최악의 상황을 고려해 충분한 연료를 싣도록 강제하기 위한 계획 단계의 제한이라는 것을 잊어서는 안 된다. 기체 이상으로 회항할 때 고도나 속도는 조종사 판단에 따라 가장 유리한 상황으로 선택해 비행해야 한다는 뜻이다.

마지막으로 최근 B787의 이탑스 인가가 중지되었다는 의미는, 롤스로이스 트렌트 1000엔진이, 최악의 경우 비행 중 엔진 두 개 모두 동시에 꺼지지 않으리라는 것을 보장할 수 없다는 의미로도 해석할 수 있다. 과거 60분 제한을 두었던 피스톤엔진의 신뢰성 정도만 인정하겠다는 것이다. 보잉과 엔진 제작사 롤스로이스로서는 큰 수모가 아닐 수 없다.

찰스 린드버그의 너무나 무모한 도전

찰스 린드버그와 그의 비행기 스피릿오브세인트루이스호Spirit of
St. Louis가 현재 기준으로 너무나 터무니없었던 이유.

당시 뉴욕에서 출발해 논스톱으로 파리에 도착한, 다시 말해 대
서양을 횡단비행한 최초의 항공기는 다음과 같은 상황이었다.

1. 일체의 항법 장비가 없었음. 그렇다고 그가 천문 항법을 제대
   로 이해한 것도 아니었음.
2. 무게를 줄이기 위해 라디오와 브레이크 장비를 달지 않았음.
3. 무게를 줄이기 위해 거의 아무것도 가지고 가지 않았음. 낙하
   산마저도.
4. 엔진이 많을수록 고장 확률이 높다는 이유로 좋은 것 하나만

달았음(세 발을 달고 출발했던 경쟁자의 비행기는 무거운 무게로 시험비행 중 추락해 전원 사망함).

5. 연료탱크 크기를 키우고 사고 시 생존 가능성을 높이기 위해 엔진오일 탱크를 칵핏 계기판 뒤에 배치함. 그래서 전면에 창이 없음. 진행 방향을 보거나 착륙할 땐 슬라이드슬립을 해서 비스듬히 요Yaw를 주어야 했음.

6. 비행 중 전면 시야가 나오지 않기 때문에 잠망경을 부착함.

7. 항법 장비가 없어서 순전히 추측항법Dead Reckoning에 의지했으며 많은 부분 측풍 없이 비행해 드리프트Drift, 바람에 흘러가는 것 없이 아일랜드 남쪽을 식별하고 파리로 진행함. 운이 아주 좋았음.

8. 메인 나침반이 하나 달려 있었는데 공간이 부족해 조종사 머리 뒤쪽에 설치함. 그래서 백미러를 달고 비행 중 참고함.

9. 무게만 더 나가고 서로 간 이견으로 준비가 지연된다고 생각해 혼자 타기로 결심함. 참고로 예상한 비행시간은 원래 40시간이었음.

10. 엔진이 설계상 견딜 수 있는 최대 자체윤활Self Lubrication 한계시간이 40시간이었음. 어차피 중간에 내릴 곳도, 연료도 없으니 이 엔진을 선택한 건 올바른 판단이었음.

11. 대서양 횡단을 위해 급히 개조한 항공기로 안정성이 많이 부족했으나 린드버그는 오히려 이를 이점으로 받아들임. 졸면 바로 추락하기에 33시간 30분 동안 한순간도 졸 수 없었음.

2장

그는 총 55시간을 수면 없이 버텨냄.

12. 대서양을 횡단하는 비행기의 날개는 나무 재질이었고 위에 특수 가공된 천이 씌어 있는 구조였음.

13. 레이더가 없어서 구름과 착빙을 피하기 위해 수시로 상승과 강하를 해야 했으며 비행 중 최대고도는 1만 피트, 최저고도는 100피트 이하였음.

14. 이 항공기의 엔진을 개발한 사람은 당시 나이가 스물네 살로 린드버그보다 한 살 어렸음.

15. 몸무게를 최소로 줄여 거의 승마 기수 수준의 몸매였음.

16. 비행 중 바다 위의 어선을 목격하고 내려가 길을 물으려다 실패함.

그가 도착한 파리의 한 작은 공항에는 영웅을 보기 위해 15만 명 이상의 인파가 몰렸다고 한다. 린드버그! 정말 절박했던 게 분명하다. 그렇지 않고서는 사람이 이렇게 무모한 일을 할 수 없다.

꿈을 위해 달려온 호주 청년 이야기

이번에 함께 비행한 부기장은 호주 애들레이드 출신이다. 가난한 집안의 삼남매 가운데 아들로 태어난 그는 고등학교만 졸업하고 가구 공장에서 목수로 4년간 일했고 그간 마련한 돈으로, 본인 말에 따르면 운이 좋아 꿈꾸던 항공대에 입학했다.

학자금 대출과 아르바이트로도 부족했던 훈련 비용을 홀어머니 는 자식을 위해 집을 담보로 대출까지 받아 메꿔주었다고 한다. 어렵 게 비행훈련을 마친 뒤에는 단 220시간의 비행 경력과 사업용 조종 사 면장을 가지고 무작정 호주 북부 다윈 근처의 작은 도시 브룸으로 향했다.

이곳엔 지금도 세스나로 광산을 연결하는 작은 항공사들이 있는 데, 그는 그중 한 곳을 찾아가 약 두 달을 머물며 허름한 방 한 칸에서

먹고 자며 기회가 주어지기를 기다렸다. 어느 날 그중 한 항공사에서 사무실용 가구를 제작할 목수를 구한다기에 일단 일을 맡아 시작했고, 이틀째 되던 날 그간 유심히 그를 지켜보았던 조종사 책임자가 다가와 "마침 회사에 조종사 한 명이 필요한데 지금 자네 비행 실력 좀 볼까?"라며 기회를 주었다. 그 길로 시험비행을 한 뒤 채용되었다. 결국 그는 딱 이틀만 그 항공사에서 목수로 일한 셈이었다.

그는 4년 동안 호주의 원주민 애버리진Ab-origin이 거주하는 아넘 랜드의 마을들을 연결하는 세스나210을 조종했다. 폭풍 속에서 두 번의 죽을 고비를 넘겼고 비행 사고로 두 명의 동료가 죽는 걸 보았다. 그중 한 명은 스물한 살의 매우 영민했던 후임이었다.

서른여섯 살에 마침내 콴타스항공의 Q400 부기장이 되었고, 서른아홉 살에는 E항공 B777 부기장으로 자리를 옮겼다. 대학과 비행 훈련에 들어간 은행 대출금을 상환하는 데 자그마치 15년이 걸렸다고 한다. 그의 어머니는 작년에야 마침내 일을 그만두고 은퇴했다. 이제 마흔한 살인 그는 약 3년 뒤 마흔다섯이 되면 꿈에 그리던 B777 기장이 된다.

E항공 부기장 중에는 이런 친구가 많다. "하늘은 스스로 돕는 자를 돕는다"는 말은 바로 이들을 위해 준비된 것 같다.

기장의 결정을 존중하는 기업문화

내가 몸담은 E항공의 가장 큰 장점을 들라면 주저 없이 '기장의 결정을 존중하는 기업문화'라 말하고 싶다. 예를 들어, 출발 전 소란을 피우는 승객을 비행기에서 내리게 하라는 기장의 결정은 곧바로 실행된다. 회사의 허락을 구하거나 하는 절차는 필요하지 않다. 브리핑 중 기장과 갈등을 빚은 객실 사무장을 비행에서 배제하라는 터무니없어 보이는 요구도 일단 그대로 실행된다. 기장의 영이 서는 기업문화를 유지하는 것이다.

그렇다고 기장이 안하무인 갑질을 일삼아도 회사가 묵인할 거라는 뜻은 결코 아니다. 오히려 이곳에선 CRM 문제로 종종 부기장으로 강등되는 기장을 보기도 한다. 지속해서 객실 승무원들과 갈등을 일으키는 부기장은 기장 승급을 기대하지 않는 편이 좋다. 기장이라 하더라도 감정적으로 일처리를 하는 경우 이곳에선 그 자리를 보장받기 어렵다. 회사는 스스로 판단하고 실행하되 책임질 준비가 된 기장을 원한다.

한번은 프놈펜에서 양곤을 거쳐 두바이로 돌아오는 구간에서 문제가 발생했다. 미얀마 양곤공항은 항공유 가격이 비싸서 퓨얼탱커링Fuel Tankering, 돌아오는 구간의 연료까지 급유해 가져가는 비행이 결정된 공항이며, 동시에 활주로 강도에 제한이 있어 최대 착륙중량이 251톤보다 20톤 정도 아래로 제한되는 곳이다.

퓨얼탱커링 구간이기에 급유를 최대치로 받은 뒤 출발하려는데, 어떤 이유에서인지 마지막 순간 스텝 열 명이 아직 대기 중이라는 지상 직원의 보고를 받았다. 이 사실을 왜 이리 늦게 기장에게 알렸는지에 대해서는 논외로 하자. 이 경우 회사의 최대 이익을 위해 개인 휴가 중인 직원을 태우지 않고 운행한다 해도 기장을 욕할 수 없다. 하지만 기장은 이들 모두를 받아들였고 이로 인해 추가된 1톤 중량을 낮은 순항고도를 선택하고 랜딩기어를 일찍 내리는 방법으로 소모해 제한 중량 이하로 맞춰 착륙했다.

회사로 봐서는 스탠바이 티켓Standby Ticket, 직원용 대기 티켓으로 아주 저렴한 대신 좌석의 여유가 있어야만 사용할 수 있다을 사용하는 직원을 태우기 위해 연료 1톤, 비용으로는 500달러를 손해 본 것이지만, 기장 입장에서는 원하는 시간에 두바이로 돌아오지 못할 수도 있는 동료 직원들을 복귀시킨 것이 된다. 종종 이런 결정을 기장에게 미루려는 듯한 인상을 받기도 하는데, 사실 이런 난처한 결정을 기장이 해주면 많은 이가 편해진다. 왜냐하면 이곳에서는 이런 기장의 결정에 회사가 일절 관여하지 않기 때문이다. 기장의 판단을 믿는 것이다.

이런 결정을 자연스럽게 내릴 수 있는 배경에는 '기장의 상식은 이미 검증된 것이며 회사와 기장의 가치판단에 견해차가 존재하지 않는다'는 믿음이 있다. 회사는 약간의 이견이 있는 문제가 발견되더라도 개입을 최소화하는 것이 현명하다는 사실을 잘 알고 있다. 명백한 회사 정책이나 규정의 잘못된 적용 또는 위반이 아닌 이상 작은 문제에 대해 회사가 일일이 개입하기 시작하면 어느 순간 기장들은 스스로 결정하려 들지 않고 그 책임을 통제부서에 미루려 한다. 이렇게 되면 문제는 더 커진다.

경험상 운항 중 발생하는 문제에 대한 최소 시간에 최대로 신뢰할 만한 결정은 회사 운항통제실이 아닌 기장에게서 나올 가능성이 높다. 대신 판단을 회사에 맡겨야 한다거나 의견을 구해야 하는 사안이 무엇인지 기장들은 명확히 인지하고 있어야 한다. 예를 들어, 시급을 다투는 비상은 아니지만 회사의 신중한 결정이 요구되는 중대한 결함이 그렇다.

이륙 후 중앙유압장치Center Hydraulic System가 고장 난 B777을 출발 공항으로 복귀시키거나, 목적지까지 그대로 진행시키거나, 그것도 아니면 제3의 장소로 회항Divert시켜 수리의 편의성과 운항상 파장을 최소화하는 결정은 반드시 운항통제실의 결정을 따라야 한다.

대신 운항통제실이 간과하고 있는 사안이 발견되면 기장은 다시 한 번 이에 대해 조언할 수 있다. 이를테면 항공기 수리와 영업에만 초

2장

점을 맞춰 그대로 목적지까지 비행이 가능하다는 판단이 내려졌다고 가정해보자. 이때 착륙 후 항공기의 자체 택시가 불가능해 활주로에 정지해야 하며 그 과정에서 견인차량Tow Truck이 필요한데 목적지 공항에는 견인차가 없는 것으로 안다고 기장이 조언을 한다. 운항통제실은 조언을 따라 목적지 공항을 바꿀 수 있는 것이다.

더불어 기장은 착륙 후 수리가 요구되는 중대 결함(주로 〈MEL[Minimum Equipment List]〉을 통해 운항에 제한이 걸리고 수리에 시간이 걸리는 결함)이 발생하는 경우 가능한 한 빨리 운항통제실이나 정비통제부에 연락해 지상 직원들이 미리 대응할 수 있도록 조치해야 한다.

이 모두가 회사가 계속 기장의 판단을 믿고 존중할 수 있게 하는 지극히 상식적인 기장의 책임이다.

승무원들의 은밀한 휴식공간

승무원들이 휴식을 취하는 공간 CRCCrew Rest Compartment에 대해 이야기하려 한다. 우선 B777이나 A380 정도 되는 장거리 비행(최소한 9시간)이 가능한 항공기에 이 CRC가 장착된다. 그렇다고 모든 B777에 CRC가 붙어 있는 것은 아니다. 중단거리를 염두에 두고 B777을 구매하는 항공사라면 굳이 추가 비용을 지불하면서까지 무게도 더 나가는 불필요한 휴식공간을 설치하지 않을 것이다.

이와 더불어 항공사 대부분은 조종석 바로 뒤에 조종사 휴식을 위한 화장실보다 조금 큰 별도의 칵핏벙크Cockpit Bunk를 둔다. 대한항공이 대표적이다. 대한항공 조종사들은 대개 칵핏벙크나 일등석에서 휴식을 취한다. 그런데 내가 몸담은 E항공에서는 CRC가 설치되어 있는 경우 조종사들도 그곳에서 휴식을 취하는 게 원칙이다. 일등석 좌

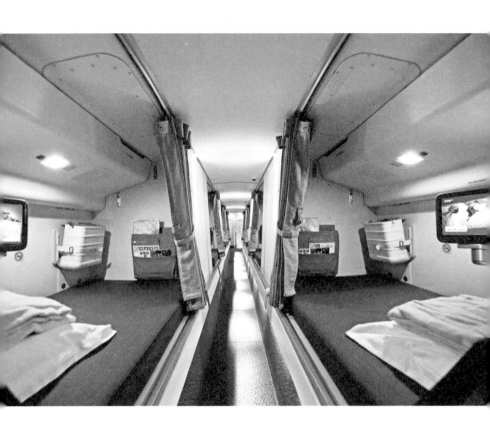

석을 따로 주지 않는다. 당연히 칵핏벙크도 달려 있지 않다.

처음 이곳 항공사로 취업 제안을 받았을 때 걱정했던 부분 하나가 바로 이 CRC에서 휴식을 취해야 한다는 것이었다. 그래서 대한항공 사직이 가까운 어느 날 사무장님께 양해를 구하고 입사 8년 만에 처음으로 CRC를 구경하러 올라간 적이 있다. 기내 후방 갤리 쪽에 출입구가 있는데 보통 숨겨져 있다. 승객들이 화장실인 줄 알고 출입하지 않도록 표가 안 나게 말이다.

문을 열고 계단을 올라가면 좌우로 5개씩 10개의 침대가 커튼이 드리운 상태로 설치되어 있다. 우선 상당히 비좁아서 허리를 굽혀야 앞으로 나아갈 수 있다. 이코노미클래스에 앉은 승객들 머리 위에 있는 셈인데, 객실처럼 창문은 달려 있지 않다. 잠수함 속 승무원 휴식공간과 매우 유사하다. 물론 잠수함보다는 여유 공간이 더 있지만.

이 안에는 개인용 엔터테인먼트시스템이 승객 좌석처럼 장착되어 있어서 영화 시청도 가능하다. 또 각 침대마다 수면을 위한 베개와 담요가 비치되어 있다.

문제는 유니폼을 파자마로 갈아입을 장소가 마땅치 않다는 점이다. 전에는 CRC에 오기 전에 화장실에 들러 환복하기도 했지만 요즘은 CRC 내에서 눈치껏 커튼을 치고 갈아입는다. 처음에는 객실 승무원도 있다 보니 조금 민망했는데 지금은 침대 안쪽에 앉아 발만 커튼 밑으로 내민 채 요령껏 갈아입는다. 서로 예의를 지켜주면 불편하지 않다.

흥미로운 사실은 객실 승무원이나 조종사 가운데 자신에게 폐소

공포증이 있는지 모른 채 입사한 이들이 있다는 점이다. 단거리 중형 항공기를 타기까지는 전혀 경험해보지 못한 CRC에 어느 날 갑자기 올라와 길게는 7시간까지 잠을 청하다 보면 자신도 알지 못하던 불안장애를 겪곤 하는 것이다. 이 문제로 사직한 부기장을 본 적도 있다.

또다른 문제는 키가 아주 큰 사람이 누웠을 때 다리를 구부려야 할 정도로 비좁다는 점이다. 키다리 조종사들에게는 고통스러울 것이다. 역시 이 문제로 사직하고 CRC에서 휴식을 취하지 않아도 되는 대한항공으로 옮긴 기장을 본 적이 있다.

조종사의 가치, 비행시간

조종사의 일차적인 가치는 무엇으로 평가될까? 나이? 전투기 출신? 수송기 출신? 유수의 항공대학교 출신? 아니면 현재 회사에서 담당하는 보직?

모두 아니다. 조종사의 가치는 그가 탄 기종과 총 비행시간으로 평가된다. 나이가 아니다. 1만 시간 탄 서른 살 기장이 5000시간 탄 쉰 살의 부기장과 같이 비행하는 곳이 바로 민항사다. 그렇기에 조종사들은 자신의 경력을 증명해주는 로그북Log Book 작성법을 잘 알아두어야 한다.

전통적으로 조종사들은 자신의 비행 로그를 정직하게 스스로 작성해 그것을 근거로 회사를 옮길 때 제출한다. 요즘에는 전 직장에서 비행경력증명서를 떼오게 하거나 로그북에 도장을 받아오게 하는 추

가적인 방법으로 신빙성을 높이곤 한다. 여기서는 로그북 작성에서 중요한 몇 가지만 언급해볼까 한다.

첫째, 가급적 매 비행마다 꼼꼼히 기록해라.

나중에 몰아서 쓰게 되면 입사 시 로그북 점검에서 허위 경력으로 의심받을 수 있다. 그래서 가급적 매일 기입하기를 권한다. 총 비행 시간은 공란으로 두어도 된다. 나중에 필요할 때 회사 전산 기록과 맞추면 쉽게 해결된다.

둘째, P1, P2, P3 시간을 명확히 해라.

이 개념만 흔들리지 않고 로그북을 적는다면 나중에 큰 혼란을 피할 수 있다.

P1은 기장 시간이고, P2는 부기장 시간이다. P3는 한국에는 없는 세컨드오피서Second Officer 시간이다. 더불어 항로기장Cruise Captain 시간도 여기에 해당한다.

P3인 세컨드오피서에 대해 좀더 설명하자면, 콴타스항공의 경우 입사 후 길게는 5~6년까지 세컨드오피서로 비행해야 부기장 자리에 앉을 수 있는 P2First Officer로 승급이 가능하다. 옵서버시트에 타고 비행을 뒤에서 배우는 시간으로 한국에는 없는 개념이다. 한 가지 유의할 것은 항로기장 시간이다. 내가 근무하는 항공사에서 이 시간은 버리는 시간이다. 인정되지 않는다.

셋째, 가급적 스틱 타임Stick Time, 실제 좌석에 앉아 조종한 시간으로 P 타임을 기입하라.

실제 좌석을 점유한 시간을 '스틱 타임'이라고 한다. 많은 항공사에서 인정하는 시간이 바로 이 스틱 타임이다. 이 점을 고려해 꼼꼼하고 정직하게 적어야 한다. 옵서버시트에 앉는 안전조종사Safety Pilot나 항공보안감사관Auditor의 시간은 P3에 해당한다.

E항공 입사 면접에서 첫째 날 오전은 지원자들이 가지고 온 로그북의 진위를 확인하는 시간이다. 이때 신빙성이 결여된다는 이유로 바로 돌아가는 지원자들도 종종 나온다. 사소한 부분은 넘어가더라도 위에서 언급한 점은 꼭 지켜주어야 경력을 의심받지 않는다.

워터살루트, 명예로운 전통

    E항공 B77F가 에콰도르 키토공항에 취항한 지는 약 5년 정도 되었다. 하지만 이 공항에 에콰도르 출신 기장이 B777을 착륙시킨 것은 그 이후 몇 년이 지난 뒤였다. 나와 입사 동기인 이 친구가 처음으로 고향 키토공항에 내렸을 때 아무도 모르게 깜짝 이벤트가 준비되어 있었다.

    주기장에 들어서는 B777 양옆으로 소방차 두 대가 물대포를 쏘아 올리는 워터살루트Water Salute를 해준 것이다. 이 친구가 느꼈을 감동은 말로 표현할 수 없었을 것이다. 지금도 전 세계 공항에서 종종 이뤄지는 아름다운 전통인 워터살루트는 항공 전통이 대부분 그렇듯 항해를 하던 바닷사람들의 전통에서 가져온 것이다. 승객을 가득 태운 유람선이 항구에 처음 기항해 들어서는 경우 대기하던 소방 보트에서

물대포를 발사하며 축하하던 전통이 그 기원이다.

초기에는 새로운 항공사가 첫 취항하는 날을 기념하기 위해 주로 시행했고, 나중에는 신형 항공기가 처음 투입되는 것을 기념하기 위해 사용되기도 했다. 그러다 퇴역하는 항공기나 문을 닫는 항공사의 마지막 항공기에 이 워터살루트를 제공하기도 해서 보는 이들의 마음을 아프게 하기도 했다.

언뜻 보기에 공식적이고 딱딱한 이 전통이 좀더 친근하게 대중화된 것은 1990년 솔트레이크공항에서 델타항공에 제공된 서비스가 계기였다. 평생 델타항공에서 근무한 기장의 고별 비행을 기리기 위해 깜짝 이벤트로 준비해 떠나는 노 기장을 감격에 겨워 눈물짓게 만들었는데, 이 이벤트 이후 워터살루트는 보다 보편화되어 이제는 전 세계 모든 공항에서 흔하게 행해지고 있다. 선임 기장의 종료 비행은 물론 은퇴한 관제사가 탄 비행기에도 기장과 협조해 이 영광스러운 행사가 준비되기도 한다.

평상시 비상에 대비해야 하는 소방차 두 대를 동시에 동원해야한다는 부담감이 있기는 하지만, 소방대 입장에서는 별도로 실시해야하는 실전 훈련을 이런 명예스러운 행사에서 진행할 수 있으니 일석이조의 효과다.

가끔 뜻하지 않은 실수, 가령 게이트에 들어서는 항공기 문에 물대포를 직사해 항공기 문이 떨어져나간다거나 슬라이드가 퍼지는 사고가 난 적도 있다. 또는 물과 거품을 착각해 손님(?)에게 거품 목욕을 시키는 일이 벌어진 적도 있다. 하지만 여전히 워터살루트 전통은 이

2장

벤트 대상이 되는 당사자만이 아니라 이를 지켜보는 공항의 모든 직원과 탑승객에게 잊지 못할 추억을 선사하고 있다.

인천, 김포를 포함한 한국의 많은 공항에서도 이 아름다운 전통을 좀더 자주 볼 수 있었으면 좋겠다.

리더의 실수

20년 전 미국 공군참모대학교에서 SOS Squadron Officer School, 초급지휘관참모교육 과정을 밟을 때의 일이다. 이 과정은 한국과 미국 공군 대위들이 소령으로 진급하기 위해 거치는 필수 코스로 무엇보다 리더십을 깊이 있게 교육한다.

당시 우리 분임은 팀워크가 좋았고 과정 내내 최상위권 성적을 유지했다. 우리 분임에는 미 공군사관학교 출신 정보병과 제이슨 대위라는 친구가 있었는데, 이 친구는 지금껏 만나본 천재 중 한 사람이었다. 명석한 두뇌, 빠른 판단력, 과감한 결단력, 출중한 외모와 더불어 훌륭한 운동신경까지 지닌, 무엇 하나 빠지는 것 없는 우리 팀 리더였다. 마지막까지 우리 분임이 최고 성적을 유지할 수 있게 해준 일등공신이기도 했다. 그중 가장 압권은 장애물 통과 경기인 '프로젝트X'였

2장

다. 이 경기는 제한된 시간 안에 장애물 구간을 제한된 여러 도구, 곧 파이프, 로프, 나무 패널 같은 것을 이용해 모두가 안전하게 건너는 경기였다. 이 과정에서 그의 리더십은 놀라웠다. 누구보다 빠르게 답을 내놓는 그에게 분임 모두 점점 더 깊은 신뢰를 보냈다.

SOS 과정에서 1등으로 수료하면 합참의장상이 분임원 모두에게 수여되며 거의 자동으로 소령 진급이 보장된다. SOS 전체 학생 인원이 2000명 정도였다는 점을 고려하면 이 가운데 한 분임 10명에게만 주어지는 특별한 상이다 보니 과정 내내 경쟁이 치열했다.

수료가 얼마 남지 않은 어느 날, 분임장 켈리 소령은 다시 한번 우리 분임이 합참의장상을 받을 가능성이 크다는 사실을 전달하며 마지막까지 분발을 당부했다. 그리고 프로젝트X 장애물 통과 경기의 마지막 날이 밝았다. 이날의 장애물 구간은 최고 난이도였다.

"뿌우!"

요란한 에어혼Air Horn 소리와 함께 모두 장애물 경기장에 들어섰고 주어진 장비와 장애물 상태를 비교하며 저마다 방안을 내놓았다. 그때 리더인 제이슨 대위가 제일 먼저 방법을 제안했다. 그가 방법을 설명하자 팀원들은 그의 말에 집중했고 단 한 번의 기회밖에 주어지지 않는 것이라 조심스럽긴 했지만 그를 신뢰하기에 그의 결정을 따르는 분위기로 흘러갔다. 이때 단 한 사람, 그간 늘 침묵을 지키며 참여도가 저조했던 '뱀뱀'이라는 시설특기 대위가 앞으로 나서며 말했다.

"내 생각에 그렇게 하면 통과할 수 없어. 다시 한 번 생각해주길 바래!"

순간 서로의 눈치를 살피던 동료들은 결국 뱀뱀의 의견을 무시하기로 했다. 결과적으로 그날 우리는 장애물 통과에 실패했고 디브리핑에서 교관은 "아까 뱀뱀이 제시했던 방안이 유일한 통과법이었어!"라고 말해주었다.

1999년 미국 공군참모대학교 SOS 과정에서 이 일로 우리 분임은 전체 2등을 차지했고, 합참의장상은 다른 팀에 돌아갔다. 비록 합참의장상은 놓쳤지만, 이때 경험은 지금까지도 리더의 치명적 실수에 대해 늘 고민하게 만든다. 100번의 문제에서 리더가 한 99번의 결정이 옳을 수 있다. 하지만 마지막 하나의 결정이 사고로 이어질 수 있는 결정적 미스라면 99번의 안전한 비행은 의미 없는 일 아닐까….

한국 조종사 대부분이 그렇듯 나 역시 매우 꼼꼼한 조종사다. 그런데 언제부터인가 그날 프로젝트X에서 결정적인 판단 실수로 팀원 전체에게 실패를 안겨주었던 리더 제이슨을 자주 떠올리게 되었다. 그래서 나 역시 실수할 수 있는 사람임을 부기장에게 미리 알리고 그의 의견을 늘 독려하는 것이다. 어떤 면에서 나는 어리숙한 기장보다 더 위험할 수 있으니까.

기장을 전적으로 신뢰하는 부기장만큼 쓸모없는 동료도 없을 것이다.

2장

조종사가 자기방어적 에고를 다루는 법

출발 전 브리핑에서 부기장에게 꼭 하는 말이 있다.

"나 실수 많이 하는 사람이야. 나를 믿지 마! 그리고 이상한 게 보이면 바로바로 얘기해줘야 해. 별 뜻이 있어서 그렇게 하는 게 아니라 실수하고 있을 가능성이 커. 우리 사이에 에고Ego, 자아는 없어."

영어로 얘기할 때 이곳에서는 "There is no EGO between us"라고 표현한다. 인간은 누구나 자기방어적이다. 종종 진실보다 자기방어적 감정과 행동이 이성을 압도한다. 그래서 비이성적 에고가 비행 중 우리 사이에 설 자리가 없다는 것을 선언하는 것이다.

이 말을 군이 처음 만나 비행하는 부기장에게 해주는 이유는 나 역시 자기방어적 에고가 강한 사람이어서다. 곧 부기장의 시의적절한 조언에 감사하는 마음보다는 자기방어적으로 내 판단을 합리화하려드는 경향이 있다는 말이다.

'굳이 큰 문제도 아닌데 까칠하게 왜 그런 것까지 기장에게 조언하는 거야?'라고 내 마음속 에고가 울컥하는 것을 잘 알기에 일부러 브리핑에서 부기장에게 하는 말을 빌려 자신에게 다짐하는 것이다. 이렇게 해두면 부기장들의 조언과 지적이 시의적절하게 나온다. 어떤 때는 내 에고가 부글부글 끓기도 하지만 이미 뱉어놓았으니 주워 담을 수도 없는 노릇이다. 체면 때문이라도 그냥 들어주곤 한다.

오늘도 브리핑에서 이렇게 말했다.

"나 실수 대마왕이야. 잘 지켜봐야 해. 우리 사이에 에고는 없어. 혹시 내 얼굴에 살짝 짜증이 보이면 무시해. 스스로에 대한 자책이지 자네하고 상관없는 일이니까!"

물론 이 말을 하면서 아빠 미소도 크게 한번 보여준다. 이렇게 하고 나면 오늘도 부기장은 내 편이다.

조종사들의 공부

"〈FOMFlight Operations Manual, 비행운영교범〉을 영문판으로 보세요!"

대한항공에 처음 입사하고 매뉴얼을 수령할 때 누군가가 해준 조언이다.

"처음엔 한글판과 영문판 두 개를 비교해 보시고 이해가 되면 한글판을 반납하세요."

그분이 누구였는지, 어떻게 그런 조언을 하게 되었는지는 모르지만 나는 한국에서 비행하면서 매뉴얼은 영문판으로 소지하고 있었다. 이 소문이 돌아서인지 입사 일 년 뒤 〈FOM〉 한·영문판을 비교 검토해 문제를 찾아내는 간행물검열관이 되었으니 삶이 참 묘하다.

이후 매년 실시하는 사내 정기 구술평가에서도 영문판 〈FOM〉을 그대로 가지고 가서 평가를 받았다. 공군 전역 전 전수과정에 들어가서도 미국에서 구매한 〈커머셜Commercial〉과 〈인스트루먼트 플라잉 Instrument Flying〉 원서를 구해 수업과 병행해 공부했다. 마지막으로는 뜻이 맞았던 선배와 미국 애리조나 비행스쿨에서 ATPLAirline Transport Pilot License, 운송용조종사면허을 취득했다. 이후 항공법과 구술시험을 보고 한국 면허로 전환했다.

구술시험 평가관이 내가 한국 ATPL 필기시험 전 과목을 치른 줄 알고는 고생했다고 이야기해주었다. 그도 그럴 것이 그분이 물어보았던 내용이 대한항공 〈FOM〉을 벗어나지 않았으니 답변에 전혀 어려움이 없었다. 이상은 내가 부기장 시절 원서로 공부했던 과정이다. 나는 항공 관련 과목 공부를 '영문 원서'로 해야 한다고 생각한다.

지금은 어떤지 모르겠지만, 10여 년 전 한국의 항공자격시험에는 문제가 많았다. 시험을 치르는 사람이 마땅히 참고할 공식 매뉴얼도 없었다. 이전에 시험을 치렀던 사람들이 적어 나온 일명 '삼국지'에 그들이 생각하는 답을 마크한 조잡한 복사물이 전부였다. 그래서 일찌감치 이런 공부는 시간 낭비라고 생각하고 거들떠보지도 않았다. 그래서 몇 달을 준비한 끝에 미국에서 ATPL 필기와 실기를 마친 것이다.

철저하게 영문으로 항공 공부를 했고 간행물검열관이라는 직책을 수행한 덕에 마지막에는 외항사 시험에서 특별한 준비 없이 한 번에 합격할 수 있었다. 조종사 면허 취득과 관련해 공부하는 분께 드리고 싶은 조언은 다음과 같다.

- 조잡하게 복사된 삼국지(근거 없는 개인 창작물)를 참조해 시험

공부를 하지 말라. 시험은 통과할지 모르지만 비행 생활에 전혀 도움이 되지 않고 머리에도 남지 않는다. 항공은 이해해야 하는 분야다. 시험 통과를 위해 무조건 암기하려 들면 반드시 실패할 것이다.

- 반드시 영문 원서로 비행 원리부터 차근차근 공부하라. 25년이 지난 지금도 후배들로부터 역요Adverse Yaw나 유해항력Parasite Drag, 비대칭추력현상P Factor에 대한 질문을 받는다. 공부에는 때가 있고 그때 제대로 이해하는 공부를 해야 한다.

- 가능하다면 회사 〈FOM〉을 영문판으로 보라. 한글로 이해하는 규정은 확장성이 결여된다. 관련 자료를 좀더 찾고 싶어도 영문 구글링을 바로 할 수 없게 된다.

- 사업용과 운송용 면장을 미국에서 취득하라. 그리고 국내 면장으로 전환하라. 해외 항공사 입사를 꿈꾸는 사람이라면 나중에 큰 도움이 된다는 걸 알게 될 것이다.

3장

오 나의 머스탱, B777!

폭우 속에서 안전하게 착륙하려면

필리핀이나 베트남 같은 동남아 국가들은 우기 동안, 특히 밤에 폭우가 내리는 경우가 많다. 한번은 인도네시아 발리공항에서 예보에 없던 폭우와 조우해 1차 접근에서 실패하고 2차 접근에서 정말 간신히 착륙한 적이 있다. 지금도 그날 착륙은 잊을 수 없는 악몽이다. 연료가 고갈되어가는 비상상황이었기 때문이다.

그럼, 왜 민항기들은 악천후 속에서 착륙하다가 종종 활주로를 이탈하는 걸까? 단순히 날씨가 좋지 않아서? 또는 조종사의 과실 때문에? 이를 말하려고 이 주제를 꺼낸 건 아니다. 조종사에게는 야간에 폭우가 쏟아지는 활주로에 착륙할 때 딜레마가 있다. 이 딜레마를 적절한 시기에 해결할 훈련이나 경험을 해보지 못한 젊은 조종사들은 종종 매우 곤란한 상황에 빠지곤 한다.

Black Hole Approach.

칠흑같이 어두워 오로지 활주로 등만 보이는 곳에서 주로 발생하는 시각적 착각Visual Illusion은 조종사로 하여금 극단적으로 낮은 고도로 접근하게 해 결국 활주로에 미착하는 추락사고를 일으키기도 한다. 이런 시각적 착각을 방지하기 위해 조종사는 늘 마지막 순간까지도 외부 시각 참조물(활주로 모양이나 진입각지시등, 진입등, 착륙등 같은)에만 의지하지 않고 내부 계기를 함께 모니터하며 접근과 착륙을 수행하도록 교육받는다. 이런 이유로 착륙 중 조종사는 안과 밖을 번갈아 보며 접근율과 활주로 정대를 종합적으로 판단한다. 그런데 활주로 상공에 폭우가 내리는 상황에서는 이런 일반적인 테크닉이 오히려 위험한 상황을 초래할 수 있다. 야간에 익숙지 않은 공항, 거기에 폭우로 와이퍼가 간신히 빗물을 밀어내는 착륙 직전 상황에서 밖을 바라보던 조종사의 시선이 계기를 확인하려고 안으로 향했다 돌아오면 조금 전 그의 머리에 남아 있던 활주로 모습은 이미 빗물에 번져 왜곡되거나 사라져버린 뒤다. 이때 조종사는 밖을 바라보고는 있지만 사실 상황판단력을 상실한 상태다. 조종사가 곧바로 복행하지 않는다면 이후 항공기에는 '횡방향 드리프트Lateral Drift'가 발생한다. 만약 활주로 센터라인등이나 접지등, 접근등이 작동하지 않는다면 폭우 속에서 왼쪽이나 오른쪽으로 드리프트되는 것을 인지하는 데 시간이 더욱 오래 걸린다. 그리고 그때는 이미 100피트 이하 당김 고도에 도달한 이후다.

이런 드리프트 상태로 미끄럽고 시계가 제한적인 야간에, 그것도 폭우가 내리는 상황에서 억지로 접지하면, 조종사들이 흔히 쓰는 말

로 활주로 위를 '쓸고 다니는 현상'이 발생한다. 그러다 활주로를 이탈하기도 하고 운이 좋으면 다시 활주로로 돌아와 정지하는 것이다. 경험상 이런 환경에서 착륙할 때는 마지막 단계에서 PF조종을 맡은 파일럿는 외부 시각 참조물에만 집중하면서 종방향Vertical 컨트롤보다는 횡방향Lateral 컨트롤에 더 주의해야 한다. 높아지거나 낮아지는 것은 PMPilot Monitoring, 조종 이외의 업무를 담당하는 파일럿에게 맡기고 좌나 우로 드리프트되지 않게 활주로 정중앙에 착륙시키는 것이 제일 중요하다. PM은 내부 계기에 집중해 '종방향 드리프트Vertical Drift'를 모니터하고 높아지거나 낮아지는 상황을 명확히 "1000FPMFeet Per Minute, 분당 피트" 또는 "700FPM" 식으로 콜아웃해주어야 비행을 담당하는 PF가 제한된 시계 조건에서 주의력을 계기로 돌리지 않고도 안정적으로 강하율을 조절해 착륙할 수 있다.

하드랜딩은 테크로그Tech Log, 정비로그 기입으로 끝나지만, 횡방향 드리프트에 이은 활주로 이탈은 조종사 경력이 끝나는 것은 물론이고 항공기나 인명 손상이 초래되는 사고로 이어질 수 있다. 어느 쪽에 집중할 것인가?

위에 언급한 상황에서의 당김은 기계적이어야 하고 PF와 PM 사이에 건전한 CRM과 완벽한 팀워크가 형성된 상태에서만 안전하게 이뤄질 수 있다. 명심하자. 조종사라면 누구나 한 번쯤 반드시 겪는 일이다. 그런 코너에 몰리지 말아야겠지만, 살다 보면 꼭 내려야 하는 순간이 있다.

항공기의 방빙과 제빙에 대하여

비행 전 항공기 날개와 조종면에 형성된 얼음은 비행 중 심각한 양력 저하와 컨트롤 문제를 일으키므로 반드시 지상에서 제거한 뒤 이륙해야 한다. 더불어 제빙De-Icing 이후에도 강수 현상이 지속되고 이륙이 지연될 가능성이 있을 경우에는 추가로 반드시 방빙Anti-Icing 용액을 날개를 비롯한 조종면에 도포해 얼음이 형성되는 것을 막아야 한다. 1994년 6전대 UH60의 추락 원인은 비행 중 피토관Pitot Tube, 공기의 힘인 동압을 측정해 속도로 환산하는 장치 결빙에 따른 비정상적 계기 지시에 있었다. 다행스럽게도 이 외에 공군에서 제빙을 하지 않아 사고가 발생한 경우는 없었다. 그것은 아마도 겨울 한철, 그것도 눈이 내리는 환경에서는 사고를 우려해 보수적으로 항공기를 운영했기 때문일 것이다. 폭설이 내리는 상황에서 전투기가 이륙하는 일은 드물다. 그렇지만 수

송기는 얘기가 다르다.

나는 딱 한 번 결빙이 원인으로 추정되는 비정상 컨트롤 문제를 공군에서 목격한 적이 있다. 동료 대대원의 VIP 임무에서 발생한 일이다. 이 항공기는 저녁 늦게까지 진행된 행사에 참석했던 VIP들을 모시고 서울공항에서 저녁 5시경 이륙할 예정이었지만, 행사가 지연되면서 무려 한 시간 이상 대기했다. 문제는 그날 서울에 폭설이 내렸다는 점이다. 폭설 속에서 엔진을 가동하고 VIP들이 나오기를 기다리는 동안 조종사들은 인지하지 못했지만 날개 위에는 눈이 쌓여 얼어붙고 있었다.

예정보다 많이 지연된 시간에 마침내 승객들이 탑승했고 항공기는 이륙했다. 그런데 이륙 직후부터 예상치 못한 컨트롤 문제가 발생했다. 상당 시간 동안 뱅크가 한쪽으로 들어가는 현상이 나타나 조종사들은 이를 바로잡기 위해 계속 반대쪽으로 조종간에 힘을 가해야 했다. 임무 조종사가 대대에 복귀한 뒤 이 문제를 보고했고, 곧 브리핑실에서 상황 설명과 토의가 이뤄졌다. 그렇지만 방빙이나 제빙에 대한 개념이 기체에 설치된 장비 운용에 국한되었던 공군 조종사들로서는 상황에 대한 이해도가 떨어질 수밖에 없었다.

그렇게 이 문제는 잊혔고 그 장소에 있었던 대다수 대대원은 지금 군을 떠나 민항에 나와 있다. 공군에서 이와 동일한 상황이 발생할 확률은 물론 아주 낮다. 그렇지만 최근 공군은 전투기나 수송기만이 아니라 B737, A330 같은 대형 기체도 도입해 운용하고 있다. 이제는 지상에서의 항공기 제빙과 방빙에 대한 절차를 체계화해야 한다. 미국 공군으로 교육을 보낼 필요까지는 없다. 그저 민항에 나와 있는 선배 조종사들을 불러 운영과 관련된 자료를 받고 일 년에 한 번이라도 비행단을 방문해 교육해줄 것을 요청하는 것만으로 충분하다. 미국 공군도 이 부분에서는 민항보다 경험이 부족하다.

영상 10도 이하의 날씨에 강수 현상이 있는 상황이라면 언제라도 날개에 결빙이 발생할 수 있다. 특히 날개를 채운 연료 온도가 빙점 이하라면 더더욱 주의해야 한다.

3장

안개 낀 모스크바 도모데도보공항

오후 두 시가 넘어가는 시간, 도모데도보공항에는 여전히 짙은 안개가 끼어 있었다. 모스크바 상공에 도착해 강하 시작점을 알리는 TOD Top Of Descent, 강하시작점가 코앞에 다가왔는데도 여전히 도시의 흔적을 찾을 수 없었다. 고도 1만 피트 정도에 마치 두꺼운 카펫을 깔아 둔 것처럼 하얀 구름바다가 태양 빛이 새어 들어갈 틈을 남길세라 촘촘하게 겨울왕국 하늘을 뒤덮었다. 낭만은 여기까지. 기장으로서 나는 이곳에 안전하게 내려야 했다.

기온은 영상 1도, 이슬점 온도는 0도. 풍향은 220도에 6노트로 거의 불지 않는 상태였다. 이 경우 안개가 소산할 가능성은 거의 없다. 출발 전 예보에는 시정 6000미터로, 이즈음 회복될 것이라 했지만 정작 도착해 보니 안개는 여전했다. 모스크바에 있는 셰레메티예보공항이나 브누코보공항의 날씨도 역시 같은 하늘 아래, 같은 안개에 잠겨 있었다. 만약 안개가 너무 심해 활주로가 마지막 순간까지 보이지 않으면 복행해야 한다. 그리고 이 경우를 대비해 상황별로 미리 시나리오를 만들어두어야 한다.

이곳 날씨가 나쁘면 모스크바 내의 다른 공항의 계기접근 등급은 더 열악한데. 그곳으로 회항한들 하나라도 나을 것이란 보장이 없었다. 늘 그렇듯 접근 전 계획을 명확히 정리해둘 필요가 있었다. 특히 부기장은 스물넷밖에 안된 두 줄의, 그것도 모스크바에는 처음 와 보는 신입이었다. 그가 판단해줄 결정은 적어도 그 순간에는 없어 보였다. 비행 중 그가 묻는 질문은 기본적인 것들이었다.

조건.

하나. 도모데도보공항의 자동착륙 등급은 모스크바의 다른 공항보다 높다(우수하다).

둘. 도모데도보공항은 활주로가 하나인 상태다. 원래 세 개의 활주로가 있지만 이러저러한 사정으로 서쪽 14R만 사용할 수 있다.

셋. 모스크바 내 모든 공항의 시정은 현재 차이가 없이 자동착륙해야 하는 저시정 상태다.

넷. 나에게는 모스크바 바깥의 공항, 예를 들어 상트페테르부르크공항 같은 기상이 좋은 곳으로 회항할 연료가 없다(저시정 상황이 이렇게 지속될 것이라 예보되었다면 상트페테르부르크공항으로 회항할 충분한 연료를 탑재했을 것이다. 예보는 종종 빗나간다).

접근 전 계획.

하나. 기상이 '빌로 미니멈Below Minimum', 곧 활주로가 결심 고도 50피트 상공에서 보이지 않는 경우라도 함부로 회항하지 않는다. 다른 공항도 사정은 다르지 않다.

둘. 오늘 내가 반드시 회항해야 할 상황은 도모데도보공항의 유일한 활주로가 항공기 사고로 폐쇄되거나 장비 이상으로 자동착륙을 위한 CAT3A 등급을 상실하는 경우다. 이 경우 나는 계획된 브누코보공항으로 지체하지 않고 회항한다.

셋. 만약 브누코보공항까지 문제가 발생한다면 이때는 셰레메티예보공항으로 회항한다. 이 경우 다른 항공기들도 상황은 동일할 것이므로 결심이 빨라야 한다. 필요하면 비상 선포를 염두에 두어야 한다. 가지고 있는 연료는 12톤이며 회항에 필요한 최소 연료는 8톤이다. 4톤의 여유 연료로 약 40분간 홀딩할 수 있다.

이렇게 상황별 시나리오와 백업의 백업까지 머릿속에 준비한 뒤 TOD를 지나 고도를 낮춰 구름 속으로 진입했다. 다행히 활주로 진입등을 약 100피트에서 식별하고 안전하게 자동착륙할 수 있었다.

공항의 자동착륙 등급은 CAT3A로 미니멈은 50피트였다. 다시 말해 50피트에서도 활주로 진입등이 보이지 않았다면 복행해야 했을 것이다. 겉으로 보기에는 모든 것이 계획한 대로 진행된 평온한 비행이었지만, 기장의 머릿속은 이렇게 복잡하다. 적어도 착륙할 때까지는.

안전보안실

전화를 기다리고 있었다. 전화가 걸려올 곳은 안전보안실. 항공사에서 항공기 운항 중 발생하는 사건 사고를 조사하는 부서다.

잠시 후 벨이 울렸다. 약속한 시간보다 5분이 늦었다. 조사관과 아주 의례적인 인사를 주고받고는 곧바로 본론으로 들어갔다.

"작성하신 안전보고서에 따르면 관제사의 마지막 헤딩이 배풍 상황에서 부적절했다고 하셨는데, 그 부분을 좀더 구체적으로 설명해주시겠어요?"

책임을 관제사에게 돌리고 싶지 않았다.

"그 부분은 사실이지만 문제 삼고 싶지 않습니다. 그 고도에 15노트 배풍이 그 각도로 불고 있다는 것을 관제사는 몰랐을 겁니다. 그리고 평상시 같았으면 관제사의 부적절한 마지막 헤딩 지시를 그냥 따르기보다 제 임의로 진입 각도를 10도 정도 더 틀었을 겁니다. 수십 번도 더 겪은 통상적인 상황입니다. 그랬다면 글라이드슬로프Glide Slope, 강하각을 전파로 내보내는 계기착륙시스템에 올라타지 않았을 거고요. 야간비행 이후의 동트는 시간의 착륙이라 제 컨디션이 좋지 않아서 이를 인지하는 것이 늦었습니다. 제 잘못입니다."

내 잘못이라고 인정해버리자 조사관은 더이상 그 부분에 대해 질문하지 않고 다음으로 넘어갔다.

"그 부분은 알겠습니다. 그럼 다음 질문으로 넘어갈게요. 복행 도중 오토스러스트Auto Thrust, 자동추력조절장치가 시스템 이상으로 저절로 차단되었다고 기술했는데, 당시 두 조종사가 수행한 복행 절차를 자세히 설명해주세요."

나는 최대한 천천히 또박또박 상황을 설명했다.

"저는 안전한 착륙이 불가능하다고 판단했고, 접근 중단Discontinue Approach을 선포한 뒤 곧바로 부기장에게 이를 관제탑에 통보하게 했습니다. 이후 관제탑은 헤딩 300도, 고도를 2000에서 3000피트로 상승하라고 지시했습니다. 이후 '복행, 플랩 20도'라고 콜아웃했고요. 제가 토가TOGA, 최대 추력을 작동시키는 스위치 버튼을 누른 직후인지 아니면 동시인지 기억이 확실치 않지만, 바로 주 경고Master Caution가 울리고 무엇인가가 시현되었습니다. 복행 중이었기 때문에 나머지 콜아웃과 절차를 수행하는 게 우선이어서 부기장에게 플랩을 20도로 올리라고 말한 뒤 곧바로 셋 스러스트Set Thrust, 복행에 필요한 추력을 확인해 세트하라를 지시했습니다. 부기장 손이 스러스트레버Thrust Lever, 추력레버를 밀어

올리는 것을 보았고, 이어 그가 '포지티브 클라임Positive Climb'(확실히 상승 중)이라고 외쳤습니다. 저는 기어 업Gear Up을 지시했고요. 그러고 나서야 조금 전에 발생한 '주 경고'가 체크리스트 인컴플리트Checklist In-complete, 체크리스트가 완료되지 못함인 것을 확인하고 이것이 통상적인 뉴슨스Nuisance, 시스템 결함에 따른 부정확한 지시이거나 적어도 중대한 결함은 아니라는 일차 판단을 했습니다."

계속 말을 이었다.

"모든 복행 절차의 기제 취급과 콜아웃이 완료되고 나서야 제 시선이 항공기 속도계에 이르렀고 바로 속도에 이상이 있다는 것을 인지했습니다. 속도가 늘지 않고 타깃 스피드 이하에서 가속이 지연되고 있었거든요. 일차적으로 저는 오토파일럿이 연결된 상태였기 때문에 속도 조절 노브Knob, 로터리방식 스위치를 돌려 증속을 두 차례 시도했으나 반응이 즉각적이지 않았습니다. 그제야 깨달았습니다. 오토스러스트가 해제된 상태라는 것을요. 이후 바로 연결하자 속도가 정상적으로 회복되었습니다."

조사관이 다시 물었다.

"복행을 하면서 FMAFlight Mode Annunciator, 비행모드시현창를 제대로 읽었습니까? 읽었다면 바로 오토스러스트가 해제된 것을 알았을 텐데요?"

"아니요, 읽지 못했습니다. 그 부분은 저도 왜 못 읽었는지 곰곰이 생각해보았습니다. 복행을 위해 토가버튼을 누르는 순간 주 경고가 울렸고 이것 때문에 혼란이 생겨 제 시선이 '체크리스트 인컴플리

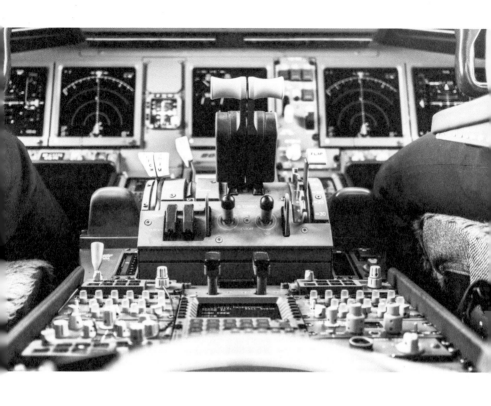

트'라고 시현된 EICASEngine Indications and Crew Alerting System, 엔진이나 시스템의 경고 상태를 종합적으로 알려주는 시스템으로 곧바로 옮겨갔습니다. 그러면서 당연히 읽었어야 할 FMA을 놓친 것으로 보입니다."

조사관은 생각에 잠긴 듯 한동안 말이 없다가 다시 질문을 이어갔다.

"복행할 때 혹시 실수로 기장이 오토스러스트 차단 버튼을 누른 건 아닙니까?"

이 난처한 질문에 나 역시 잠시 생각한 뒤 말을 이었다.

"그럴 수도 있을 겁니다. 그렇지만 제가 대답할 수 있는 것은 제가 그 차단 버튼을 누를 이유도 없고 눌렀다는 기억도 없다는 겁니다. 제 비행 데이터를 회수해보면 확인할 수 있을 겁니다. 토가버튼과 오토스러스트 차단 버튼이 순차를 두고 작동했는지 아니면 동시에 작동된 것인지."

조사관은 조금 시간을 두고 자료를 확인하고는 조심스럽게 말했다.

"자료상으로는 동시에 일어난 것으로 보입니다."

"그렇다면 그 두 버튼을 동시에 누르는 것이 얼마나 비상식적이고 힘든 일인지 조사관도 B777 기장이시니 잘 아시리라 생각합니다."

잠시 침묵이 흐른 뒤 이윽고 그의 목소리가 한 단계 누그러졌다.

"일리 있습니다. 이 일은 저희가 제작사에 자료를 보내 시스템 이상이 있는지 조사를 요구하겠습니다."

이로써 전화로 이뤄진 '복행 중 오토스러스트 차단' 사태의 사건 조사가 완료되었다.

일주일 뒤 나온 초기 사건 조사 기록에는 다음과 같이 기술되어 있었다.

"강한 배풍으로 인해 ILS의 글라이드슬로프를 타지 못하고 고도가 높아져 복행함. 복행 중 오토스러스트가 해제되었으며, 왜 해제되었는지에 대해서는 보잉에 자료를 보내 시스템 결함 여부를 조사 중."

안전보안실의 사고 조사에서 해당 조종사에게 요구되는 자세는 처음부터 마지막까지 '정직함'이다. 더하지도 빼지도 않고 만약 있었다면 자신의 잘못을 솔직히 인정하고 조사에 협조하면 일이 간단해진다.

조사관은 초기 오토스러스트가 차단된 것을 기장이 다소 늦게 인지했음에도 조사 결과에서는 언급하지 않았다. 또 복행이 근본적으로 관제사의 부적절한 헤딩 지시와 배풍에 기인했다고는 하지만 충분히 예방할 수 있었던 일이었음에도 환경적 요인에 따른 것으로 넘겨주었다.

결과적으로 조사 결과 보고에는 조종사의 과실에 대한 언급이 전혀 남아 있지 않았다.

미터법과 QFE를 쓰는 공항에서의 운항

경험 많은 조종사든 이제 막 비행을 배우는 어린 조종사든 한 번쯤 머리를 갸우뚱하며 그 뜻을 이해하려 노력해야 하는 것 중 하나가 바로 항공에서 사용하는 유닛Unit이다. 여기서는 그중에서도 고도와 관련된, 아직 서방 조종사들에게는 많이 알려져 있지 않은 중요한 사항에 대해 말해보고자 한다.

제2차 세계대전 이후 미국이 지배하는 세계질서 속에서 항공은 미터법이 정착되지 못한 대표 분야다. 항공에서는 기본적으로 미터 Meter 대신 피트Feet를 사용한다. 또 고도계는 통상적으로 QNH(공항 근처 해면의 기압값을 나타내는 고도계)가 QFE(공항의 기압값을 나타내는 고도계)보다 많이 쓰인다. 중국이나 러시아 같은 일부 국가에서는 일찌감치 미터법으로 바꾸어 사용하고 있는데 이때 고도계 세팅은 QFE(러시아+중국)나 QNH(중국)를 각각 사용한다. 이런 차이가 미터법을 사용하는 국가의 공항에 처음 들어가는 조종사들에게는 종종 혼란을 일으킨다. 솔직히 말하면 경험 많은 조종사도 이와 관련해 종종 실수를 저지른다.

중국은 미터법+QNH를, 러시아는 미터법+QFE를 사용한다. 하고자 하는 이야기의 이해를 돕기 위해 조금 설명을 덧붙이자면, QFE를 따르는 국가에서는 항공기 고도계는 언제나 AGLAbove Ground Level, 지상고도, 곧 그곳의 표준 공항 표고로부터 절대 고도를 지시한다. 예를 들어, 에티오피아의 아디스아바바공항의 해발고도는 7400피트다. 만약 이 공항에서 표준고도계 세팅 방식을 QFE로 정한다면, 해발고도 7400피트라는 사실은 고도 강하를 계획하는 조종사에게는 무의미해진다. 착륙한 모든 항공기의 고도계 지시가 0피트를 나타내기 때문이다. 반면 QNH를 사용하게 되면(현재 이 방법이 사용됨) 착륙 뒤 고도계는 해발고도 7400피트를 지시하게 된다.

나는 러시아에서 사용하는 QFE와 미터법의 혼용 방식이 조종사에게는 보다 효율적이라고 생각한다. '무슨 헛소리야?'라고 생각하는 분이 있을 것이다. 그 이유를 말해보겠다.

첫째, QFE의 장점으로는 다른 해발고도를 가진 각 공항에 접근할 때 그곳 해발고도를 고려한 강하 계획Descent Management이 별도로 필요하지 않다. 착륙 후 고도는 늘 0피트일 테니까.

둘째, 러시아처럼 관제사가 QFE와 미터법 고도를 같이 알려줄 경우에는 이 둘의 상관관계만 잘 이해하고 비행하면 고도와 거리 간의 상황 판단이 빠르고 쉬워진다. 예를 들어, 접근 관제사가 "○○○, 강하고도Descent Altitude 1500미터"라고 했을 때 조종사는 이 고도 1500미터를 활주로 터치다운 포인트로부터 15마일 연장된 지점에 맞춰 도달하도록 강하율을 조절하면 그만이다. 미터 고도의 앞 숫자 두 자리가 곧 도달해야 할 거리와 일치한다. 또다른 예를 들자면, QFE 공항에서 1200미터로 고도 강하를 지시받았다면, 1200미터 고도를 활주로 연장선 12마일에 도달하도록, 우리가 말하는 NDNavigation Display, 항법계기 계기에 고도 도착이 예상되는 바나나Banana 심벌을 맞춰 조절해주면 그 이후부터는 3도 각으로 안정적으로 강하해 착륙할 수 있다.

이는 QNH나 피트를 사용했을 경우 결코 얻을 수 없는 미터법의 가장 큰 장점이다. 동의가 되는가?

자동착륙과 수동착륙

얼마 전 두바이공항에서 근무하는 한 관제사의 인터뷰가 화제가 되었다.

"자동착륙 기술이 비약적으로 발전했다. 따라서 승객들이 만약 거친 착륙을 경험했다면 이건 자동착륙이 아닌 조종사의 수동착륙일 것이다. 민항기 착륙은 대부분 자동착륙이다. 그래서 착륙이 부드러운 것이다."

이 인터뷰를 공항 홍보영상에 올려두다 보니 조종사들 사이에서 말이 많았다. 이 영상을 보면서 들었던 생각은 '항공산업에서 일하는 관제사, 조종사, 정비사, 객실 승무원, 지상조업 직원 등 다양한 분야의 인원들이 정말 서로의 일을 모르는구나'였다. 솔직히 조종사와 가장 밀접한 관제사가 이런 잘못된 생각을 가지고 있다는 데에 무척 놀랐다.

결론적으로 말하면 착륙의 99퍼센트는 조종사가 직접 하는 수동착륙이다. 자동착륙은 날씨가 나쁜 날 드물게 이뤄진다. 지난 8년간 내가 한 자동착륙은 단 두 번뿐이었다.

자동착륙이 가능한 ILS에는 단순히 나누어 보면 총 세 등급이 있다. 바로 CAT1(노 오토랜드No Auto Land, 중복안전장치Redundancy가 없어서 자동착륙이 원칙적으로 금지), CAT2+CAT3A(페일 패시브Fail Passive, 2중 안전장치로 제한된 자동착륙), CAT3B(페일 오퍼레이셔널Fail Operational, 3중 안전장치로 완전한 자동착륙)다.

항공기와 공항시설의 중복안전장치(2중·3중 안전장치)에 따라 이 등급이 결정된다. 조금만 더 설명하자면, 2중 안전장치가 설치된 공항과 항공기는 CAT2(공항), CAT3A(항공기+공항) 자동착륙 등급을, 3중 안전장치가 가동 중이라면 CAT3B(항공기+공항) 자동착륙 등급을 받게 되는 것이다.

인천공항은 CAT3B 등급인 반면, 한국의 지방 공항 대부분은 CAT1 등급으로 자동착륙이 사실상 금지되어 있다. 물론 CAT1 등급이라도 항공기나 지상 장비가 갑작스럽게 고장 나지만 않는다면 자동착륙이 가능하다. 대신 어느 한 장비라도 문제가 발생하면 안전한 착륙이 보장되지 않는다.

이에 반해 CAT2나 CAT3는 이렇다. CAT2+CAT3A는 자동착륙 중 한 가지 장비에 문제가 발생해도 항공기에 급격한 자세 변화가 일어나지 않는다. 이걸 '페일 패시브'하다고 표현한다. CAT3B는 자동착

류 중 한 가지에 문제가 발생하더라도 끝까지 나머지 장비가 자동착륙을 안전하게 유도한다는 걸 의미하고, 이를 '페일 오퍼레이셔널'하다고 이야기한다.

위에서 언급한 두바이공항이나 인천공항은 평상시 CAT1 상태의 자동착륙시스템을 운영하다가 날씨가 나빠지면 추가적인 중복안전장치 장비를 작동시켜 CAT3 상태로 수준을 올린다. 그리고 이때는 ILS의 전파간섭을 방지하기 위해 항공기 간 간격을 늘린다. 또 지상에서는 항공기나 장비의 이동을 자동착륙 중에는 통제한다.

조종사가 날씨가 좋은 날 인천공항이나 두바이공항에 자동착륙하는 경우는 극히 드물다. 이렇듯 절차가 복잡하다 보니 시스템에 대한 이해가 다소 부족한 조종사와 관제사는 종종 착각에 빠진다.

예를 하나 들어보겠다.

공항 시스템이 원래 CAT1인 작은 지방 공항에 갑자기 짙은 안개로 빌로 미니멈Below Minimum, 기상이 안전운항 최저요건에 미달함 상황이 되었다. 그런데 다른 공항에서 회항해 온 어느 운 나쁜 항공기가 이를 모르고 착륙해야 하는 상황을 가정해보자(연료 부족으로 다른 공항으로 회항할 수 없다).

CAT1 등급(자동착륙 비인가 공항)이기 때문에 미니멈에서 오토파일럿을 풀고 수동으로 착륙해야 할까? 아니면 연료가 고갈되어가는 비상상황이므로 활주로를 전혀 보지 못하더라도 CAT1 미니멈 이후에도 자동착륙을 감행해야 할까?

이 경우에는 비상착륙에 해당한다. 따라서 활주로를 전혀 보지 못하더라도 자동착륙을 감행해야 한다. 조종사는 비상을 선포하고 관제사는 조종사의 요구가 없더라도 전파간섭 지역에서 항공기나 차량의 이동을 중단시켜야 한다. 이 상황에 대해 언급하는 것은 실제 사고 사례 가운데 회항으로 연료가 고갈된 항공기가 악기상 속에서 CAT1 등급 공항에 접근하는 과정에서 오토파일럿을 풀고 수동착륙을 시도하다가 활주로를 이탈한 경우가 있었기 때문이다.

자주 쓰지 않는 장비이고 경험이 부족하면 충분히 이런 실수가 일어날 수 있다. 마지막으로 동일한 상황에서 자동착륙이 안 되는 비정밀 접근이라면 조종사는 어떤 조치를 취해야 할까? 이런 경우는 캡틴 설리가 허드슨강에 착수한 것과 같은 비상상황이므로 착륙 직전 약 1000피트에서 승객에게 "브레이스Brace! 브레이스Brace!"(충격에 대비하라는 의미)라고 알려야 한다.

북극 상공에서의 항법

북극 상공.

두바이를 출발한 달라스행 B777이 방금 러시아의 무르만스크 FIRFlight Information Region, 비행정보구역을 막 벗어나 북극해의 아이슬란 드관제구역으로 진입했다. CRC에서 꿀 같은 6시간 50분의 단잠을 자고 부기장과 함께 칵핏으로 돌아왔다. 창밖은 두바이를 떠나던 7시간 전처럼 어둑했다. 기본적인 비행 진행 상황을 앞선 기장과 부기장으로 부터 전달받고 자리에 앉은 뒤 늘 그렇듯 항공기 상태를 하나씩 점검 했다. 곧이어 앞으로 진행할 FMCFlight Management Computer, 비행관리컴퓨 터 내의 좌표를 비행계획서와 하나씩 꼼꼼히 대조했다. 이 시간 이후로 발생하는 모든 문제의 책임은 내게 있는 것이다. 이전 조종사가 만든 실수라 하더라도 책임을 피할 수 없다.

달이 없는 날, 발밑은 순도 100퍼센트의 검은 얼음 바다가 음산하게 펼쳐져 있었다. 외기 온도는 영하 50도. B777은 음속의 0.83배 속도로 북극 상공을 향해 빠르게 나아갔다.

'만약 당장 이 근처 얼음 위 어느 곳에 착륙해야 하는 상황이 벌어진다면, 모두 살아남기는 힘들겠어'라는 생각이 들자 오싹해졌다. 구조대가 도착하기 전 모두 저체온증으로 버티지 못할 테니 말이다. 보조엔진이 작동되어 항공기 내 온도를 유지시키지 못한다면 생존 가능성은 희박할 것이다.

B777이 도달하게 될 위도상 최고점은 N086, W040 지점이다. 위도 1도가 60마일이므로 90도에서 4도 차이, 곧 북극점으로부터 남쪽 대서양 방향으로 240노티컬마일 떨어진 지점을 스치듯 지난 항공기는 자세에 아무런 변화 없이 날개를 수평으로 유지한 채 컴퍼스 헤딩만 북북서에서 남남동까지 약 2시간에 걸쳐 극적인 변화를 경험하게 된다.

조금 전 N082도 지점을 지난 항공기는 위성통신이 미치지 못하는 블랙아웃Blackout 구역에 진입했다. 데이터통신도 위성통신 불가능 지역에 도달하자 먹통이 되어버렸다. 이제 외부 세계와 통신이 가능한 장비는 단 하나, 아주 오래된 구식 통신장비인 두 개의 HFHigh Frequency, 단파 라디오뿐이다.

그 순간 눈으로 오버헤드패널의 ELTEmergency Location Transmitter, 긴급위치송신기 위치를 찾았다. 행여 비상착륙 상황이 발생하면 저것부터 작동시켜야 하니까. 점검을 마치고 각 웨이포인트가 한 시간에 달하는 이 구간에서 무료함을 달래기 위해 부기장을 괴롭히기로 마음먹고는 씩 웃으며 바라보았다.

"필립! 너 B737 탔다고 했지?"

필립은 독일 뒤셀도르프 출신으로 지금은 파산한 한 독일 저가 항공사에서 B737을 그리고 얼마 전까진 에티하드항공에서 B777과 B787을 탔다. 회사를 옮긴 지 6개월 정도 된 신참이다. 그렇지만 에티하드항공에서 B777을 3년 가까이 탔기 때문에 경력 면에서는 선임 부기장에 속한다. 필립이 씩 웃으며 나를 바라보았다.

"북극점에 가까운 지금 이 상황에서 NAV ADIRU INERTIAL내비게이션의 기초 자료를 제공하는 자이로Gyro 고장이 발생하면 어떤 일이 벌어질까? 생각해본 적 있어? 어떻게 해야 할 것 같아?"

필립은 내 도전에 피할 생각이 없어 보였다. 잠시 생각을 하더니 경험 많은 B777 부기장답게 비슷한 답을 바로 내놓았다.

"일단 LNAVLateral Navigation, 횡적안내정보제공항행가 끊어지겠지요. 그리고 이곳이 나침판이 작동되지 않는 구역Magnetic Unreliable Area이기 때문에 헤딩이 자북Magnetic North이 아닌 진북True North으로 시현될 거고요."

그는 자동으로 ND에 바뀌어 있는 녹색 "True" 글자를 가리켰다.

"아주 좋았어, 메인 자이로가 고장 나면 그의 백업인 SAARUSecondary Attitude Air data Reference Unit, 예비용 자세 및 대기자료 처리장치가 바로 대신하니까 문제는 없겠지. 그리고 잘 알다시피 수 분 뒤에는 조종사가 매뉴얼로 현재 헤딩을 입력해줘야 하는 절차가 있지?"

부기장은 자신감 넘치는 얼굴로 알고 있다는 표정을 지으며 고개를 끄덕였다.

"그런데 지금부터 우리는 북극에 근접하면서 엄청난 율로 헤딩의 변화를 겪게 될 거야. 거의 매분 내가 변화된 헤딩에 맞추기 위해 수정하고 있는 걸 봤지?"

그가 말없이 고개를 끄덕이며 이어질 좀더 심오한 질문이 무엇일지 호기심 가득한 표정으로 기다리는 게 보였다. 속으로 이 상황을 무척 즐기고 있던 나는 중간중간 시스템 설명을 해가며 세 번째 질문을 던졌다.

"이런 곳에서는 헤딩이나 트랙Track 모드를 선택한다면 어쩌면 매분마다 새로 변경되는 값을 입력해줘야 하는데, 그게 가능할까? 극단적인 예로 만약 우리 항공기가 북극점 정상공을 통과한다면 진행 방향 헤딩이 360에서 한순간 180으로 바뀔 텐데, 그러면 그 순간 항공기는 어떻게 반응할까? 아주 빠르게 FMC에 바뀐 헤딩을 입력해주지 못하면 항공기는 선회를 시작해서 다시 뒤로, 다시 앞으로 이렇게 북극점 상공에서 오락가락하는 상황이 이론상 벌어지지 않을까?"

부기장 필립의 얼굴에 당황스러운 빛이 스쳤다. 그는 한 번도 이런 상황을 상상해본 적이 없는 듯했다. 나는 속으로 웃으면서 답을 주었다.

"초기 자이로 이상으로 LNAV가 끊겼을 때 바로 헤딩 모드로 변경시키지 않으면 어떨까?"

말을 이어가는 사이 필립은 눈을 동그랗게 올려 뜨고 나를 바라보았다.

"또는 FD Flight Director, 항행지시기를 끄고 오토파일럿을 연결해 보면?"

물론 나는 요즘 부기장들이 이런 일을 해본 적도, 들어본 적도 없다는 걸 알고 있었다. 답을 내놓지 못할 거라 예상하고 시작한 질문이었다. 안타깝게도 최근 비행훈련에는 더이상 이런 시범이 남아 있지 않다.

"FD를 끈 상태에서 오토파일럿을 연결하면 항공기는 베이직 피치 모드 Basic Pitch Mode로 들어가지 않을까? 윙 레벨이 된 상태에서 고도를 정확히 유지해 강하나 상승 없이 오토파일럿을 연결하면, 그 자세를 그대로 유지한 채 이후에는 자침 부정확 지역인 이곳에서 외부 헤딩 변화에 영향을 전혀 받지 않은 채 비행 방향을 유지할 수 있지 않을까? 그리고 ND에 시현된 우리 비행경로에서 크게 이탈하지 않도록 중간중간 오토파일럿을 풀고 방향을 틀어준 뒤 다시 연결하면 안전하게 이 구간을 빠져나갈 수 있지 않을까? 물론 이것도 여의치 않으면 오토파일럿과 FD를 모두 풀고 매뉴얼로 비행해도 되고."

미소를 지으며 부기장을 바라보는 사이 B777의 헤딩이 어느새 서서히 돌아 남쪽을 향해 있었다.

극한 환경에서의 비행과 안전장치

이륙 후 침로를 북북동으로 잡은 B777은 뉴욕 인근을 지나 캐나다의 세인트존스공항을 우측으로 끼고 북쪽으로 진행했다. 미국 댈러스포트워스공항을 이륙한 지 3시간쯤 지난 정오 무렵인데도 벌써 해가 지기 시작했다. 북극권으로 가까이 갈수록 겨울철 해가 짧아지다 보니 눈앞의 일몰은 사실 시간이 아니라 항공기 위치에 영향을 받은 면이 크다. 아래로 펼쳐진 캐나다 동부 해안에는 유빙이 보이기 시작했다. 어둑한 바다에 하얗게 빛나는 빙산 군락이 듬성듬성 우리 아래를 지나고 있었다.

해가 완전히 수평선 너머로 사라질 즈음 항공기는 완전히 얼어붙은 북극권 바다로 진입해 순항했다. 푸르스름한 얼음 바다 위로 날리는 눈의 실루엣이 굽이치듯 흘렀다.

잘 발달된 제트기류에 올라탄 항공기는 시속 140노트 배풍의 도움으로 유럽을 향해 빠르게 동진했다. 지구 자전으로 에너지를 얻은 제트기류 덕에 서에서 동으로 비행하는 날은 그 역방향으로 비행할 때보다 한 시간 정도 비행시간을 줄일 수 있다. 시간과 연료를 절감하려고 운항관리사들은 서에서 동으로 향하는 비행에서 언제나 이 강한 바람 근처로 비행경로를 짠다.

캐나다 동부를 빠져나와 침로를 서서히 동으로 돌린 항공기는 곧 착륙 가능한 최인근 공항Adequate Airport으로부터 한 시간 거리를 벗어나 대서양 한복판으로 들어섰다. 대서양 반대편의 착륙 가능한 첫 공항, 아일랜드의 섀넌공항 인근에 도달하기까지 180분 동안은 비상시 착륙할 공항이 존재하지 않는다. 이런 극한 환경 아래에서 비행을 위한 허가를 얻으려면 항공기 시스템의 중복안전장치Redundancy가 고려되어 있어야 한다.

두 개의 엔진과 여기에 설치된 두 대의 발전기, 이들의 고장에 대비해 보조동력을 위한 예비 엔진APU, 그리고 여기에 추가해 두 대의 비상 발전기가 바로 그 안전장치다. 하나 더 있다. RATRam Air Turbine, 풍력을 이용한 보조 비상동력장치라 불리는 사람 키만 한 풍력발전기가 위에 언급한 모든 발전장비가 고장 나는 때에 대비해 자동으로 동체 하부에 펼쳐짐으로써 항공기 컨트롤에 필요한 최소한의 유압과 전기를 공급해준다.

극단적으로 위에 언급한 모든 발전장치가 동시에 고장 난다 해도 조종사가 여전히 B777을 안정적인 상태에서 조종할 수 있도록 조종

3장

면과 조종간 사이에는 기계식 케이블Mechanical Cable까지 연결되어 있다. 항공기 조종면의 작동에 필요한 유압장치 역시, 세 개의 독립된 시스템으로 되어 있으며 이 가운데 두 개를 순차적으로 또는 동시에 잃는다 하더라도 나머지 하나만으로 안전한 비행과 착륙이 가능하다.

확률적으로 이 모든 장치가 동시에 고장 나서 항공기가 조종 불능 상태에 빠지는 상황은 비현실적인 공상에 가깝다. B777을 비롯한 현대의 민간항공기는 지금까지 만들어진 그 어떤 세대의 항공기보다 안전하다는 점을 자신할 수 있다. 그래서 작금의 조종사들은 아주 운이 좋다.

착륙 후 정비사가 내게 다가와 어느 나라 출신인지 묻는다. 한국이라는 말에 바로 핸드폰을 꺼내 들고는 삼성이 최고라고 칭찬을 시작한다. 그러고는 "그런데 한국은 비행기 못 만들어요? 삼성 같은 기술력이 있으면 가능할 텐데요?"라고 말한다.

그날이 올까? 이 멋진 B777 같은 항공기를 우리 손으로 만들 날이… 언젠가는 꼭 보고 싶다.

항공기의 여압시스템

사람들은 종종 전투기 조종사가 착용한 산소마스크를 떠올리며 민항기에도 산소가 탑재되어 승객과 조종사가 나누어 마실 것이라 생각한다. 하지만 전투기와 달리 민항기에는 승객을 위한 별도의 산소탱크가 탑재되어 있지 않다. 전투기와 민항기는 산소공급장치에 다소 차이가 있다. 전투기는 적기와의 공중전에서 피탄되는 상황에 대비해 가스실린더Gaseous Type에서 나오는 산소가 조종사 마스크를 통해 항시 공급되는 반면, 민항기는 앞으로 설명할 몇 가지 이유로 압축 산소 대신 화학반응식Chemical Reaction 산소를 탑재한다.

민항기와 전투기 모두 여압이 제공되는데, '여압'이란 엔진에서 압축된 블리드에어Bleed Air, 엔진에서 공급되는 공기를 강한 압력으로 객실이나 칵핏에 불어넣어 지상에 가까운 기압 상태를 유지하는 것을 말한다.

팽팽하게 부푼 거대한 풍선을 상상하면 된다. 통상 순항 중의 객실 기압은 고도 6000피트(약 1800미터) 정도의 기압값에 맞춰져 있다. 쉬운 예로 한라산 정상에서 호흡하는 정도의 약간 희박한 공기 밀도가 유지되는 것이다. 그래서 비행 중에는 평상시보다 술에 빨리 취하고 노인이나 평소 산소포화도가 낮은 승객에게 종종 건강상 문제가 발생하는 것이다. 따라서 추가로 산소가 필요한 승객을 위해 B777에는 20개 정도의 산소 용기가 별도로 실려 있다.

대부분 민항기 칵핏에는 여압이 상실되는 비상상황에 대비해 별도의 산소실린더와 연결된 네 개의 마스크가 구비되어 있다. 이 산소 탱크의 용량은 네 명의 조종사가 서너 시간을 사용하기에 충분한 양이다. 이에 반해 객실 승객에게 제공되는 비상 산소는 가스방식이 아닌 화학반응식이 보다 일반적으로 쓰인다.

비상시 머리 위에서 떨어지는 산소마스크를 승객이 당기면 비로소 각각의 마스크와 연결된 산소발생장치가 화학반응을 일으켜 약 22분간 산소를 공급하는 것이다. 화학반응에 따른 것이기에 발생기가 설치된 오버헤드빈의 온도가 심하게는 250도까지 치솟을 수 있으며 이와 함께 타는 냄새가 나기도 한다. 그런데 산소마스크가 떨어진 객실에서 보고되는 타는 냄새는 그것이 화재 때문에 나는 것인지 아니면 산소발생기 때문에 나는 것인지 승무원으로서는 구분하기 힘들 수 있다. 그래서 여압 상실 뒤 강하하는 동안 이를 화재로 오인한 보고가 객실에서 칵핏으로 전달되기도 한다.

그러면 승객에게는 왜 조종사와 달리 단 22분만 유지되는 화학반

응식 산소가 제공되는 걸까?

첫째 이유는 승객용 산소마스크가 제공되는 22분이면 여압이 상실된 상황에서 승객들의 자가 호흡이 가능한 1만 피트까지 조종사가 충분히 강하시킬 수 있어서다. 항공기 아래에 히말라야 같은 높은 산들이 있어 즉시 1만 피트 이하로 강하할 수 없는 곳이라 하더라도 이미 항로와 회피경로를 짤 때 이 부분까지 고려하기에 22분이면 충분하다는 검증이 이뤄진 상황이다.

여기에 추가해 한 가지 더 고려된 것이 바로 '산소탱크 자체가 위험물'이어서다. 승객을 위해 그만큼의 산소탱크를 탑재한다면 추가되는 무게도 무게지만 만약 화재가 발생했을 경우 로켓 산화제처럼 불길을 키울 수 있다. 이런 점에서 승객의 산소마스크는 가스실린더방식이 아닌 화학반응식을 사용하는 것이다.

2011년 카이로공항에서 이집트항공 B777 칵핏에 화재가 발생한 적이 있다. 당시 부기장의 산소마스크에서 발생한 화재를 소화기로 일차 진화하려 했지만 실패하고 결국 칵핏 전체를 태워버렸다. 칵핏 밑에 탑재된 탱크에서 새어 나온 산소가 화재의 강도를 키운 탓이다. 이런 이유로 산소탱크는 위험화물로 분류되어 민항기 탑재가 엄격히 제한되고 있다.

프로페셔널 조종사의 라디오 테크닉

한국에서 조종사로 일하기 위해서는 통신 면장이 필요하다. 그런데 이런 통신 면장이 실제 비행에서는 그다지 도움이 되는 것 같지 않다. 아니면 모든 것이 익숙해져서 내가 그렇게 느끼는 것일 수도 있다. 다음은 꼭 통신 면장 시험에 추가되었으면 하는 내용이다.

여기서는 초보 조종사들에게 익숙지 않은 스퀠치Squelch, 잡음 제거 기능에 대해 살펴보겠다. 실제 민항기 조종사들은 이 기능을 어떻게 사용하고 있을까?

이 기능을 가장 잘 아는 분은 지금은 드물지만, 예전에 가정집에 커다란 HF 안테나를 세우고 밤마다 전 세계 친구들과 이야기를 나누던 아마추어무선통신HAM 마니아들이다. 아직도 하는 분이 있는지는 모르겠다.

스퀠치의 사전적 정의는 이렇다.

In telecommunications, squelch is a circuit function that acts to suppress the audio (or video) output of a receiver in the absence of a sufficiently strong desired input signal. Squelch is widely used in two-way radios to suppress the annoying sound of channel noise when the radio is not receiving a transmission.

간단히 해석하자면 분간하기 어려운 정도의 수신 신호로 인한 잡음을 제거해준다는 뜻이다. 곧 명확히 잡히는 신호만 통과시키고 아주 미세한 신호(백색 노이즈)는 걸러주는 것이다. 그런데 이 스퀠치 기능을 비행 중 조종사가 잠시 꺼두어야 할 때가 있다. 보잉이나 에어버스 같은 현대화된 VHF 라디오를 장착한 항공기는 이 기능이 늘 자동으로 선택되어 있다. 조종사가 이 기능을 원치 않을 때는 해당 버튼을 눌러 잠시 꺼둘 수 있다.

그럼, 조종사는 언제 시끄러운 노이즈를 감내하고서라도 이 기능을 꺼야 하는 할까?

첫째는 통상 고도에 따라 차이는 있지만 200마일이 넘어가는 거리는 VHF 라디오 전파가 미치지 못한다. 종종 관제사의 목소리가 들릴 만한 거리임에도 잡히지 않는 경우도 있다. 이때는 스퀠치 버튼을 누른 상태에서 관제소를 부르면 잡음과 함께 관제사의 목소리를 다소 먼 거리에서도 수신할 수 있다.

둘째는 비행 중 라디오가 제대로 작동되는지 확인하고 싶을 때다. 민항기가 순항에 들어가면 조종사 대부분은 그간 머리에 쓰고 있던 헤드셋을 벗고 스피커 버튼을 눌러 라디오를 수신한다. 이때 나는 늘 스켈치 버튼을 눌러 '백색 노이즈'가 "취이익" 하고 나오는지 반드시 확인한다. 그 소리가 들리지 않으면 송신 버튼이 실수로 인터폰으로 선택되었거나 어딘가 세팅이 잘못되어 관제사의 음성이 칵핏 스피커로 나오지 않는다는 것을 의미한다. 로스트 커뮤니케이션Lost Communication이 발생하는 가장 대표적인 실수를 방지할 수 있는 것이다.

이 두 경우에 조종사들은 스켈치 버튼, 더 정확하게는 '스켈치 차단 버튼'을 눌러 VHF 라디오의 정상 수신 상태를 확인하거나 그 수신 범위를 증가시켜야 한다. 앞의 이미지는 일반적인 VHF 라디오의 스켈치 버튼이다.

하늘에 존재하는 3차원 철도 레일

순항고도를 떠난 민항기는 활주로에 접지하기까지 이른바 '3차원의 철도 레일'인 접근 절차(STAR와 계기접근)를 따라 최저추력Idle 상태로 미끄러지듯 3도 강하각을 유지해 내려간다. TOD를 지난 항공기는 사실 글라이더처럼 엔진의 힘 없이 활주로에 도달하는 것을 '이상'으로 추구한다. 그사이 300노트였던 속도를 접지 속도인 140노트까지 줄여야 하고, 저속에서 양력을 더 만들어주기 위해 날개의 플랩을 펼쳐야 하며, 마지막으로는 착륙장치를 내려야 한다. 이 모든 과정이 너무 이르지도 너무 늦지도 않게 자연스럽게 이뤄져야 하는 것이다. 민항기 조종사가 비행을 잘한다는 얘기를 듣는 경우가 바로 이 고도처리Descent Management를 한 치의 오차도 없이 물 흐르듯 해냈을 때다.

조종사들은 강하 과정에서 레벨오프Level Off, 강하를 멈추고 중간고도에 머무는 것하는 것을 피하기 위해 지속적으로 강하하려고 부단히 노력한다. 이를 CDOContinuous Descent Operation, 연속강하운항라고 부른다. 3도 각으로 지속해서 강하하는 것이 이상적이라고 보는 이유는 최저추력 상태에서 속도의 증감 없이 자연스럽게 강하할 때 연료 소모율이 가장 적어서다. 또 CDO 중에는 기내 여압 고도를 분당 300피트 이내로 조절할 수 있어서 승객이 느끼는 여압 변화의 불편함을 최소화하는 게 가능하다. 그런데 문제는 공항마다 해발고도가 다르다는 데 있다.

케냐의 나이로비공항은 해발고도가 5330피트이고, 에티오피아의 아디스아바바공항은 7625피트다. 아디스아바바공항은 사실 항공기가 순항 중 유지하는 여압 고도보다 높은 곳에 위치하고 있다. 따라서 민항기 조종사들은 각기 다른 자신만의 기술을 가지고 항공기 고도를 강하시킨다. 어떤 사람은 수학적 계산을 한다. 이를테면 고도인 3만 5000피트 나누기 1000을 한 다음 거기에 3을 곱해 105마일이 필요하다는 식으로 말이다. 실제 남은 거리가 이것보다 적으면 현재 고도가 강하각 3도를 초과해 높은 것이고, 만약 남은 거리가 105마일 이상이라면 현재 자신이 3도 강하각 아래에 있다는 식이다.

하지만 이런 단순한 계산은 공항 해발고도가 해수면과 일치하는 곳이 아닐 경우 다시 조정해야 한다. 앞에서 언급한 5330피트의 나이로비공항이나 7625피트의 아디스아바바공항에 접근할 때는 이 공항 고도를 항공기의 현 고도에서 뺀 뒤 강하 과정에서 매번 다시 계산해야 하는 번거로움이 있다. 따라서 계산 착오 가능성이 상존한다.

또다른 방법은 제작사가 이런 조종사의 어려움을 해소해주려고

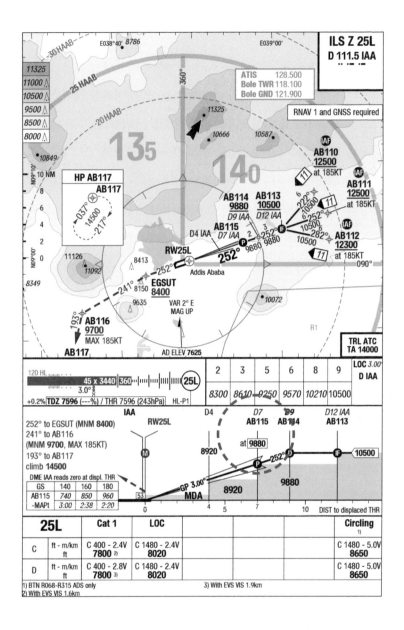

ILS Z 25L
D 111.5 IAA

ATIS 128.500
Bole TWR 118.100
Bole GND 121.900

RNAV 1 and GNSS required

HP AB117
AB117
037°
14500
217°

IAF AB110 **12500** at 185KT
IAF AB111 **12500** at 185KT
IAF AB112 **12300** at 185KT

AB114 **9880** D9 IAA
AB113 **10500** D12 IAA
AB115 **9880** D7 IAA
D4 IAA

252°

RW25L 252°
Addis Ababa

EGSUT **8400**
241° 8150
VAR 2° E MAG UP

193° AB116 **9700** MAX 185KT
AB117
AD ELEV 7625

TRL ATC
TA 14000

120 HL
45 x 3440 | 360 | **25L**
3.0°
+0.2% **TDZ 7596** (---%) / THR 7596 (243hPa) HL-P1

	2	3	5	6	8	9	LOC 3.00°
							D IAA
	8300	8610	9250	9570	10210	10500	

IAA   RW25L   D4   D7   D9   D12 IAA
252° to EGSUT (MNM **8400**)   AB115   AB114   AB113
241° to AB116
(MNM **9700**, MAX 185KT)   at **9880**
193° to AB117   IF **10500**
climb **14500**

DME IAA reads zero at displ. THR

GS	140	160	180
AB115	740	850	960
-MAPt	3:00	2:38	2:20

MDA 8920   8920   9880   252°

0   4 5   7   10   DIST to displaced THR

25L		Cat 1	LOC				Circling 1)
C	ft - m/km ft	C 400 - 2.4V **7800** 2)	C 1480 - 2.4V **8020**				C 1480 - 5.0V **8650**
D	ft - m/km ft	C 400 - 2.8V **7800** 3)	C 1480 - 2.4V **8020**				C 1480 - 5.0V **8650**

1) BTN R068-R315 ADS only
2) With EVS VIS 1.6km
3) With EVS VIS 1.9km

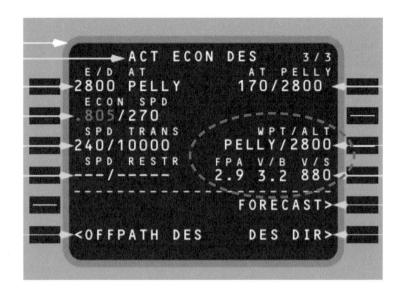

만든 장치를 이용하는 것이다. B777의 FMS 내에는 오프패스디센트 Offpath Descent라는 기능이 있다. 이 기능은 스피드브레이크Speed Brake 를 사용해 도달할 수 있는 거리와 스피드브레이크 없이 최소추력으로 강하해 도달할 수 있는 거리를 항공기의 현 위치를 중심으로 그려진 ARC로 ND에 표시한다. 하지만 실제 이 기능을 사용해 강하율을 조절하는 조종사는 그리 많지 않다. 나 역시 이 기능에 익숙지 않다.

셋째 방법은 내가 사용하는 방법이다. 이 방법을 쓰면 FMC가 공항의 해발고도와 무관하게 현 위치로부터 FMC에 미리 입력해둔 지점(활주로에서 7마일 떨어진 지점으로 FAP[Final Approach Point, 최종접근지점]·FAF[Final Approach Fix, 최종접근픽스]라 불리며 2000피트 정도다)까지 필요한 강하각과 강하속도Vertical Speed를 보여준다. 밧심Vatsim 이용자나 보잉 조종사라면 익숙한 FMC의 VNAV DES 페이지를 한번 보자. FMC 이미지와 아디스아바바공항 접근 차트의 지점과 고도를 비교해 참조하라. 원으로 표시된 지점의 WPT/ALT 밑에 보이는 PELLY/2800 대신 아디스아바바공항 접근 차트의 AB115/9880을 FMC에 입력해준다. 그러면 즉시 현 위치에서 직선거리 AB115로 비행 시 요구되는 고도 9880피트를 맞추기 위해 필요한 강하각V/B와 강하속도V/S가 시현된다. 레이더벡터Radar Vector 중에도 이 값을 참조하면 언제나 현재 위치에서 FAP로 바로 비행할 때 요구되는 강하각을 확인할 수 있다.

나는 강하 중 1만 피트 이하에서는 이 V/B값을 3도가 아닌 2도로 유지하려 노력한다. 2도 상태를 유지하다가 마지막에 ILS의 글라이드슬로프를 V/S 500FPM 정도로 바꾸는 방법을 선호한다. 이 방법의 최대 장점은 활주로의 해발고도와 무관하게 현재 항공기 위치에서 입력해둔 FAP까지 요구되는 상대 강하각을 바로 확인할 수 있다는 점이다. 고도 계산을 하다 발생하는 실수를 방지할 수 있는 것이다.

두 줄이여? 한 줄이여?

"두 줄이여? 한 줄이여?"(충청도 사투리)

김포공항에 착륙한 B747 점보기의 노老 기장이 부기장에게 던진 질문이다. 부기장은 눈이 덮여 분간하기 힘든 활주로 바닥을 심란한 듯 내려다보며 "두 줄입니다, 기장님!"이라고 외쳤다. 그러자 기장은 "그럼, 그거 아니여. 한 줄을 찾아부아!"라고 하는 게 아닌가.

오전부터 내린 눈이 폭설로 바뀌고 오후부터는 급기야 인천공항으로 향하던 항공기들이 제설작업 때문에 착륙이 지연되자 연료 부족으로 김포공항으로 회항하기 시작했다. 김포공항 상황도 그리 좋아 보이지는 않았다. 제설작업이 진행되었다고는 하지만 계속 퍼붓는 눈으로 어디가 택시웨이이고 어디가 풀밭인지 구분하기가 어려웠다. 이 와중에 방금 착륙한 점보기 부기장이 활주로를 개방할 위치를 찾다가

바닥에 살짝 드러난 노란색 마킹을 발견하고는 흥분해 소리친 것이다.

"택시웨이 중앙선 발견!"

이 반가운 소리에도 무언가 미심쩍은 듯, 예순에 가까운 기장은 침침한 눈으로 흘낏 개방할 쪽을 바라보고 물었던 것이다.

"두 줄이여? 한 줄이여?"

"아, 두 줄입니다, 기장님!"

"그럼, 그거 아니여! 택시웨이 센터라인은 한 줄이여."

그제야 부기장이 좌우로 고개를 돌려 눈 덮인 노면에서 한 줄짜리 노란색 라인을 찾아내고는 외쳤다.

"찾았습니다, 기장님. 한 줄 노란색 택시웨이 센터라인입니다."

실제 있었던 일이다. 평상시 활주로와 택시웨이의 센터라인 마킹과 가장자리 마킹을 구별하지 못하는 조종사는 없다. 택시웨이 가장자리에는 빛나는 파란 등도 있으니 실수할 가능성은 거의 없다. 하지만 겨울철 폭설이 내려 제설작업이 중간중간만 이뤄진 활주로와 택시웨이라면 상황이 전혀 다르다. 거기에 더해 평상시 익숙한 공항이 아니라면 실수할 가능성은 더욱 높아진다. 제설차가 밀어낸 눈에 파묻혀 활주로 라이트와 택시웨이 라이트가 보이지 않을 수도 있다. 그러면 바닥 마킹도 구분이 어려워진다. 이럴 때 착륙 후 활주로를 개방하다가 포장면을 이탈하는 사고가 종종 발생한다. 그때 중요한 질문이 바로 "두 줄이야? 한 줄이야?"다.

활주로와 택시웨이 마킹에서 두 줄은 넘어가면 '책임질 일'이 생기는 선이다. 더블 데이트, 더블 라인, 모두 넘지 말아야 할 선이다.

앞선 항공기 따라가기

"판단이 서지 않을 때는 남들에게 물어가라. 그러면 대세에 지장이 없을 것이다!"

일견 맞는 말이다. 대학에서도, 군대에서도, 비행에서도 이 말이 통한다. 머릴 쓸 것 없이 남들 하는 대로 하면 큰 탈 없이 지나갈 수 있고, 비난받는 일이 생기더라도 변명할 거리라도 건질 수 있다. 보편적이고 상식적인 판단이었다고 인정받을 가능성도 높다. 그렇지만 결국 자기 판단이 없으면 낭패당할 일이 생길 수도 있다. 이와 관련한 조종사의 일상을 들여다보자.

조종사는 비행 중에 계획된 항로를 이탈해 기상회피Weather Deviation를 해야 할 일이 거의 매번 생긴다. '좌로 회피할까, 우로 회피할까?' 그것도 아니면 '고도를 올릴까, 내릴까'를 고민하고 실행에 옮긴다. 그리고 그 판단이 옳은 판단이었는지, 잘못된 판단이었는지 몇 분 안에 눈으로 확인한다. 인간인 이상 늘 옳은 판단을 내릴 수는 없다.

비행 중 전방에 나타난 적란운을 회피하기 위해(이 안에는 우박이 들어 있을 수 있어 아주 위험하다) 통상은 풍상측, 곧 바람이 불어오는 쪽으로 회피한다. 왜냐하면 비행 중 우박을 만나 심한 손상을 입었던 사례 대부분이 적란운의 풍하측, 곧 기상레이더에서 심각한 반사파가 없는(얼음은 레이더 반사파가 물보다 적다) 지역을 지나다가 발생했기 때문이다.

난기류도 풍하측이 더 심하니 대게 회피 방향을 선택할 때 풍상측을 선택하는 게 상식이다. 이와 더불어 이후 선회할 방향이 어느 쪽에 더 가깝냐는 점도 고려해야 한다. 선회해야 하는 반대 방향으로 구름을 회피하면 돌아가야 할 거리가 너무 커져 연료 소모가 많아지니 말이다. 그래서 조종사들은 비행할 때 동일한 목적지에 동일한 속도로 약 50에서 100마일 정도 앞서 비행하는 항공기가 있으면 아주 좋아한다. 그가 관제사에게 요구하는 대로 따라 하면 되니까.

기상레이더가 정확한 기상정보를 시현하는 위치는 대략 80마일 안쪽이다. 이 이상의 거리는 정확한 판단 근거로 사용하기에는 변수가 너무 많다. 그렇지만 전방 항공기는 우리보다 좀더 정확한 기상레이더 자료에 따라 판단할 것이므로 신뢰할 만하다. 그래서 대부분 앞선 비행기들이 회피하는 방향으로 따라가는 것이 좋다. 대세에 지장이 없는 결정이다.

남들 하는 대로 따라가기만 하면 비행이 얼마나 쉽겠는가. 그러나 현실은 다르다. 한번은 두바이에서 베이징으로 향하는 비행에서

100마일 전방에 유나이티드 B777이 동일한 속도로 베이징을 향해 비행 중이었다. 중국 공역에 들어온 이후 줄곧 그 뒤를 졸졸 따라가다 보니 기상 판단과 회피가 아주 쉬웠다. 그런데 베이징 도착 약 1시간 30분 전에 기상이 나빠지기 시작하더니 앞서가던 유나이티드가 관제사에게 "좌측으로 기상회피 50마일까지 요구함"이라고 이야기하는 소리가 들렸다. 평상시 같으면 똑같은 요구를 했을 텐데 아무리 봐도 그쪽으로 가면 안 될 것 같다는 '촉'이 강하게 들었다. 곧바로 반대 방향으로 회피를 요구하기에는 무리가 있어 일단 참고 기다려보기로 했다. 좌측이나 우측 어느 쪽이든 회피해야 하는 상황이었지만 커다란 비구름이 전방 40마일에 다다를 때까지 꾹 참고 기다렸다. 앞선 유나이티드 항공기가 어떻게 하는지 보고 싶었던 것이다. 그의 결정이 맞았다면 아무 말 없이 계속 진행할 것이고 틀렸다면 관제사에게 항로 수정을 요청할 생각이었다. 그렇게 한참을 대기하다가 더이상 기다릴 수 없을 즈음 유나이티드항공 조종사의 다급한 목소리가 들렸다.

"메이데이, 메이데이. 시비어 터뷸런스Severe Turbulence, 매우 극심한 난류로 비상을 선포합니다. 즉시 우측으로 선회가 필요합니다."

뒤따르던 우리는 서로를 바라보고 씨익 웃으며 "기상회피를 위해 우측 50마일까지 항로 이탈을 요구합니다"라고 관제사에게 요청했다.

25년간 비행을 해보니 '열에 아홉'은 다른 사람이 하는 대로 따라하면 대세에 지장이 없었다. 그런데 의심이 들 경우에는 할 수만 있다면 기다려야 한다. 때론 그게 더 나은 결과를 가져올 때가 있다. 지금은 보이지 않지만 몇 분 뒤면 답이 명확해지는 게 비행이다.

Remove Before Flight

"포지티브 클라임!"

부기장의 날카로운 외침에 기장은 기다렸다는 듯 바로 "기어 업"을 외쳤다. 부기장 손이 전면 계기판 중앙에 불쑥 튀어나온 레버, 그 끝이 하얀색 타이어 모양으로 둥글고 뭉툭하게 생긴 레버를 능숙한 손놀림으로 잡아 쥐고는 너무 익숙해 인식하지도 못한 채 살짝 잡아당겨 잠금을 풀고는 엄지손가락을 세워 위로 올렸다.

"…"

그런데 순간 너무 조용했다. 레버를 올리고 일어나야 할 일이 일어나지 않았던 것이다. 정확히 말하면, 날카로운 유압모터 소리와 함께 수 톤에 이르는 노즈기어스트럿Nose Gear Strut이 접히면서 랜딩기어베이Landing Gear Bay로 들어가며 만들어냈을 엄청난 소음과 진동이 느

꺼지지 않았다. '무서운 정적'만 흘렀다.

참지 못하고 먼저 말을 꺼낸 건 부기장이었다.

"다시 내렸다가 올려볼까요?"

당황스러운 감정이 목소리에 고스란히 묻어났다.

"그래."

차분한 척 맹숭하게 레버만 올라간 중앙 계기판을 슬쩍 바라보고는 기장이 고개를 끄덕였다. 다시 손을 죽 뻗어 타이어 모양의 뭉툭한 레버 끝을 꽉 잡아 쥔 부기장 손이 가볍게 떨렸다.

'제발!'

그는 순간 속으로 기도했다. 그러고는 그럴 필요 없다는 걸 알면서도 힘을 실어 기어레버를 뽑은 뒤 아래로 옮겼다.

"하나, 둘, 셋."

평상시 같으면 속으로 읊조렸을 이 말을 기장에게도 들릴 만큼 큰소리로 내뱉었다. 힘을 주어 올리면 꿈쩍 않던 10톤짜리 메인기어와 노즈기어가 올라오기라도 할 것처럼. 하지만 아무런 반응이 없었다.

그제야 기장은 전면 모드컨트롤패널Mode Control Panel에 검은 사각형 버튼을 누르며 "오토파일럿 온"이라 말했다. 잠시 침묵이 흘렀다. 상황은 명확했다. 그들은 오늘 공중에서 기어를 올리지 못할 것이다.

"김 기장, 관제사에게 알리고 우리 홀딩 들어가야 한다고 말해줘!"

평상시 같으면 이륙을 위해 나와 있던 기어와 플랩을 모두 올리고 조종사들이 말하는 더티Dirty한 상태에서 벗어나 깨끗Clean한 외장을 만든 뒤 시원스럽게 300노트까지 가속해 순항고도로 치고 올라갔을

것이다. 그런데 지금 그들은 아직 올리지 못한 랜딩기어 때문에 가속도, 상승도 포기한 채 홀딩패턴에 들어가 트러블슈팅Trouble Shooting, 고장탐구을 해야 하는 처지에 놓였다.

기장은 막 관제사와 대화를 마친 부기장에게 "I have radio, 의자 뒤로 빼고 저 뒤쪽 랜딩기어 핀박스 좀 확인해줄래?"라고 말했다. 그의 목소리엔 노기가 서려 있었다. 부기장을 향한 것 같지만 사실 자신에 대한 노여움이었다.

전동시트를 뒤로 밀어내고 몸을 빼낸 부기장이 기장석 뒤 옵서버 시트에 한쪽 팔을 걸치고 허리를 숙여 랜딩기어 핀박스를 내려다보고는 한동안 얼어붙은 듯 말이 없었다. 그러다 마침내 "핀이 없습니다, 기장님"이라고 읊조렸다. 기장은 쓸모없는 헛소리인 줄 뻔히 알면서도 "너 지상에서 점검 안 했어?" 하고 타박하고 만다.

그들 머릿속엔 순간 바람에 요란히 흔들리고 있을 "Remove Before Flight"(비행 전에 제거하시오)라고 쓰인 빨간 기어 핀 스트리머Gear Pin Streamer가 떠올랐다. 그들 마음도 따라서 어지러웠다.

이제 그들이 해야 할 것은 상황을 회사에 알리고, 사무장을 불러 기술적인 문제로 회항해야 한다고 애매하게 둘러대는 일이다. '승객들에게 뭐라고 말해야 할까' 하는 생각에 이르러서는 가슴을 조이는 수치심이 절정에 달한다.

연료 방출Fuel Jettison에는 약 30분이 소요될 것이다. 버려야 할 총 연료는 70여 톤이다. 최대 착륙중량을 20톤 정도 넘긴 상태에 맞출 생각이다. 그 정도면 간단한 점검 후 바로 이륙할 수 있기 때문이다. 물

3장

론 지연된 시간으로 승무원이 바뀔 가능성이 있었다.

"오늘 내가 왜 기어 핀이 없다는 걸 알아채지 못했을까?"

연료를 방출하는 동안 하릴없이 떠오르는 고통스러운 자책에 조종사들은 미간이 일그러진 채 말이 없었다.

사고 조사가 있을 것이고 처벌은 피할 수 없다. 조사가 진행되는 수개월 동안 그들은 비행에서 배제될 것이다. 정비사 역시 책임을 면할 수 없고, 누군가는 옷을 벗어야 할지도 모른다. 회사에도 최소 수억 원의 과징금 청구서가 배달될 것이다.

16년간 민항사에 있으면서 위와 같은 상황을 보거나 들은 게 다섯 번 정도다. 전 세계적으로는 수개월에 한 번씩 보고되는 흔한 실수이기도 하다.

기장이 너무 동정적이면 안 되는 이유

몰디브공항에서 2년 전 있었던 일이다. 착륙 후 승객을 내려드린 뒤 다시 승객을 태우고 돌아오는 턴어라운드Turn Around, 목적지에서 하루를 쉬지 않고 바로 돌아오는 비행이었는데, 주기장에 세울 때 보니 Q항공 A330이 바로 옆에 주기되어 있었다. 승객을 태우느라 분주할 시간인데 스텝카Step Car, 탑승용 계단차조차 연결되어 있지 않아 조금 의아했는데 곧이어 올라온 정비사가 입이 간지러웠는지 무슨 일인지 이야기해주었다.

"A330에 어제 문제가 있었어요. 그래서 못 나가고 있어요."

정비사 말에 따르면 어제 오후 이륙했던 A330은 운 나쁘게도 이륙 직후 환자가 발생해 바로 비상을 선포하고는 회항해 비상착륙을 했다. 그런데 문제는 너무 서두른 나머지 '하드랜딩'을 하고 만 것이다. 환자는 병원으로 바로 이송되었지만, 항공기는 AOG_{Airplane On Ground}, 곧 '비행 불가능 상태'가 되었고 모든 승객을 호텔로 보낸 뒤 추가 검사를 하느라 주기장에 남아 있는 상황이었다.

착륙 과정에서 하드랜딩으로 구분되는 G 제한치는 항공기마다 조금 다르지만, 에어버스와 보잉 기종을 모두 타본 경험에 비춰보면 보잉보다 에어버스의 G 제한치가 좀더 엄격히다.

아무튼 조종사는 이륙 직후 승객의 생명을 구하기 위해 바로 항공기를 돌려 최대한 빨리 내리려고 아마도 연료 방출 없이 착륙중량을 넘긴 채 내렸거나 착륙중량에 근접한 상태로 접지를 시도했을 것이다. 너무 서두른 나머지 하드랜딩을 하면서 말이다.

이 경우 결국 데이터에 나타난 당시 G값에 따라 조치가 다르겠지만, 종종 에어버스는 항공기를 프랑스 툴루즈까지 페리비행_{Ferry Flight, 승객 없이 이동시키는 것} 해오기를 요구한다. 그럴 경우 손해는 이만저만이 아니다. 에어버스 본사인 프랑스 툴루즈에 도착해 심할 경우 양쪽 메인기어 보기_{Bogey} 전체를 교체해야 한다면, 항공기 수리비로 수백억 원이 발생한다. 항공기 동체 기골에 손상이라도 발생했다면 최악의 경우 항공기를 폐기해야 할 수도 있다.

기장으로서는 환자를 구하려는 선의에 최단 시간에 항공기를 착륙시키려다 최악의 결과를 만들어낸 셈이다. 그래서 늘 응급환자가 발생하면 조종사들은 '서두르되 너무 서두르지 않으려' 노력한다. 보통 그럴 때는 항공기가 평상시보다 무거워 감속이 어렵다. 평소 익숙한 착륙 환경이 아닌 데다 접지 직전 강하율도 깊어서 하드랜딩하기에 딱 맞는 조건이 차려진다. 민항기 부기장들을 위해 좀더 기술적으로 위 상황을 설명하면 이렇다.

접근 강하율이 1000FPM을 넘는 경우가 생길 때는 활주로 상공 100피트 이하에서 귀로 참조해야 할 전파고도계 콜아웃이 나오지 않을 수 있다. 깊은 강하율을 경고하는 GPWSGround Proximity Warning System, 지상접근경고장치 강하율 콜아웃 소리에 파묻혀 "100, 50, 40, 30, 20, 10" 하는 피트 고도 콜아웃이 나오지 않는 경우다. 이때 조종사가 당황한 나머지 플레어 고도를 놓쳐 하드랜딩을 하기 쉽다. 따라서 이런 상황에서는 마지막 200피트 아래에서 그간 유지하던 강하율에 변화를 최소화하는 것이 가장 중요하다. 기존 강하율이 1000FPM 근처일 때 터블런스 등으로 강하율이 순간 높아져 바로 피치를 눌러 수정하려 들면 십중팔구 "싱크레이트Sink Rate" 하는 청각 경고가 발생하는데, 이 소리가 전파고도계 콜아웃 소리를 가리는 것이다. 이런 상황에 들어가면 교관이 아니라 그 할아버지라도 플레어 시기를 놓쳐 하드랜딩을 하는 실수를 범한다. 이런 상황을 만드는 조건들로는 해발고도가 높은 공항, 최대 착륙중량이거나 그 중량을 넘어선 채 착륙할 경우, 배풍 착륙, ISAInternational Standard Atmosphere, 국제표준대기 디비에이션Deviation, 차이이 큰 높은 온도에서의 RNAVArea Navigation, 지역항법 접근, 깊은 강하각을 요구하는 ILS나 RNAV 접근, 접지 전 기류 불안정 들이 있다.

조금 멀리 터치다운하더라도 일정한 강하율을 유지하는 것이 1000FPM에 근접한 깊은 강하율로 착륙하는 상황에서 매우 중요하다는 점을 잊지 말아야 한다.

영어권 조종사에게도 힘든 곳

"어느 쪽이지?"

당황한 듯 갈림길에서 속도를 늦추고 기장이 바삐 두리번거렸다. 안경 너머로 내려다 보이는 택시웨이 표식은 밤이라 더욱 어지러웠다. 부기장과 뒤에 앉은 항로기장이 거들었다.

"오른쪽 두 시 방향 그리고 또다시 우측 턴!"

"램프 클리어런스Clearance, 진입 허가는 어떻게 됐지?"

택시 중에도 걱정이 되었는지 슬쩍 뒤돌아보며 기장이 물었다.

"걱정 마! 내가 모두 받아두었어. 델타마이크DM 통해 들어와도 좋대. 풀 클리어런스야!"

안도한 듯 그가 바로 말했다.

"오, 고마워."

잠시 후 주기장 입구 델타마이크를 찾으려 모두의 시선이 왼쪽으로 쏠린 그 순간 관제사의 갑작스러운 지시가 모두를 당황하게 했다.

"택시웨이 '골프'에서 유나이티드항공기에 우선권을 양보하세요."

기장이 놀라서 시선을 정면으로 돌리면서 "어디야? 어딨어? 그 유나이티드?"라고 외쳤다. 거의 동시에 바로 앞 우측에서 활주로를 막 횡단한 뒤 고속으로 그들 앞에 끼어드는 유나이티드의 CRJ를 목격하고는 뒤에 앉은 항로기장이 놀라 외쳤다.

"스톱!"

이후 좌로 180도, 우로 135도를 꺾어 그 큰 B777을 램프에 우겨 넣고는 엔진을 하나씩 끄고 난 뒤에야 그간 참았던 푸념을 영국인 기장 데이비드가 내뱉었다.

"나 네이티브잖아. 근데 나도 알아듣지 못하게 한 번에 4~5개 지시를 속사포처럼 주면 어떡하라는 거야. 미국은 올 때마다 힘드네. 얘들은 왜 이러는 거야? 아까 유나이티드도 깜짝 놀랐잖아."

접근 중 부기장이 바쁜 상황에서 지시를 한 번에 복창하지 못하자 짜증을 내던 관제사를 두고 부기장을 두둔하려 한 말이긴 하지만 그 역시 얼굴에 진심이 묻어났다.

미국은 영어권 조종사들에게도 힘든 곳인가 보다.

도저히 못 내릴 것 같은 활주로

"엄마 나 뱀 맞아? 나 방금 혀 깨물었어?"

오래전 이런 개그가 있었던 걸 기억하는지? 우스운 말로 들리겠지만 B777 기장인 내게도 순간 "아니, 정말 내가 저 활주로에 안전하게 착륙해서 세울 수 있는 거야?"라는 의문이 들 때가 가끔 있다.

'나 1만 시간 이상의 경력을 가진 선임 기장 맞아? 저곳엔 못 내릴 것 같다고 내 본능이 지금 아우성인데?'

이런 자기 회의를 처음 느껴본 날은 아주 오래전 폭풍이 몰아치는 야간에 인도네시아 발리공항에 내릴 때였다. 최근에는 아프리카 동부해안의 섬나라 세이셸의 세이셸공항에 착륙하기 위해 마지막 선회를 마치고 활주로가 시야에 들어왔을 때 또 한 번 화들짝 놀라며 경험했다. 공교롭게도 두 곳 모두 섬이다.

믿기지 않을지도 모른다. 기장이 착륙을 확신하지 못하다니…. 그렇지만 이는 부인할 수 없는 현실이다. 활주로 길이가 2500미터 이하의 공항을 멀리서 내려다보면 시각적으로 엄청난 부담감이 조종사를 엄습해온다. 통상 폭 60미터, 길이 3500미터 이상의 활주로에서 이착륙하는 데에 익숙해진 온몸의 감각이 폭 45미터에 길이 2400미터짜리 활주로를 고도 2000피트에서, 그것도 막 구름을 뚫고 나와 마주하게 되면 온몸의 감각이 '이거 혹시 꿈 아닐까? 정말 저기에 B777이 내릴 수 있는 거 맞아?'라는 비명을 질러대며 소란을 피운다.

이때 조종사가 할 수 있는 대처는 터무니없이 작아 보이는 '항공모함 활주로'에서 시선을 거두고 계기에 집중하며 마인드컨트롤을 하는 것이다. 시선을 조용히 밖에서 안으로 돌리고는 '나의 아기 B777은 포근한 엄마 품인 활주로에 안기고 싶어 한다'고 생각하면서.

오토파일럿을 풀어야 하는 600피트 상공에서 고개를 들어 내려다보면, 조금 전까지 젓가락처럼 좁고 짧아 보였던 활주로가 B777을 충분히 감싸 안을 만큼 커져 있다.

"회의가 들 땐 계기를 믿어라."

공군 조종사들이 비행착각에 빠졌을 때를 대비해 늘 가슴에 담아두는 이 말은 민항기 조종사들에게도 별반 다르지 않게 적용된다.

"네 눈과 감각보다는 계기와 계산된 수치를 믿어라! 작아 보여도 충분히 크고, 짧아 보여도 오토브레이크로 세울 수 있다."

믿어야 한다. 이 역시 착시일 뿐이다.

Unable to comply!

"Unable to comply!"(당신의 요구에 응할 수 없다!)

관제사의 지시를 따를 수 없다는 의미로 조종사가 사용하는 관제용어다. 어느 날 아침 싱가포르공항에 접근하다 이 상황이 벌어졌다. 말레이시아 룸푸르컨트롤에서 싱가포르로 관제가 넘어가기 전 관제사에게 싱가포르에 주어진 STAR, 곧 접근경로를 기상 때문에 따를 수 없다는 점을 미리 그쪽에 전달해달라고 요청했다. 그런데 정작 관제구역에 진입해보니 싱가포르 관제사에게 그 메시지는 전달되어 있지 않았다.

기존 경로를 그대로 따라 들어갈 경우 스콜 때문에 기내에서 정신없이 착륙을 준비 중인 승무원이 터뷸런스로 다칠 가능성이 있었다.

스콜 지역을 통과할 때만 잠시 앉혀둘까도 고민했지만 이미 관제에서 경로 변경을 요청하고 허락할 것을 기대했던 내게는 불과 1분 안쪽의 시간밖에는 없었다. 무리라고 판단했다.

활주로 20R로 반시계방향으로 돌아 들어가는 경로Left Downwind가 아닌 시계방향으로 패턴을 잡는 경로Right Downwind를 요구했지만 관제사는 오히려 기수를 남쪽으로 유도했다. 여기서 생각이 달랐다. 남쪽으로 돌리면 족히 40마일 이상 파이널이 길어지는데 싱가포르가 도시국가이기에 접근 관제구역이 그렇게 여유가 없다는 생각이 순간 들었던 것이다.

이에 관제사에게 알렸다.

"현 위치에서 홀딩을 요구합니다. 객실이 준비되어 있지 않아 그대로 스콜을 통과하기엔 위험하니 그들이 준비되면 알리겠습니다."

일단 요구는 받아들여졌고 홀딩이 한 바퀴 이뤄질 즈음 기존 관제사가 아닌 뒤에서 상황을 지켜보던 선임 관제사가 나서서 상황을 빠르게 정리해주었다. 우리에게는 공항 서쪽으로 레이더벡터를 주어 요구한 대로 스콜라인을 피해 시계방향으로 경로를 잡을 수 있게 허락해주었고, 뒤따르던 항공기들에게는 잠시 홀딩을 지시한 뒤 활주로를 02L로 바꿔 우리가 내린 이후 착륙을 유도했다.

착륙은 폭우 속에서 진행되었는데, 미니멈 이후에도 미처 밀어내지 못한 빗물로 활주로가 번져 보였다. 만약 경험 없는 신참이었다면 어려웠을 착륙이었다. 이런 제한된 시계 상황에서 착륙할 때는 종적Vertical 움직임보다 횡적Lateral 움직임이 훨씬 중요하다. 이런 상황에 대비해 미리 부기장에게 브리핑해두었다면 좀더 수월했겠지만, 브리핑이 없었으므로 결국 안과 밖을 혼자서 번갈아 모니터해야 했다. 항공기는 미니멈 이후에도 항행지시기를 따라 드리프트 없이 안전하게 내려앉았다.

출발 전 브리핑에서 1톤의 추가 연료를 가져가고 싶다고 조언한 부기장의 조언을 그대로 따르길 잘했다고 생각하며 안도한 날이었다. 항로상에서 약 100마일, 곧 180킬로미터를 기상회피해야 했고(약 1톤 소모), 접근 과정에서도 마지막 순간까지 복행을 고민했던 드문 비행이었다. 결국 예상보다 2톤의 연료를 더 소모하고 말았다.

스스로 디브리핑해보자면, 기장으로서 제일 잘한 점은 부기장의 추가 연료 조언을 무시하지 않고 따른 점일 테고, 잘못한 점은 폭우 속에 착륙할 가능성을 예상하지 못해 브리핑 과정에서 대응 절차를 언급하지 못한 점이다. 이렇게 또 하나를 배운다.

칠흑 같은 밤, 태평양 상공에서 벌어진 실수

칠흑같이 어두운 밤, 칵핏 계기 등을 모두 낮춘 채 야간비행 중이던 어느 날, 갑자기 들린 경고음에 깜짝 놀란 적이 있다.

"1000!"

경험이 부족한 A330 부기장 시절, "이건 뭐지?" 하며 상황을 파악해 보니 계기상 전파고도계가 지상으로부터 1000피트를 지시하고 있었다. 당시 비행 고도는 3만 5000피트였을 것이다. '내 발밑에 땅이 아닌 무언가가 있다?' 곧 다른 항공기가 바로 아래를 날고 있다는 뜻이다. 이런 일은 점점 자주 발생하고 있다.

RVSMReduced Vertical Separation Minimum, 수직분리축소공역이라 부르는 항로에서 기존의 2000피트가 아닌 1000피트 차이를 두는, 다시 말해 교차하는 항적 간에 약 300미터의 고도 차이만 두게 한 이후로는 이런 일이 아주 흔해졌다. 아마 지금은 프로그램이 바뀌어 항로비행 중에 오디오 콜아웃이 나와 불필요하게 조종사를 놀라게 하는 일이 없도록 묵음으로 바뀌었을 것이다.

또 한번은 B777 부기장 시절의 일이다. 태평양을 건너는 중에 우연히 우리와 거의 동일한 속도로 2000피트 위를 비행하는 항공기가 역시 동일한 항로로 미국을 향하고 있었다. 둘은 어느 사이 위아래로 딱 붙어 비행하게 되었는데, 이게 불편해서 좌로 이격Offset을 시켰다가 속도를 조절해 거리를 벌린 다음 항로로 돌아올 심산이었다. 계획대로 우리는 2마일을 좌측으로 벌렸다. 시간이 조금 흐른 뒤 이제 항로로 돌아가도 위아래로 샌드위치처럼 붙어 비행하는 일은 없겠다 싶어 데이터통신 CPDLC로 허락을 받고 그간 FMS에 입력해둔 이격을 해제했다. 오토플라이트가 물려 있는 B777은 슬금슬금 우측으로 선회해 항로로 돌아가기 시작했다. 그러다 어느 순간 내 황당한 실수를 깨닫고는 상대방 조종사들에게 정말 미안해지고 말았다.

이 정도 벌렸으면 되겠다고 생각했던 눈짐작이 영 틀렸던 것이다. 측풍이 불어 항공기 기축이 돌아가 있어 어깨너머로 바라보았을 땐 분명 뒤쪽으로 처져 있었지만 근처로 다가가 보니 결국 또다시 상대 항공기의 배 밑으로 B777을 스윽 밀어넣은 형국이 되어버렸다. 그 순간 어찌나 얼굴이 화끈거리던지.

아마 그쪽 조종사가 이러는 나를 지켜보고 있었다면 "자들 왜 저러나? 이 넓고 넓은 태평양 한가운데서 왜 내 밑으로 기어들어오노. 이상한 놈들 아이가? 혹시 변태 아이가?" 하지 않았을까 싶다.

한동안 전파고도계가 2000피트를 지시했을 것이다. 어쩌면 졸다
가 깜짝 놀랐을지도.

최악의 항공사고와 더블 트랜스미션

KLM 조종사: "타워, KLM 이륙 시작합니다."

팬암 조종사: "타워, 아직 우리 활주로에 있는데요?"

타워 관제사: "KLM 이륙 중지하세요."

세 번의 교신 가운데 두 개는 정확히 동일한 시간에 이뤄졌고 정확히 동일한 시간에 종료되었다. 그리고 그 둘은 자신의 송신이 누군가에 의해 차단된 것을 마지막까지 알지 못했다. 겹쳤던 두 송신은 관제사의 이륙 중지 지시와 자신이 아직 활주로에 있으니 KLM의 이륙을 막아달라는 팬암 조종사의 송신이었다.

짙은 해무로 사고 이후에도 타워 관제사는 두 대의 B747이 충돌해 불길에 휩싸였다는 사실을 알지 못했다. 두 항공기의 라디오에 문제가 있을 뿐 설마 활주로에서 충돌했을 거라곤 상상조차 못 했을 것이다.

1977년 아프리카 북서쪽 대서양의 작은 섬 테네리페의 노르테공항에 있던 두 대의 B747기 충돌 사고는 단일 항공사고 역사상 최대 사상자인 583명 사망이라는 결과를 낳았다.

민항기 조종사에게는 유명한 사고 사례로 몇 번씩 지상 교육을 통해 사고 원인을 분석하고 토론하는 대표 주제다. 왜 우리는 발명된 지 100여 년에 가까운 낡은 라디오를 사용해 위험한 관제를 계속하는 걸까. 언제나 단 한 사람만 송신해야 하고 만약 두 사람 이상이 동시에 송신할 경우 잡음으로 서로의 송신이 방해받는 구식 시스템을 말이다. 이 한계를 극복하기 위한 기술적 장치는 없는 걸까?

'동시 송신Simultaneous Transmission' 문제를 방지하기 위한 완벽한 장치는 안타깝게도 나와 있지 않다. 그러나 기술적으로 의미 있는 장비가 영국의 브리타니아 화물기에 장착돼 운영되고 있다고 한다. 이 장비는 조종사가 송신 버튼을 눌렀을 때 다른 누군가와 겹칠 경우 송신이 불가능해 라디오가 차단되는 것을 방지해준다. 그러면 왜 이 장치를 모든 항공사에 강제하지 못하는 걸까? 우선 이 장치는 해당 항공기의 메시지가 동시 송신되지 않도록 방지하는 것일 뿐 다른 두 대의 항공기가 메시지를 동시에 송신해 차단되는 것을 막아주지는 못한다. 결국 모든 항공기가 동시에 사용했을 경우에만 효과를 기대할 수 있다. 항공사나 국가 간 이견으로 이 장비는 아직까지도 지상 충돌을 방지하기 위해 강제적으로 장착해야 하는 GPWS와 공중 충돌을 방

지하기 위해 역시 강제로 달아야 하는 TCAS Traffic Collision Avoidance System, 공중충돌방지장치와 달리 선택 사항일 뿐이다.

흥미로운 사실은 동시 송신으로 인한 차단에도 상황에 따른 차이가 있다는 점이다.

첫째, 두 항공기가 동시에 관제사를 불렀을 때 좀더 강한 전파는 살아남아 관제사에게 들릴 수 있으며, 이때 약한 전파는 들리지 않을 수 있다.

둘째, 두 대의 항공기 또는 관제사와 항공기가 정확히 동시에 송신을 시작하고 끝마친 경우(테네리페 노르테공항의 사례처럼) 두 쪽 모두 자신의 송신이 누군가와 겹쳐서 방해받았다는 사실을 인지할 수 없다. 그리고 상대방의 응답을 기다리다가 사고를 막을 때를 놓칠 수 있다.

그럼, 여기에서 가장 심각한 상황을 가정해보자.

콜 사인이 유사한 두 대의 항공기가 한 관제 주파수에 들어와 있다고 치자. 관제사가 그중 한 대에게 지시한 사항을 만약 두 대의 항공기가 정확히 일치하는 시간에 복창한다면 관제사는 이중 강한 주파수를 가진 항공기의 복창만 들을 수 있다. 강한 전파를 가진 항공기의 복창 뒤로 약한 전파의 잡음이 섞이게 되는 것이다. 두 항공기 모두 서로에게 주어진 관제 지시라 생각하고 복창한 상황이다.

이때 이를 눈치채지 못한 관제사가 다른 항공기 관제로 넘어간다면 어떤 일이 벌어질까? 두 항공기 모두 자신의 송신이 다른 항공기의 송신과 겹쳤다는 사실을 인지하지 못할 것이다. 그러곤 두 대 모두 강하나 선회를 동시에 시작할 것이다.

이 일의 이면에는 내가 잘못 복창한 게 있다면 당연히 관제사가 바로잡아줄 것이라는 믿음이 깔려 있다. 이런 점들 때문에 관제사는 유사 편명이 들어와 있는 경우 더욱 주의를 기울여 실수를 방지하려 한다. 이 문제는 여전히 해결되지 않은 채 오늘도 전 세계 관제사와 조종사를 힘들게 하는 난제다.

가장 어려운 공항을 꼽으라면

남미와 아프리카 등에서 여러 어려운 공항을 운항해봤지만, 그중에서도 가장 난도 높았던 공항은 아시아에 있는 네팔의 카트만두공항이다. 이곳에 접근을 시작하면 마치 깊은 항아리 속으로 빨려 들어가는 느낌이다. 스쿠버다이버들이 공기통을 메고 바닷속으로 잠영해 들어가는 것과 유사하다고 할까. 사실 내려가는 길보다 다시 돌아 나오는 길이 더 어렵다. 들어가는 길과 나오는 길이 마치 주둥이가 긴 항아리 같은 형국이어서다.

이런 형태의 공항들로는 콜롬비아의 보고타공항, 몽골의 울란바토르공항, 아프가니스탄의 카불공항, 에콰도르의 키토공항이 있다. 이 착륙을 모두 기장이 감당해야 하는 공항들이다.

이제는 RNP AR Required Navigational Performance, Authorisation Required,

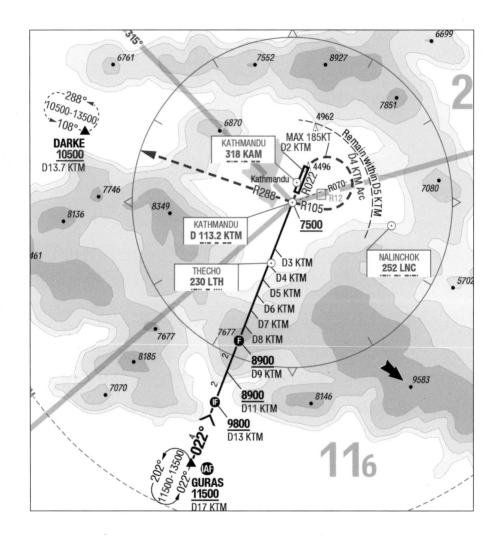

정부기관의 사용 허가가 필요한 접근으로 GPS에 기반한 자체 항법장비를 사용한다 접근이 만들어져 예전만큼 스펙터클하지는 않지만 카트만두공항은 오랫동안 전 세계 조종사들 사이에서는 가장 위험한 공항으로 알려져왔다. 1992년 타이항공의 A310기 추락, 파키스탄항공의 A300기 추락을 비롯한 16건의 사고가 발생한 악명 높은 공항이다.

기억이 틀리지 않다면 IAF최소접근지점 GURAS를 1만 1500피트로 지난 이후 B777이 유지할 강하각은 5도가 넘었다. 이런 깊은 강하각을 유지하려면 기어를 내리고 플랩을 완전히 펼치는 것도 부족해서 스피드브레이크를 최대로 당겨야 겨우 5도 강하각을 만들 수 있었다. 배풍이라도 불라치면 강하 성능이 나오지 않아 접근 자체가 불가능했다. 이 모든 것이 공항을 항아리처럼 둘러싸고 있는 높은 히말라야의 산악 때문이다.

이렇게 플랩오버스피드Flap Over Speed와 겨우 10노트 간격을 간신히 유지하면서 5도 강하각으로 비행하다가 공항 표고 1000피트에 다다라서야 강하각을 3.5도로 줄이고 착륙할 수 있었다. 그런데 문제는 여기서 끝이 아니다. 만약 복행을 해야 할 경우 주변의 높은 산악 장애물 때문에 항아리 안의 안전지대 내에서 선회하며 고도를 취한 뒤에야 비로소 들어왔던 경로로 빠져나가 예비공항으로 향할 수 있다. 따라서 접근하는 동안 조종사들이 느끼는 부담감은 이루 말할 수 없을 만큼 상당하다.

그림자로 충돌을 피하다

사우디아라비아의 리야드공항에 착륙하자 그라운드 컨트롤러가 주는 택시 지시가 바로 이해되지 않았다. 일부 택시웨이가 공사 중이어서 우리 주기 장소가 바뀔 것이라는 노텀Notam, 항공고시보이 있었고 관련된 세부 차트는 운항관리사가 제공할 것이라는 정보를 받았지만, 정작 출발 전 이 차트가 봉투에 들어 있지 않다는 사실을 알아차리지 못한 것은 내 불찰이었다.

우리는 착륙 후 관제사에게 전적으로 의지해 차트도 없이 맹인이 돌다리 두드리듯 택시해야 하는 압박을 받았다. 부기장이 PF를, 기장인 내가 라디오를 잡았다. 혼란스러워하는 나에게 관제사는 일단 "택시웨이 E를 경유해서 R 전에 세우세요"라고 지시했다. 그 지시대로 진행하는데 좌측에서 불쑥 지상요원들이 수신호를 하는 게 아닌가. 우리 B777을 유도하기 시작한 것으로 보기에 명백한 신호를 세 명의 지상요원이 동시에 내게 보내고 있었다.

"잠깐 세우자. 이상하다."

급히 부기장에게 항공기를 멈추게 하고 다시 관제사에게 물었다.

"지금 좌측에서 우리 항공기를 파킹베이Parking Bay로 선회하도록 유도하고 있는데 어떻게 된 겁니까? 혹시 이곳이 우리 주기 장소인가요?"

이에 관제사는 "아닙니다. 그냥 전방으로 계속 택시하세요. 지시를 무시하세요. 그곳이 아닙니다"라고 말해주었다. 별일이 다 있다 싶었다.

'저 녀석들은 왜 우리에게 이리 오라고 수신호를 하는 거지? 항공사를 착각했던 것이겠지?'

도무지 이해되지 않는 상황에서 일단 무시하고 앞으로 진행했다. 그런데 이번엔 부기장이 불쑥 끼어들었다.

"기장님, 앞이 너무 좁아 보이지 않아요?"

그의 말이 맞았다. 정면에 세워둔 사우디항공 B777이 택시웨이 쪽으로 너무 나와 있다는 게 다가갈수록 확연히 보였다. 지금껏 얼마나 많은 대형 민항기 조종사들이 매년 택시 중 자신의 날개로 다른 항공기 꼬리와 충돌했던가? 이런 날이 오지 않기를 바랐지만 결국 정말 어려운 결정을 내려야 할 순간에 처해버렸다. '그날이 내게도 오는구나. 이 순간만은 피하고 싶었는데' 하는 생각이 머리를 스쳤다.

이날을 대비해 다행히 나름 준비한 대책은 있었다. 몇 번 연습을 통해 실제 이 테크닉을 적용할 수 있다는 결론을 오래전에 내린 바 있다. 다행히 모든 조건이 완벽했다. 부기장이 택시를 맡았고 문제가 되는 사우디 B777은 내 쪽 창문으로 내다보는 게 가능했다. 먼저 내 쪽 창문의 잠금레버를 해제하고 크랭크를 돌려 열었다. 시큼한 모래바람이 칵핏으로 훅 들어오는가 싶더니 그간 창문이 막아주었던 엔진 소리가 여과 없이 귓전을 울렸다.

"천천히 택시해줘. 내가 세우라고 하면 바로 세우고."

상체를 일으켜 어깨선까지 창밖으로 내밀고는 주기된 사우디항공 B777의 꼬리와 우리 항공기 좌측 날개의 접근율을 모니터했다. 지금 이 상황을 지켜보던 관제사가 창밖으로 몸을 내민 내 모습을 보았는지 "지금, 아…" 하며 더이상 말을 잇지 못하고 라디오 스위치를 놓는 게 느껴졌다.

"그라운드! 여기 많이 좁아 보입니다. 일단 진행해보고 안 되면 다시 부를게요. 기다리세요."

그러고는 손짓으로 부기장에게 앞으로 조금씩 전진하라는 신호를 보내다가 약 10여 미터를 남기고는 "세워줘. 도저히 안 되겠어. 판단이 안 된다"라고 말했다. 부기장은 급히 항공기를 세우고 파킹브레이크를 걸었다. 우리는 관제사를 다시 불렀다.

"그라운드! 사우디항공 B777 꼬리가 택시웨이 쪽으로 너무 나와서 윙팁 클리어런스Wingtip Clearance, 날개 간의 거리가 보장이 안 됩니다. 여기로 윙 워커Wing Walker를 보내주세요."

윙 워커는 이런 상황에서 두 항공기가 충돌 없이 진행하도록 유도

하는 지상요원을 말한다. 이 말에 마치 그럴 줄 알았다는 듯 관제사는 한마디 질문도 없이 "윙 워커 보내드릴게요. 대기하세요"라고 말한다.

내가 그간 상상 속에서 대비한 계획은 여기까지였다. 현실에서 통하지 않았다. '왜 이런 일이 오늘 나에게 일어났을까' 싶어 솔직히 화가 났다. 얼마나 기다려야 지상요원이 이곳에 도착할지도 모르고, 정작 그들이 와서 택시를 다시 시작한다 하더라도 도중에 우리 항공기의 왼쪽 날개와 사우디항공의 B777 꼬리 부분이 충돌한다면 결국은 모두 내 책임이 될 터였다. 윙 워커에게는 책임이 없다.

함정에 빠진 것 같았다. 그렇다고 요행을 믿고 그냥 밀고 나갈 수는 없었다. 내 인생을 이 작은 일에 걸 만큼 바보는 아니다.

그렇게 1분 정도 흘렀다. 열어둔 창을 통해 사우디항공 B777의 꼬리와 정면의 택시웨이를 바라보다가 문득 뭔가가 눈에 들어왔다. 정면에 B777 기수 부분 그림자가 선명히 드리워져 있는 게 아닌가?

'내가 왜 이 생각을 못 했지?'

해는 내 머리 바로 정중앙에서 약간 우측 후방에서 비추고 있었고, 항공기 그림자는 항공기의 전면 좌측으로 만들어지고 있었다. 그렇다면 날개도 그림자를 만들고 있을 터였다. 황급히 몸을 내밀어 다시 날개를 바라보자 역시 선명한 날개 그림자가 바닥에 드리워져 있었다.

지금까지 나는 하늘에 떠 있는 왼쪽 날개와 사우디항공기의 꼬리를 번갈아 바라보며 접근율을 판단하려 했지만, 그건 사실 사람 눈으로 분간하기가 거의 불가능했다. 그렇지만 날개 그림자와 사우디항공

3장

기 꼬리 밑에 세워둔 빨간 고깔이라면 전혀 다른 상황이다.

지상에 위치한 두 개의 참조점 때문에 접근율을 파악하기가 훨씬 수월해졌다. 좌우로 번갈아 눈을 돌리며 적어도 2미터 정도 거리가 벌어지겠다는 판단이 들었다. 부기장에게 내 계획을 이야기하자 그도 좋은 생각이라며 동의해주었다.

"그라운드! 다시 보니 윙팁 클리어런스가 나온다는 판단이 듭니다. 다시 택시 시작합니다."

내 말에 관제사는 급히 밝아진 목소리로 "택시 시작해도 좋습니다"라고 답해주었다.

그렇게 날개가 만든 그림자와 사우디항공 B777의 꼬리 끝 바로 밑에 세워둔 빨간 고깔과의 접근율을 주시하면서 조금씩 앞으로 나아갔다. 예상대로 우리는 2미터 이상의 간격을 유지하며 함정을 무사히 빠져나왔다.

결론적으로 말하면 이번엔 운이 좋았다. 해가 거의 천중에 있었고 장애물 위치가 이 모든 절차를 미리 구상해둔 내 쪽에 있었기에 가능했다. 만약 부기장 쪽에 사우디항공 B777이 위치했다면 그를 믿고 내가 택시하기는 어려웠을 것이다. 브리핑도 안 되어 있는 상황에서 위험부담이 큰 기술이었기 때문이다.

이렇게 안전하게 지연 없이 또 한 번의 비행을 마쳤다. 부기장과 나는 아주 큰 경험을 했다.

P.S. B777 같은 대형기는 날개 길이만 70미터에 달한다. 그리고 조

종실 좌석에서 고개를 돌려 뒤를 바라봐도 날개가 보이지 않는다. 창문을 열고 상체를 내밀어야 간신히 날개 끝을 볼 수 있어서 날개가 충돌하는 사고에 취약하다. A380을 비롯한 와이드 바디 항공기는 전 세계에서 매년 날개 충돌 사고를 일으키고 있다.

B777 화물기의 주체할 수 없는 힘!

"맙소사! 아니, 뭐 이런 괴물 같은 놈이 다 있어?"

처음 B77F, 곧 B777-200 화물기를 화물이 텅 빈 상태로 이륙해 보고 느낀 감정이다. 순간 그 엄청난 힘에 압도되고 말았다.

두바이 알막툼공항에서 텅 빈 비행기로 목적지 홍콩을 향해 처음 이륙한 날, 이 야생마 같은 녀석은 단숨에 4만 1000피트까지 치고 올라갔다. 상승률은 순간순간 7000FPM을 넘나들기도 했지만 줄곧 5000FPM을 상회했는데, 마치 로켓처럼 숨도 쉬지 않고 상승해 버렸다.

승객을 가득 태운 여느 B777-300ER처럼 상승하다가 속도가 떨어져 숨을 한 번 고르고 다시 올라가는 현상도 없었다. 순식간에 4만 1000피트 성층권(?)까지 올라가더니 마치 "잘 봤지? 나 이런 혈통의 비행기야"라고 으스대듯 사뿐히 자리를 잡았다.

FMS에 찍힌 추천 고도는 4만 3000피트였다. 곧 B777 최고 도달 가능 고도인 4만 3100피트보다 100피트 아래까지 무난히 올라갈 힘이 있다고 녀석은 힘이 넘치는 경주마처럼 씩씩거렸다.

"기장! 나 할 수 있어! 올라가자, 올라가자, 제발!"

녀석은 올라가고 싶어 하는데 나약한 나는 스크래치패드에 "0"을 찍어 무심히 FMS 스텝 창에 붙여넣었다.

'안 돼! 네 맘은 이해하지만, 우주 방사선이 사람 몸에 나빠. 오늘 네 추천 고도는 무시하는 것으로.'

지금도 빈 화물기로 알막툼공항을 이륙하는 새벽이면 이니셜 레벨오프Initial Level Off, 이륙 후 최초 상승고도를 3000피트가 아닌 5000피트로 요구한다.

"타워, 우리 너무 가벼워서 좀더 높은 고도를 요구할게요."

힘이 넘치는 야생마 녀석이 스스로 힘을 주체하지 못하고 종종 3000피트를 넘겨버릴 만큼 치고 올라가다 보니 미리 여유를 두는 것이다. 토가버튼을 누른 직후의 느낌은 마치 종마 등에 탄 것만 같다. 어느새 질주를 시작한 녀석은 VR에서 이륙 자세 10도를 만들기가 무섭게 치고 올라간다. 대비하고는 있었지만 훨씬 빨리 증가하는 속도에 매번 놀란다. 서둘러 한참 위로 치고 올라가 있는 FD를 따라 휠을 당기다 보면 어느새 피치Pictch가 20도에 가까워진다.

'이럴 줄 알고 내 미리 FMS에 스러스트 리덕션Thrust Reduction, 이륙 후에 상승추력으로 감소시키는 고도 고도를 1000피트로 설정해두었지. 진정해

라. 워, 워.'

속으로 녀석을 비웃어주었지만 한번 탄력을 받은 기체는 3000피트를 뚫고 지나갈 것처럼 여전히 씩씩대며 위태롭게 고도를 지킨다.

'오, 나의 머스탱, B77F! 너를 너무나 사랑한다!'

350톤의 이륙중량도 감당할 수 있는 강력한 두 개의 GE 엔진으로 새털처럼 가벼운 무게인 180톤짜리 화물기를 이륙시키는 건 언제나 힘이 끓어 넘치는 근육질 종마에 올라탄 것처럼 가슴 뛰는 흥분 그 자체다.

조종사의 대표적인 편집 증상

지극히 주관적인 '조종사의 직업적 편집 증상'을 적어봤다.

1. 칵핏에 들어가면 자기가 원하는 세팅을 고집함. 볼펜은 늘 같은 곳에 꽂아야 하고 안경도 늘 같은 자리에 놓아야 함. 이 규칙이 깨지면 불안해짐.
2. 한 번 시작한 일이 끝나지 않고 늘어지면 엄청난 스트레스를 받음.
3. 자기가 익숙한 절차가 아닌 비표준 절차를 동승 조종사가 시도하면 아주 신경이 쓰임.
4. 창의적인 방식이나 절차를 시도하려는 동승 조종사를 보면 하게 되어 있는 일이라도 제대로 하면 좋겠다고 생각함.

5. 집에 있을 때 텔레비전 볼륨을 편하게 올리면 집안 식구들 모두 난리가 남. 가는 귀가 먹은 것일 수도 있음. 작은 소리에 스트레스를 받음. 늘 집중해 라디오를 듣던 버릇이 있기에 알아듣지 못하는 작은 소리에 본능적으로 민감해짐.

6. 기계를 함부로 다루는 사람을 보면 동족을 학대하는 것처럼 분노함.

7. 한 번 실수는 대단히 차분하게 반응함. 그러나 동일한 실수를 다시 목격하면 이성을 잃을지도 모름.

8. 과속 단속카메라에라도 찍히면 마치 플랩오버스피드라도 한 것처럼 엄청난 자책을 함.

9. 비행 중 모든 것을 정리·정돈해야 하고 절차에 철저히 구속받는 것에 대한 반발심으로 비행이 없는 날에는 절차를 만들지도, 정리를 하지도 않으려 노력함. 그런데 그게 잘 안 됨.

10. 약속 시간에 아주 민감함.

11. 나갈 시간에 준비가 안 되어 있는 마님을 보면 좌절함.

12. 단정한 제복에 아주 민감함.

13. 운전 중 수 분에 한 번씩 냉각수 온도계와 연료량을 쓸데없이 확인함.

14. 운전할 때 가속페달을 늘 지긋이 밟음. 브레이크도 상황을 판단해 최소한으로 밟으려 노력하고 최대한 부드럽게 운전함.

15. 위의 모든 증상을 가지고 있어서 기본적으로 꼬장임. 이 꼬장꼬장함을 숨기려 늘 노력함. 그런데 티가 남.

4장

운명처럼, 우연처럼 어쩌다 파일럿

운명처럼, 우연처럼 조종사가 된 이유

1992년 공군사관후보 조종 장교에 지원한 구성원들의 이력은 참 다양했다. 조종사 되는 길이 오로지 공군 입대를 통한 것이 전부이던 시절, 평생 조종사의 꿈을 안고 살아온 청년들이 1990년부터 시작된 일반대학교 졸업자의 공군 조종 학사장교 모집에 몰려든 것이다. 다행인 것은 그때까지 이 제도가 생소해서 경쟁률이 높지 않았다는 것.

독특한 건 또 있었는데, 기본 군사훈련을 받는 도중 알게 된 동기생들 중 약 3분의 1이 군필자였다는 사실이다. 사병으로 군대를 다녀온 예비역이 조종사가 되겠다고 다시 공군 장교 과정에 들어온 것인데, 그들이 거쳐온 군도 다양했다. 육군, 공군, 특전사, 해병대까지…. 이들 예비역은 비행 교육 입교자 기준(총 아홉 명 입과)으로 절반 이상이 비행 교육을 수료해서 현재 아시아나항공, 제주항공, 티웨이항공에서 근무하고 있다. 나머지 군 미필자는 나를 포함해 세 명이었는데, 그중 한 명은 공군 비행 교수가 되었고, 다른 한 명은 대한항공에 남아 있으니 동기생 전체가 모두 다른 곳에서 일하고 있는 셈이다.

지금부터 내가 어떻게 조종사가 되었는지 이야기하고자 한다.

평생 조종사 되기를 꿈꾼 이들과 달리 내가 조종사 되는 과정은 우연의 연속이었다. 휴학 없이 대학 4년을 보내고 마지막 해에 친구와 대전 선화동의 병무청을 찾았다. 친구는 지금 미국 워싱턴에서 근무하는 현역 해군 장교인데 당시에는 해군 OCS 후보생이었다. 그와 달리 나는 장교로 군에 가겠다는 목표만 있었을 뿐 어디로 갈지, 어떤 병과를 지원할지 결정하지 못한 상태였다.

병무청 건물에 들어서자마자 누군가가 복도 끝에서 우리를 부르는 게 보였다. 그는 다짜고짜 왜 왔는지 물었고 내가 안경을 쓰는지 궁금해했다. 당시 시력은 양쪽 모두 2.0이었다. '공군 모병관'이었던 그는 우리를 자기 자리로 잡아끌었고 책상 위에 공군 조종 학사장교 선발 요강을 펼치고는 설명하기 시작했다.

"제 전공이 영문학인데 지원이 돼요?"

"전공 불문이야. 영어를 잘하면 좋지!"

"비행을 하나도 모르는데 제가 비행 교육을 통과해 조종사가 될 수 있나요?"

"공군에서 다 교육해주니깐 따라가기만 하면 돼."

그래도 걱정이 되어 물었다.

"중간에 수료하지 못하고 잘리면 어떻게 되는데요?"

그러자 그가 씩 웃으면서 대답했다.

"걱정하지 마. 그냥 일반 장교로 조금만 더 복무하면 되는 거야."

그 길로 바로 지원서를 들고 학교로 돌아와서는 취업지원센터 내의 '적성검사 담당자'를 찾았다. 일단 내게 조종사 적성이 있는지 확인하고 싶었다. 지루한 서너 시간의 검사를 마치고, 다음 날 다시 찾은 그곳에서 담당자는 거의 100개는 족히 넘는 '직업 리스트'를 보여주었다. 그중 하나가 '조종사'였다.

"왜 내가 조종사 적성에 맞다는 거죠?"

그는 미심쩍은 눈으로 "그쪽 전공이 뭐죠?"라고 물었다.

"영문학이요, 부전공은 교직을 했어요."

한참 검사 결과를 뒤적이던 그가 아주 흥미롭다는 표정을 짓고는 말했다.

"재미있네요. 그쪽은 교사나 기자, 출판업자에는 전혀 소질이 없는데요?"

당시 나는 대학에서 3년간 영자신문사 기자로 활동했고 편집장까지 한 상태였다.

"그런데 왜 그쪽이 조종사가 적성에 맞냐 하면요."

그가 영역별 시험 점수를 펼쳐 보여주었다. 그리고 그의 손가락이 가리키는 한 과목, 유독 그 하나가 '만점'이었다.

그 영역은 바로 '공간 지각력Spatial Orientation'.

그렇게 운명처럼, 우연처럼 대학신문사 기자가 공군 조종사가 되는 길로 접어들었다.

공군이 사랑한 해군 조종사

"저 해군으로 돌아가겠습니다. 아무리 해도 비행이 늘지도 않고 전 아무래도 배를 타야지 비행기를 탈 적성이 아닌가 봅니다. 너무 상심 마시고 그냥 원대로 복귀시켜주십시오!"

교관 박 소령은 중등비행훈련 위탁교육 중인 해군 박 중위를 설득(?) 중이다.

"너 지금 돌아가면 공군에서 도태되어왔다고, 해군이 반갑다고 잘 돌아왔다고 반겨주겠어? 돌아가서 배를 타더라도 비행훈련은 수료하고 가!"

황당한 상황이다. 입과자의 30퍼센트 정도만 살아남는 공군 비행훈련을, 그것도 해군에서 위탁한 타군을 공군 교관이 설득하고 있으니.

해군 박 중위는 해군사관학교를 우수한 성적으로 졸업하고 영어에도 능통한 럭비부 출신의 엘리트 장교였다. 하지만 이런 경력이 공군 비행훈련 수료를 보장해주지는 못한다. 공군사관학교 성적 우수자조차 특혜가 없을 정도로 공군 비행훈련은 철저히 기량 위주로 평가가 이뤄지기 때문이다.

도태된 다섯 명을 제외하고 나머지 동기들은 솔로비행을 마친 상황이었지만, 박 중위는 기량이 올라오지 않아 담당 교관이 애를 태웠다. 문제는 착륙 마지막 조작인 플레어의 감을 박 중위가 잡지 못한 데 있었다.

다행히 다음 날, 동기생 중 제일 마지막으로 박 중위의 솔로비행이 잡혔다. 먼저 교관 조종사와 동승해 두 번의 이착륙 훈련을 수행한 뒤 항공기가 활주로 끝에 멈추면 교관만 하기하고 솔로비행이 진행되는 것이다. 그런데 이런 과정 없이 항공기가 주기장으로 바로 들어온다면 그날 솔로비행은 취소되었다는 뜻이다.

드디어 비행이 시작되었고, 교관이 동승한 채 두 번의 이착륙 훈련이 무사히 끝났다. 곧이어 항공기는 활주로 끝으로 이동했다. 그대로 주기장으로 향한다면 박 중위는 해군으로 복귀해야 했다. 이는 그의 군생활 최대 오점이 될 것이다.

찢어질 듯 날카로운 T37 특유의 엔진 소리를 유지한 채 항공기는 정지했고, 엔진이 돌고 있는 상태에서 캐노피가 열리며 교관이 뛰어내렸다.

"솔로다!"

여기저기서 환호성이 터져 나왔다. 그런데 교관 표정은 밝지 않았다.

"야, 담배 좀 줘봐."

담배를 받아 한 모금 빨아들인 박 소령 손이 떨리고 있었다.

"아이씨, 이제 난 몰라, 비행기를 때려먹든 뿌셔먹든…. 제발 살아서만 돌아와라. 아이 정말."

그날 아침 전체 브리핑 시간에 중대장이 물었다.

"박 중위, 오늘 솔로 나가면 플레어는 어떻게 할 거야?"

모두의 시선이 그에게 몰렸다.

"본 대한민국 해군 장교 박 중위! 국까와 민족을 위해 땅김하겠습니다!"

힘이 잔뜩 들어간 박 중위의 과장된 목소리에 일순간 브리핑실이 뒤집어졌다. 모두가 오랜만에 배꼽을 잡고 웃었다. 중대장은 그렇게 자리를 비웠고 덕분에 전체 브리핑은 일찍 종료되었다.

그날 그의 '국까와 민족을 위한 땅김' 덕에 다행히 항공기도 박 중위도 상하지 않고 솔로비행은 무사히 끝났다. 해군 박 중위를 공군 교관들이 반드시 수료시켜 해군으로 보내려 애를 태운 것은 박 중위가 우수한 인재이기도 했지만 이전 초등비행훈련 때의 일화 때문이다.

5개월 전, 대한민국 공군사관학교 성무비행장 초등비행훈련 학생 브리핑실.

박 중위는 불려 나와 엎드린 상태에서 벌써 여섯 대째 '빠따'를 맞았다. 불시 내무 검사 중 그의 책상에서 발견된 포커 카드가 발단이었다. 처음 교관들은 내무실 누구의 책상에서 무엇을 발견했는지 밝히지 않은 채 전체 학생에게 자백하기를 요구했다. 그러나 아무도 나서지 않자 박 중위를 직접 불러 체벌을 가하고 자백하기를 강요한 것이다. 보통 사람 같으면 한 대도 견디기 힘들 텐데 여섯 대까지 맞는 동안 럭비로 단련된 박 중위는 미동도 없었다. 교관들은 차츰 이성을 잃어갔다.

"붕, 붕."

허공을 가르는 소리와 함께 체벌은 열 대를 넘어갔다. 박 중위는 낮은 신음만 한 차례 내뱉었을 뿐 여전히 처음 자세 그대로였다. 오히려 때리는 윤 소령 얼굴에서 땀이 비 오듯 흘러내렸다. 그는 이성을 잃은 채 숨소리마저 거칠어져 있었다. 더이상은 무리라는 걸 그도 알고 있었다. 이렇게까지 버틸지 몰랐던 것이다. 급기야 윤 소령은 주머니에서 포커 카드를 꺼내 들이대며 말했다.

"여기 니 책상에서 내가 꺼내 온 카드가 이렇게 있는데 장교가 거짓말을 해? 해군사관학교에서 그따위로 배웠어?"

그간 박 중위의 인품을 높이 샀던 교관들이었기에 실망감이 더 컸다.

심각한 상황이었다. 이 정도면 처벌로 끝날 일이 아니었다. 해군으로 불명예 복귀를 해야 할 수도 있었다.

일순간 모두가 절망적인 표정이었다. 이때 엎드려 있던 박 중위가 바닥에서 끓어오르는 듯한 목소리로 말했다.

"본 해군 장교 박 중위, 해사 생도의 명예를 걸고 단 한 번도 그 카드로 게임을 해본 적도 없을뿐더러 할 줄도 모릅니다. 그 카드는 원양 실습을 나갔던 동기생이 선물로 보내온 겁니다. 자세히 보면 포장을 뜯지도 않은 걸 아실 겁니다."

일순간 당황스러운 표정이 윤 소령 얼굴에 번졌다. 박 중위는 자신의 결백을 증명하기 위해 한 명의 공군 장교에게 전체 해사 생도의 명예를 건 것이다. 이 말은 천 마디 다른 말보다 큰 무게감이 있다. 윤 소령도 이 짧은 단어 하나가 전달하는 그 절대가치의 엄중함을 너무도 잘 알고 있었다.

"생도의 명예."

윤 소령은 여전히 왼손에는 방망이를 오른손에는 카드를 쥔 채 마치 감전이라도 된 듯 멈칫하더니 급히 다시 카드를 내려다보았다. 잠시 후 고개를 숙인 그의 얼굴이 일그러졌다. 양손은 스스로에 대한 자책으로 아무렇게나 떨구어졌다. 내려놓지 못한 방망이와 천장 조명을 받아 야속하게 반짝이는, 아직 개봉도 안 된 카드를 내려다보면서.

'내가 지금 도대체 뭘 한 거지?'

"일어나! 너는 남고 전원 BOQ 숙소로 퇴근!"

그날 밤 윤 소령은 치료 후 귀대한 박 중위의 숙소를 찾았다. 멘소래담 로션과 파스 그리고 위스키 한 병을 들고.

박 중위는 한동안 다리를 절었다. 처음 며칠은 눈에 띄지 않게 동기 해군 장교들의 부축을 받아야 했다.

이후 그는 초등비행훈련을 우수한 성적으로 수료하고 중등비행훈련에 입과했다. 그를 위해 대대장은 특별 추천서를 써주었고 더불어

4장

윤 소령은 직접 중등비행훈련 교관 동기생들에게 전화를 걸어 간곡히 부탁했다고 한다. 무슨 일이 있어도 반드시 수료시켜서 해군으로 보내라고.

만약 그날 박 중위가 비굴하게 몇 대의 체벌에 굴복해 뒹굴었거나, 체벌이 이어지는 동안 일어나 반항이라도 했다면 중등비행훈련에서 어려움을 겪었을 때 공군 교관들이 그를 살리기 위해 발 벗고 나서지 않았을 것이다. 그의 인생도 달라졌을 테고.

그가 비행훈련을 모두 수료하고 해군에 복귀할 때 그의 인품을 높이 산 비행단장의 매우 특별한 추천서가 첨부된 것은 두말할 필요도 없었다. 이로써 공군도 해군도 명예를 지켰다. 그 후 그는 대한민국 해군 초계기 P3의 에이스로 활약하다 영광스럽게 전역했다.

이 글의 주인공은 현재 티웨이항공의 박일수 기장이다. 혹 티웨이항공을 이용하게 된다면 유심히 기내방송을 들어보기 바란다. 잔뜩 목소리를 깔고 '국까와 민족을 위해 땅김'을 한다는 박일수 기장이 아닌지.

험난한 T37 중등비행훈련

1992년 5월, 공군 사천기지.

벌써 20분째 이러고 있다.

"후, 흡, 후."

산소마스크와 연결된 호스 끝으로 거친 호흡이 뿜어져나왔다. 거꾸로 뒤집힌 내무실 모습과 함께 헬멧 속 눌린 머리가 지끈거린 지 한참이다. 마스크 속에서 연방 씹어대는 말린 인삼 냄새가 오래전부터 방안에 가득했다.

"아직도냐? 너 내일도 토하면 이젠 어쩐다냐?"

짐짓 걱정스러운 표정으로 건너편 책상에 앉아 있던 동기생이 한마디 거들었다.

정 소위는 벌써 2주 동안이나 매일 밤 조종 헬멧에 산소마스크까지 대롱대롱 매달고 물구나무를 선 채 말린 인삼을 씹는 중이다. 꼴은 우습지만 진지하다. 산소마스크와 연결된 호스를 통해 간신히 목소리가 울려 나왔다.

"누가 그러는데 토 나오면 삼켜야 한대. 근데 그게 쉽나."

1992년 대한민국 공군 중등비행훈련. 석 달간 초등비행훈련을 마친 훈련생들이 두 달째 이곳 사천에서 T37 쌍발 제트기로 훈련 중이다. 같은 차반 동기들 중 벌써 절반이 솔로비행을 마쳤지만 정 소위는 아직까지 4G를 건져야 하는 루프, 배럴롤 같은 기동만 하고 나면 구토를 하느라 나머지 시간을 이착륙 훈련에 제대로 써보지도 못하고 곧바로 복귀Return to Base해야 했다.

"이제는 정말 시간이 없는데…."

헬멧과 마스크 사이로 신음처럼 긴 탄식이 흘러나왔다.

그는 이미 7소티를 허비했다. 좋게 봐준다 해도 남은 기회는 한 번이나 두 번. 그때까지 해결하지 못하면 과정 탈락이다. 그렇게 되면 항법사나 F4 팬텀의 무기통제관Weapon Controller으로 보낸다는데 상상하기도 싫었다. 중등까지 왔으니 연장 복무는 최소 5년 아니면 7년까지 불어나 있을 텐데, 어떻게든 고비를 넘겨야 했다. 사천 시내에서 사 온 말린 인삼이 큰 효과가 없어 몇 주째 시간만 허비했다.

다음 날 아침. 오전에 있을 비행 걱정에 장교식당에서 아침을 먹는 둥 마는 둥 하고 활주로 건너편 대대로 향하는 콤비버스에 몸을 싣고는 이내 긴 한숨을 내쉬었다.

"날씨는 왜 이렇게 좋은 거야."

단본부를 벗어나 이미 활주로 북단을 내달리는 버스에서는 팽팽한 긴장감만 흘렀다. 제초병이 아침 일찍 베어 넘긴 풀에서 나는 비릿한 냄새가 열린 창 사이로 거침없이 밀려들 뿐 누구도 말이 없었다. 눈치가 100단인 운전병은 감히 이 분위기를 어쩌지 못하고 라디오조차 켤 용기를 내지 못했다. 그는 이들 젊은 소위들이 겪는 스트레스를 일 년 넘게 지켜봤다.

'이 사람들 건들면 폭발한다. 조심하자….'

아침 7시 30분, 전체 브리핑. 방을 가득 채운 팽팽한 긴장감에 학생들 누구도 교관을 기다리는 동안 감히 의자 등받이에 등을 대지 못한 채 허리를 곧추세웠다. 문이 열리고 중대장과 교관들이 우르르 들어왔다. 심장박동이 최대치로 치달았다.

"오늘은 아침에 김 소위, 박 소위 솔로비행이 계획되었고…. 근데 너희들 잠은 잘 잤나?"

묵직한 경상도 사투리로 솔로비행에 나설 두 훈련생에게 중대장이 턱짓을 하며 물었다.

"네! 잘 잤습니다!"

둘은 브리핑실이 쩌렁쩌렁하게 목청을 높여 대답했다. 이 모습을 지켜본 교관들이 뒤에서 키득거렸다. 그래도 절대 뒤돌아볼 수는 없다. 곧 중대장이 자리를 비우면 이때부턴 이곳 생활의 꽃인 비행 관련 질문에 이어 개인 브리핑 시간이다. 중대장이 자리를 비우자 기다렸다는 듯 교관들의 질문이 날아들었다.

"맨 좌측 앞에."

4장

"엡! 소위 ○○○."

자리를 박차고 일어선 훈련생의 다리가 후들거렸다.

"솔로 나갔다가 복귀하는데 엔진이 꺼졌어. 어떻게 할 거야? 엔진 두 개가 모두 나갔을 때 착륙하는 SFO 제원이 어떻게 돼?"

"아, 그때는 일단, 아…."

"뒤로 튀어 나가! 그 뒤!"

또 이어지는 고함.

"다시 그 뒤!"

브리핑실 뒤에서 벌어질 일들은 상상에 맡기겠다.

훈련생들은 한 시간 뒤 헬멧과 낙하산을 관리하는 장구반에서 장비를 갖추고 하나둘 주기장에 배정된 T37, 일명 두꺼비 옆에 도열했다. 이내 대대 건물에서 교관들이 늘 그렇듯 와자지껄 웃으며 몰려나왔다. 여기저기서 "필승 ○○○소위 비행 준비 끝!" 하는 활주로가 떠나갈 듯한 고함소리가 들렸다. 곧이어 귀를 찢을 듯한 엔진음이 주변을 가득 채우고 활주로를 향해 택시가 시작되었다.

20여 대의 훈련기가 속속 이륙해 각자의 훈련 공역으로 뿔뿔이 사라졌다. 정 소위의 T37은 거제도 인근 2만 5000피트 상공으로 향했다.

"자, 루프 해보자! You Got."

"I Got."

최대한 절도 있게 조종간을 넘겨받고 곧바로 엔진 상태를 점검한 뒤 루프 기동에 들어갔다. 항공기는 곧 가상 수평선을 발밑으로 밀어내고 솟구쳐 4G의 탱탱한 긴장을 유지한 채 정점을 향해 기수를 들었다.

"정점. 스피드 체크, 120노트."

속도는 정확했다. 이보다 적거나 많으면 4G보다 적었거나 많았다는 것을 의미한다. 그러나 방심하기엔 일렀다. 항공기는 최저속도에 배면 상태로 들어섰다. 한순간 실수가 스핀으로 이어질 수도 있었다. 이어 기수는 다시 지상을 향해 내리꽂히고 다시 조종간을 팽팽하게 당겨 수평비행 상태를 만들어야 한다. 다행히 기동은 만족스러웠다.

"괜찮냐?"

"예, 괜찮습니다."

대답은 했지만 정 소위의 위장은 폭발 직전이었다. 평상시 같으면 바로 조종간을 넘기고 급하게 마스크를 풀어낸 뒤 준비한 플라스틱 구토 봉투에 연신 볼썽사나운 광경을 연출했을 텐데, 나지막한 목소리로 "잠시만 시간을 주십시오" 하고는 미동도 않은 채 교관에게 말을 건넸다.

"다시 한 번 해보겠습니다."

"그래, 이번엔 내가 배럴롤 시범을 보일 테니까 봐라."

이어지는 두 번의 변형된 루프 기동 뒤 다시 수평비행 상태에서 엔진 점검을 마친 교관은 학생의 상태를 살폈다.

"너 괜찮냐? 오늘은 토 안 하네?"

"네, 괜찮습니다."

간신히 대답한 훈련생이 대견한 듯 교관이 말했다.

"이제 시간이 다 되었으니 내려가서 터치앤고Touch and Go 훈련 세

번 정도 하고 풀 스톱Full Stop하자."

이날 비행은 무사히 끝이 났다. 엔진이 멈추고 정비사가 준비한 사다리를 타고 교관과 학생은 동시에 내려왔다. 교관이 앞서 걷고 그 뒤를 정 소위가 따라 걸었다.

그때 갑자기 교관이 멈춰 섰다. 바로 뒤에서 따라오던 훈련생은 제자리에 얼어붙었다.

"맛있었나?"

얼굴을 검정 바이저와 산소마스크로 꽁꽁 동여맨데다 엔진 소음까지 어우러져 그 너머의 표정을 살피는 일이 극히 힘들다. 그럼에도 교관은 오늘 공역에서 세 번의 기동과 두 번의 이착륙 훈련을 합쳐 모두 다섯 번이나 훈련생이 구토물을 입안에 담았다가 다시 삼킨 사실을 알고 있었다.

"네! 먹을 만했습니다!"

"그래? 그런데 오늘 점심은 카레라던데 넌 못 먹을 것 같은데? 내가 얘기해서 교관 휴게실에 라면이라도 끓이라고 해둘게. 내일부턴 우리 바빠지겠다. 이번 주말 전에는 너 솔로 나가야지."

그리고 무심한 듯 돌아서 걸음을 옮겼다.

"필승! 감사합니다!"

뒤따르는 훈련생의 시야가 흐려졌다. 적어도 며칠간 교관은 그간 못한 자기 학생 자랑으로 여념이 없을 것이다. 그날 정 소위는 처음부터 구토 봉투를 준비하지 않았다.

공군 저압실 비행, 너만 아니었어도!

"내가 몇 번을 얘기해야 해! 당신 귀와 코 상태로는 절대로 비행 못 해! 내가 항공 군의관 출신이야!"

연세가 지긋한 이비인후과 의사가 20대 초반으로 보이는 청년에게 퉁명스럽게 쏘아붙였다. 이해를 못 하는 것인지 같은 질문을 반복하는 통에 인내심이 다해 결국 모질게 이 말까지 하고 만 것이다.

벌떡 일어난 청년은 얼굴이 붉어져서는 진료실 문을 거칠게 박차고 나가버렸다. 그로부터 일 년 뒤 청주 공군항공우주의료원 저압실. 그가 오늘 이곳에 와 있다. 그와 동료들이 교육 입과 전 항공신체적성검사를 받는 날이다. 이곳에 오기까지 조종 학생들은 임관 후 6개월을 기다렸다. 비행훈련이 이제 눈앞에 와 있다.

이들이 진행할 저압실비행은 병원의 고압산소실과 유사하다. 그들은 챔버 내에서 신체가 급격한 고도 변화를 견뎌낼 수 있다는 것을 증명해야 한다. 일종의 인체 스트레스 테스트다. 훈련 종료 시 대부분이 전투기 조종사가 될 공군 조종사 훈련의 필수 과정이다.

저압실 문이 굳게 닫히고 그들은 비행 헬멧에 연결된 산소마스크를 통해 호흡했다. 고도는 3만 피트를 넘겨 빠르게 상승했다. 이 상태에서 산소마스크를 제거하면 생존 가능 시간은 불과 수 분에 불과할 정도로 산소 농도가 희박해진다.

다시 챔버 내의 고도를 최고 고도인 4만 피트까지 올렸다. 이 고도에서 산소마스크를 제거하면 의식이 유지되는 시간은 겨우 수십 초에 불과하다. 훈련생 앞에 붙어 있는 고도계의 바늘이 미친 듯 돌다가 4만 피트에서 정확히 멈춰 섰다.

훈련생 모두 잘 따라왔다. 챔버 안에는 10여 명의 훈련생과 5명의 교관이, 챔버 밖에는 또다른 5명의 교관이 창문을 통해 만약의 사태에 대비해 훈련 상황을 뚫어져라 응시했다. 훈련의 위험성으로 교관과 학생의 비율이 거의 일대일로 진행되는 유일한 지상 훈련이다.

"전원 마스크 풀고 준비된 노트에 자신의 이름을 계속 적어 내려갑니다!"

교관이 인터폰을 통해 또박또박 큰소리로 반복해 설명했다.

"언제라도 자신의 상태가 정상이 아니라고 판단되면 즉시 직접 산소마스크를 착용하거나 손을 들어 교관에게 도움을 요청하십시오!"

곧이어 산소마스크 연결 후크를 제거하는 소리가 여기저기서 들렸고 훈련생들은 앞에 놓인 노트에 이름을 써 내려가기 시작했다.

10초 경과. 벌써 산소마스크를 다시 집어 쓰는 훈련생이 보였다. 반대편에서는 교관이 급히 훈련생의 산소마스크를 다시 연결해주는 모습도 눈에 띄었다. 이들은 자신이 의식 상실 상태에 접어드는 것을 인지하지 못한 채 알아보지 못할 글자를 흘려 쓰고 있었다.

1분여가 지나자 모든 훈련생이 다시 마스크를 착용했다. 단 한 명만 제외하고는.

럭비로 단련된 해군 박 중위! 그가 괴물같이 버티고 있었다. 2분을 넘기자 이젠 세 명의 교관이 그의 곁에 바싹 다가섰다. 떡 벌어진 어깨 아래로 바삐 써 내려가는 글씨가 흐트러지기만을 기다리고 있는 것이다. 그런데도 그의 꼿꼿한 필체는 여전했다. 초침은 이제 3분을 향해 나아갔다.

기다리는 교관들이 더 조바심을 냈다. 챔버 안과 밖의 모든 교관이 그를 응시했다. 이때 밖에서 상황을 지켜보던 선임 교관이 급히 신호를 보냈다. 옆에 섰던 교관이 다급히 산소마스크를 박 중위에게 착용시키며 미안한 듯 한마디 했다.

"이 이상은 위험합니다, 박 중위님."

훈련은 종반부를 향해 나아가고 있었다. 챔버는 항공기가 급격히 고도를 강하할 때 조종사가 경험할 상태를 재현하며 가장 난도 높은 단계로 진행되었다. 고도계의 바늘이 세차게 아래로 돌기 시작했고, 챔버 내 훈련생들은 산소마스크 위로 코가 위치한 곳을 엄지와 검지로 강하게 누르며 연신 비행 헬멧을 쓴 머리를 위아래로 조아렸다. 이들은 '발살바'를 하는 중이다. '발살바'란 코를 막아 복압을 인위적으로 높여 강제로 외부 기압과 맞추는 기법이다.

그때였다. 순간 시작된 통증에 한 훈련생이 당황해했다.

어느새 교관이 그에게 다가왔다.

"김 소위님, 저를 보십시오. 괜찮으십니까?"

산소마스크를 착용한 상태로 놀라 눈만 허옇게 껌뻑이던 김 소위는 다행히 수초 뒤 안정을 찾았고 훈련을 계속하겠다는 신호를 보냈다. 잠시 뒤 정상 신호가 교관들 사이에 전달되고 다시 챔버 안의 고도계는 빠르게 돌아 순식간에 1만 피트를 지났다. 그는 이후에도 여전히 발살바를 간신히 해내며 힘들게 버텼다.

산소 호스와 고도계가 연결된 콘솔, 교관들의 시야에서 벗어난 이 테이블 밑으로 누군가가 그의 손을 잡아주었다. 그의 옆에 앉아 있던 동기생 정 소위였다.

'조금만 참아. 거의 다 왔어.'

정 소위가 눈빛으로 얘기하자 그가 고개를 끄덕였다.

수 분 뒤 "푸쉬이이이" 하며 챔버 안의 기압이 외기압과 맞춰진 뒤 닫혔던 철문이 열렸다.

"수고하셨습니다."

이날 훈련에 참여했던 20명의 공군과 해군 예비 조종사들은 단 한 명을 제외하고는 모두 테스트를 통과했다. 김 소위 역시 훈련을 통과했다.

침을 삼키는 정도로 기압 변화에 대처할 수 있다면 수만 피트의 고도를 넘나들며 기동을 해야 하는 전투 조종사로서는 최고의 신체 조건이다. 발살바를 해서라도 기압 균형을 맞출 수만 있다면 조종사가 되는 데는 일단 문제가 없다. 단지 비행 중 추가로 이 기법을 수행해야 한다는 점과 이 기법이 여의치 않았을 때는 중이염, 부비강염 등이 비행 후 발생할 가능성이 남들보다 클 뿐이다.

6개월 뒤인 1994년 2월. 공군 사천기지에서 중등비행훈련 신체적성테스트 비행이 진행되었다. 중등비행훈련 입과 전 교관과 함께 T37 항공기에 동승해 높은 G값을 동반한 전투 기동과 급격한 상승·강하 기동 위주로 비행하는 과정이다. 저압실 테스트와 달리 실제 비행기를 타고 인체 스트레스 테스트를 진행하는 것인데, 중등비행훈련 입과 전 마지막 관문이다.

오전부터 동기생들이 하나둘 교관과 동승해 테스트를 수행한 뒤 착륙했다.

"메이데이! 메이데이! 학생 상태가 나빠서 귀환해야 합니다."

우려했던 상황이 발생했다. 비행 중 조종 학생이 실신한 것이다. 그는 6개월 전 저압실에서 힘들게 버텼던 김 소위였다. 착륙 후 김 소위는 곧바로 대기하고 있던 앰뷸런스에 실려 의무대로 옮겨졌다.

그날 저녁 일과를 마치고 의무대를 찾은 동기들은 침대에 누워 있는 그의 상태를 보고 말을 잇지 못했다. 얼굴이 풍선처럼 부풀어 눈조차 뜨지 못했기 때문이다.

"귀 안쪽이 온통 터졌대. 왜 이런 몸으로 여기까지 왔냐고 군의관이 미련하다 카드라. 이게 다 저노마 때문이다. 저노마가 그때 저압실에서 내 손만 안 잡아줬어도 그냥 포기했을 긴데."

눈을 뜨지 못한 상태에서도 김 소위는 정 소위를 가리키며 너스레를 떨었다. 그는 한 달여 회복 기간을 거쳐 다행히 건강을 회복했고 이후 정비 특기로 재분류되었다. 의사의 판단이 항상 맞는 것은 아니다. 저압실 챔버에 들어가보기 전에는 누구도 알 수 없다. 그날 이비인후과 병원을 방문했던 청년은 테이블 밑으로 동기의 손을 잡아주었던 정 소위, 바로 나였다.

2월의 나리타공항, 최악의 날씨에 착륙하다

1994년 2월, 대한민국 공군사관학교 성무비행장.

"너 내려!"

"예? 여기서 내리란 말씀입니까?"

"그래, 내려. 그리고 주기장까지 뛰어와. 어서!"

막 이착륙 훈련을 마치고 도착한 세스나 훈련기가 활주로에 멈춰서자 훈련 중이던 소위가 다급히 뛰어내렸다. 곧이어 프로펠러 소음을 뒤로 세스나는 털털거리며 앞서갔고 그 뒤를 머리에 헬멧을 쓴 채 커다란 낙하산을 등에 멘 조종훈련생이 따라 달렸다.

세스나라면 불과 몇 분이면 도달할 거리를 10분 이상 완전군장으로 뛴 것이다. 2월 정오에 가까운 시각, 아직 쌀쌀한 날씨인데도 그는 온몸이 땀으로 범벅이 되었다. 이미 흘러내린 땀은 훈련생 조종복 아래에 두른 파란 '마후라'를 짙은 남색으로 물들였다. 교관은 엔진을 끈 세스나 옆에 서서 헐떡거리며 달려오는 학생 조종사를 무료한 듯 기다렸다.

"너 오늘 조작은 빠따 감이야! 알아? 이 정도로 끝내는 걸 다행으로 생각해. 내가 학생 때는 교관이 내 뒤에서 따라왔어. 그랬음 네가 훨씬 빨리 뛰었을 텐데. 흐흐흐."

음흉한 웃음을 지으며 김 소령은 정 소위를 잠시 측은한 듯 바라본 뒤 "디브리핑은 점심 식사 후 1시에 내 방에서. 식사가 아주 꿀맛일 거야. 흐흐흐"라는 말을 끝으로 대대 건물 안으로 사라졌다.

그 뒤로 "필쓰웅! 가암사합니다!"라고 많이 과장된 목소리로 훈련생 정 소위가 경례를 했다. 분명 감사하다는 말을 빌려 소심한 반항(?)을 하는 태세다. 교관은 어깨너머로 바라보고는 다시 걸었다. 그의 얼굴에는 슬쩍 미소가 번졌다.

2017년 2월, 도쿄 나리타공항.

오후 4시 즈음 B777 한 대가 두바이를 떠나 8시간이 넘는 비행을 마치고 공항 관제구역에 들어섰다. 일주일째 오후만 되면 몰아치는 강풍 탓에 나리타공항은 회항과 홀딩, 복행이 예외 없이 이어졌다. 2월의 나리타공항 바람은 조종사들에게는 악몽 그 자체다.

이날도 예보는 정측풍 45노트, 돌풍 65노트였다. B777의 측풍 제한치는 정확히 45노트. 돌풍은 조종사 판단에 따라 무시할 수 있다고 되어 있으니 조종사가 내릴 수도, 거부할 수도 있는 상황이었다. 접근 자체를 시도하지 않고 인근 공항으로 회항을 결정한다 해도 법적으로 하자가 없는 날이다.

"모든 나리타 인바운드 항공기에 알립니다. 최소 속도로 줄이십시오. 공항에 1만 피트 이하 윈드시어와 강한 돌풍으로 항공기 홀딩 패턴이 포화 상태며 이중 다수가 인근 공항으로 회항하고 있습니다."

막 수신한 공항정보는 예상은 했지만 훨씬 구체적으로 긴박한 상황을 담고 있었다. PF를 맡은 조종사는 총 비행시간이 이제 막 1만 시간을 넘겼지만 기장이 된 지는 세 달밖에 안 된 신참이다. 부기장은 남아공 출신으로 기장보다는 나이가 네댓 살은 많은 덩치 큰 크리스트였다. 그리고 한 명 더, 긴 비행시간으로 추가된 항로기장이 동승했다. 피지 출신의 항로기장은 나이는 제일 어리지만 기장 경력은 2년 차인 스티브다.

이들은 불과 30분 뒤면 벌어질 일들에 대비해 랜딩 브리핑을 시작했다.

"일단 접근은 해볼 거야. 하지만 접근 중 상황이 나빠지면 우리들 중 누구라도 콜을 해서 바로 복행하도록 하자. 그렇게 되면 뒤에 앉은 스티브는 객실에 사과 방송을 해주고 크리스트는 내가 잊더라도 회사에 회항 보고를 꼭 먼저 보내줘. 자, 그럼 시작해볼까!"

애써 평정심을 찾은 듯 브리핑을 마친 기장의 머리에는 '아, 왜 하필 세 달밖에 안 된 나를 2월의 나리타에 보내는 거야, 이건 아니지'라는 생각이 스쳤다.

"도쿄관제, 안녕하세요. ○○항공 ○○○, 2만 피트로 강하 요청

합니다."

"○○항공 ○○○, 활주로 16L 방향으로 직행하세요."

'아, 이건 뭐지? 항공기들이 홀딩 중이라며?'

접근 전 홀딩을 예상했던 조종사들은 순간 서로의 얼굴을 바라보며 이 상황이 이해가 안 된다는 표정을 지었다.

"○○항공 ○○○, 앞에 비행기 없습니다. 일부는 회항했고 일부는 착륙했어요. 현재 바람은 정측풍 40노트입니다."

이 정도면 무조건 접근을 시작해야 하는 제한치 내의 바람이다. 1만 피트를 통과한 항공기는 거친 윈드시어 속으로 진입했다. 오토파일럿이 연신 출력을 넣었다 줄이기를 반복하면서 엔진은 어느새 동물이 숨을 헐떡이듯 날카로운 소리를 내뱉고 있었다. 속도계는 위협적으로 출렁거렸고 자세는 5도 가까이 위아래로 넘나들었다. 그나마 다행인 것은 아직 오토파일럿이 제 몫을 해주고 있다는 것(터뷸런스가 심할 경우 오토파일럿이 감당하지 못해 꺼지는 경우가 있어 주의해야 한다). 하지만 오토스러스트 상황은 이보다 훨씬 급박했다. 통상 줄어드는 속도에 대한 반응이 느려 연신 기장은 속도가 위험한 상황까지 떨어지지 않도록 매뉴얼 오버라이드Override 상태에서 넣다 빼기를 반복했다. 이 상황이 1000피트 이하까지 지속되면 복행해야 한다.

"1000."

묵직한 남성톤의 자동 콜아웃 장치가 착륙이 임박한 1000피트 고도를 알렸다. 돌풍이 몰고 온 모래로 잘 보이지 않던 활주로가 눈앞에 희미하게 드러났다. 그것도 측풍 때문에 정면이 아닌 좌측 어깨너머로 고개를 돌려야 보였다. 착륙하려면 오토파일럿을 풀어야 할 순간이었다. 안전하지 않다고 판단되면 언제든 복행해야겠다고 생각하면서 잔뜩 긴장하며 감아 쥔 오토스러스트 위 복행 버튼에 손가락을 문질러 그 감촉을 되새겼다.

"언제라도 이걸 누를 수 있어야 한다."

비행훈련 때 교관들과 부기장 시절 기장들이 수없이 반복해서 그에게 강조하던 말. B777 오토랜딩 측풍 제한치는 최대 25노트인데, 오늘 바람은 40노트를 넘나들고 있으니 오토랜딩장치는 소용이 없었다. 순전히 조종사 개인 기량에 달렸다. 탑승한 350명의 승객이 도쿄에서 기다리는 가족과 저녁 식사를 제때 할 수 있느냐, 아니면 최소 3시간 지연이 예상되는 회항을 할 것이냐는 오롯이 기장 손에 놓여 있었다. 도와줄 교관은 없다. 교관이 앉아 있던 자리엔 천진난만한 미소를 지으며 기장을 바라보는 부기장만 있을 뿐.

"매뉴얼 플라이트, 오토파일럿 해제."

수동비행으로 전환을 알리는 콜아웃을 하기 직전 기장은 늘 그렇듯 습관적으로 항법컴퓨터에 시현된 현 고도 측풍치를 슬쩍 바라보았다. 정확히 정측풍 40노트였다. 하지만 기장은 알고 있다. 이 바람은 평균치일 뿐 순간순간 몰아치는 돌풍은 고려되지 않았다는 것을.

이제 그의 손과 발을 통해 바로 느껴지는, 오토파일럿이 해제된 항공기는 펄떡이는 날생선처럼 반응이 훨씬 격렬해졌다. 출렁거리는 속도를 유지하기 위해 다소 과하게 들어간 엔진 출력과 몰아치는 강풍이 조종간을 통해 여과 없이 전해졌다. 활주로가 짧았다. 폭도 45미

4장

터로 통상 착륙하는 활주로에 비해 좁았다. 홀딩을 대비해 연료를 더 채워 넣었지만 예상보다 앞당겨진 착륙으로 계획대로 소비하지 못해 항공기는 최대착륙중량 제한치에 가까웠다. 시정도 1000미터 정도에 불과했다. 어느 것 하나 좋은 게 없었다. 이 경우 터치다운은 정확한 위치에 정확한 속도로 이뤄져야 한다. 그렇지 않으면 착륙 직전이라도 복행을 결정해야 한다. 억지로 착륙할 경우 과도한 브레이크로 타이어가 수축될 수 있는 상황이었다. 널뛰는 출력과 항공기 피치. 흡사 정신 나간 사람처럼 바람 속에서 비행기도, 조종간과 스러스트레버를 잡고 있는 조종사도 춤을 추었다. 누구도 웃지 않는 댄스 타임. 담 약한 승객이 내지르는 비명이 환청으로 들리는 듯했다.

착륙.

직전까지 미친 듯 춤을 추며 활주로 상공으로 들어서던 항공기는 시간이 멈추기라도 한 듯 정적 속에서 사뿐하게 내려앉았다.

"스피드브레이커스 업, 리버서스 노멀."

착륙 후 감속장치들이 정상 작동되고 있다는 부기장의 콜아웃이 귓가를 맴돌 즈음 처음 느껴지는 감각은 머릿속의 카타르시스 그리고 이어지는 허리 통증이었다. 격렬한 댄스 후에 찾아온 날카로운 감각…. 그래도 지상이었다. 댄스 타임은 끝났다. 이어지는 동료들의 축하. 아직 택시 중인데도 껴안고 키스까지 할 기세였다.

게이트에 들어서는 항공기.

일본인 여성 지점장이 게이트 옆 브리지로 미끄러지듯 들어서는 B777 조종석 창문으로 기장을 향해 환한 미소와 함께 90도로 인사를 했다.

"흐흐흐. 이분들 오늘 우리하고 같이 퇴근이 무척 늦을 뻔했어."

모두 같은 생각인지 세 조종사 얼굴에도 소년들 마냥 짓궂은 웃음이 가득했다. 그날 밤 이들은 나리타 시내의 선술집에서 또 하나의 무용담 탄생을 축하하며 술잔을 기울였다. 아주 오래 기억될 젊은 날을 위하여.

4장

태풍을 뚫고 착륙한 제주도

2000년 9월, 태풍의 한반도 상륙이 임박한 어느 날, 선배 기장과 함께 임무 부기장으로서 김용순 북한 노동당 비서 그리고 임동원 국가정보원장을 모시고 제주로 비행한 적이 있다. 원래 민항기를 이용하려던 이들의 계획이 이날 아침 태풍으로 취소된 탓이다. 곧바로 우리는 국정원이 주재하는 긴급 대책회의에 불려갔다. 머리에 기름을 잔뜩 바른 국정원 직원이 탁자 중앙에 앉아서 물었다.

"공군! 운항할 수 있습니까?"

그러자 망설임 없이 선배가 대답했다.

"네, 할 수 있습니다!"

순간 깜짝 놀라 '이건 아닌데' 하는 표정으로 상황을 지켜보았다. 당시 제주도는 공군 수송기보다도 바람에 강한 대형 민항기의 이착륙 제한치마저 초과하는 돌풍이 불고 있었다.

'태풍 상륙이 임박한 제주도에 공군 수송기를 보내다니.'

회의장을 빠져나오면서 이렇게 물었다.

"편대장님, 정말 가시려고요?"

선배는 웃으며 말했다.

"나만 믿어!"

늘 긴장하면 콧등에 땀이 맺히던 선배 조종사. 웃음 띤 얼굴이었지만 그날 회의실을 떠나던 그의 콧등에는 땀방울이 송골송골 맺혀 있었다. 그렇게 우리는 VIP를 태우고 서울을 이륙해 제주로 향했다.

"You are cleared direct Jeju."

막 서울을 이륙한 우리 항공기에 관제사는 항로를 따라가지 말고 곧바로 제주로 향하라는 허가를 내주었다.

'아, 지금 한반도 상공에 우리만 비행하는구나!'

훗날 개성공단 등 역사적 남북합의가 탄생하는 데에 초석이 된 제주 회담장을 향해 그렇게 비행이 시작되었다. 제주에는 항공기의 바람 제한치를 넘어서는 돌풍이 몰아쳤다. 착륙 당시 다행히 풍향 20도, 정풍 45노트, 돌풍 65노트였는데, 정풍 성향이 강하긴 했지만 어쨌든 제한치를 한참 초과한 상황이었다. 항공기는 착륙을 위해 속도별로 플랩이라는 별도의 양력장치를 내리는데 통상 1~5단계로 구성되며 착륙 시에는 착륙 속도를 줄이기 위해 가장 깊은 각도의 플랩을 사용한다.

"플랩 원."

"기어 다운!"

"오늘 우리는 플랩 원 상태로 착륙한다."

항공기 운영교범 어디에도 나와 있지 않은 플랩 원 착륙. 비상시에나 적용하는 비정상적 방법으로 착륙하겠다는 것이었다. 하지만 그날 그의 결정은 임무를 가능케 한 신의 한 수였다. 강한 정풍에 최소한의 플랩을 사용함으로써 이상적인 그라운드 스피드를 얻을 수 있었고, 몰아치는 바람에도 항공기가 안정적으로 접근하는 게 가능했다. 우리는 그렇게 태풍 속에서 성공적으로 임무를 완수했다.

도착 후 VIP들이 하기하는 문은 항공기 우측 부기장석 쪽이어서 원한다면 창밖으로 하기하는 이들을 바라볼 수 있었지만 나는 애써 시선을 돌려 외면했다. VIP이기는 했지만 상대는 북한군 장성. 이 사람을 현역 군인인 내가 어떻게 대해야 하는지 판단이 서지 않아 외면했던 것이다.

그런데 그때 뒤쪽에 앉은 항공기 정비사가 "정 대위님, 밖을 좀 보십시오" 하는 것이다.

"왜?"

"김 비서가 정 대위님을 기다리는 것 같습니다."

흠칫 놀라 고개를 돌린 나와 김 비서의 눈이 마주치고 '아, 이를 어쩌지?' 하는 생각이 들 찰나, 김 비서가 먼저 허리를 깊게 숙여 인사를 하는 게 아닌가.

'아, 이 사람이 내게 인사를 하려고 빗속에서 기다렸구나.'

더이상 생각할 겨를도 없이 최대한 절도 있게 거수경례로 그의 인사를 받았다. 그리고 다음 날 어느 신문 칼럼에 올라온 글.

"어떻게 현역 군인이 적국 장수에게 경례를 올릴 수 있는가."

어느 보수 언론의 공격에 한동안 숨죽여 지내야 했다. 혹시나 기무사에서 나를 찾지나 않을까 해서. 물론 그런 일은 벌어지지 않았다.

이 역사적 임무를 성공적으로 완수한 선배는 훗날 장군에 올랐다. 그 소식을 듣고 태풍 속에서 제주에 내리던 2000년 그날의 기억이 문득 떠올랐다.

금오산

그날 이전 그 산을 그렇게 오랫동안 바라본 적이 없었다. 그리고 그날 이후 나는 그 산을 똑바로 바라보지 못한다.

"상황 발령! 상황 발령! 전 장병에게 알린다. ○○시 ○○분 현재 기지 상황 ○○○ 발령."

사이렌 소리가 계속됐다. 그날은 그렇게 요란스럽게 시작됐다.

"전 조종사는 브리핑실에서 별도 지시가 있을 때까지 대기할 것. 이 시간 이후 금일 모든 비행은 취소한다."

영문을 모르고 대기하던 우리에게 누군가 조금 전 T59 두 기가 기지로 귀환 도중 금오산 상공에서 실종됐다는 사실을 전했다.

"누구야? 누가 타고 있던 거지?"

편대비행으로 기지에 복귀하던 두 대의 T59에는 두 명의 교관 조종사와 두 명의 학생 조종사가 탑승하고 있었다.

"김경모."

불과 몇 달 전까지 중등비행훈련에서 나와 내무실을 같이 쓴 룸메이트 동기생이었다. 아침 장교식당에서 마주쳤던 제일 나이가 어렸던 동기생. 그의 이름이 불렸을 때 잠시 이게 꿈일 거라는 생각을 한 것 같다. 아니 그의 장례식이 끝날 때까지도 이게 꿈일 수 있다는 생각을 했던 것 같다.

1995년 1월, 공군 사천기지 인근 금오산 정상에는 며칠간 내린 눈이 켜켜이 쌓여 바위 사이를 덮고 있었다. 오전에는 산 정상을 볼 수 없을 만큼 구름이 짙었지만, 정오가 되면서 구름은 차츰 엷어졌고 중간중간 파란 하늘을 볼 수 있는 날씨였다.

목격자는 전했다. 산 정상을 가린 구름 속으로 낮게 나는 전투기 엔진 소리와 바로 이어지는 커다란 폭발음을 들었다고. 그가 들은 폭발음은 한 번이었다. 두 대의 전투기는 바싹 붙어 편대비행 상태로 정상에 충돌한 것이다.

오후 3시가 넘어서야 헬리콥터가 사고 현장을 수습하기 시작했다. 헬기는 여러 번에 걸쳐 정상과 기지를 오가며 조종사들의 시신을 옮겼다. 워낙 광범위하게 잔해가 퍼진데다 눈까지 쌓여 있어 수습 과정은 지난했다. 나는 기지 의무대로 불려갔다. 산화한 조종사와 가장 가까운 동기생 중 한 명이어서다. 수차례에 걸쳐 기지 내 의무대로 옮겨진 시신은 들것에 실려 하얀 가운이 덮인 상태로 우리를 맞았다. 마스크를 쓴 군의관이 들것 가운을 벗기고 우리는 그 옆에 마련된 네 명의 조종사 이름이 쓰인 또다른 들것으로 조각난 시신을 구분해 나누는 작업을 오후 내내 해야 했다. 눈물은 나지 않았다. 눈에 얼어붙어 아직 조종복이 붙어 있는 신체의 부분 부분들을 기계적으로 나누어야 했을 뿐이다. 가장 큰 것이라고 해 봐야 20센티미터를 넘지 않았다.

이날의 충격으로 그날 이후 나는 항공기 사고가 발생한 추락 장소에 수습 요원으로 가지 않았다. 2000년 김해공항에서 발생한 중국 민항기 사고 때도 현장 차출을 거부했다.

연락을 받은 가족들이 늦은 밤 속속 도착했다. 장례절차는 신속했고 비행단은 곧 제자리로 돌아가야 했다. 사고로 모든 비행훈련이 중단된 상태가 오래 지속될 수는 없는 노릇이었으니.

늦은 밤 공항으로 나가 마지막 비행기로 도착하는 김경모 소위의 부모님을 맞았다. 조종복을 벗어 걸어두고 어색한 정복을 꺼내 입었다. 외아들을 잃은 부모를 기지로 모셔오는 일도 남은 이들의 몫이었다. 그날 알았다. 공군 조종사의 정복은 남은 동료들에겐 상복이 되고, 산화한 조종사에겐 채우지 못한 관을 대신 채울 유품이라는걸.

"미안합니다, 제 아들이 국가에 큰 누를 끼쳤습니다. 정말 죄송합니다."

그는 눈물을 보이지도, 격한 감정을 표하지도 않았다. 그저 우리 손을 꼭 잡고 이 말만 몇 번이고 반복했다.

먹살이라도 잡힐 줄 알았다. 고성을 지르며 죽은 내 아들을 살려내라고 드러누워 미친 듯 몸부림이라도 칠 줄 알았다. 그런데 연신 머리를 숙이고 사과하시던 아버님의 모습이 지금도 잊히지 않는다.

4장

KT1 웅비 시험비행 조종사

촬영이 잠시 중단되었다. 진행자의 질문에 답하던 한영명 박사가 목이 메어 한참 동안 말을 잇지 못했다. 동료들이 달래보았지만, 그의 눈물은 멈출 기미가 보이지 않았다. 일흔을 넘긴 과학자는 감정을 억누르지 못하고 그저 눈물만 훔쳐냈다.

한영명 박사는 1990년대에 약 10여 년에 걸쳐 KT1 개발사업에서 항공기 체계부장을 역임한 대한민국 항공기 개발의 최고 엔지니어 중 한 사람이다.

"저는 처음엔 시험비행 조종사의 실수일 거라 정말 이기적으로 생각해버렸습니다."

이 말을 하는 그는 연신 흐르는 눈물을 손수건으로 막아내기에 급급했다.

"조사 결과를 보고 제 자신이 대한민국 최고의 시험비행 조종사를 죽일 뻔했다는 죄책감과 KT1 항공기 개발사업 전체를 망칠 뻔했다는 자책감에 너무나 괴로웠고, 그래서 당시 사표까지 제출했습니다. 사고 조사 중 시험비행 조종사 이 소령은 일체의 변명도, 개발자를 비난하는 강변도 하지 않고 담담히 객관적 사실을 전달해주었습니다. 전 이분의 인품에 감명을 받았고, 그 이후 더욱 개발자의 오만으로 이분을 죽일 뻔했다는 자책에 오랜 기간 힘들었습니다."

국방TV와 인터뷰에서 보인 이 남자의 눈물이 이렇게 멋있을 수 있다니! 이래서 나는 대한민국 공군의 시험비행 조종사, 항공우주연구소, 국방과학연구소 엔지니어들을 존경하고 사랑하지 않을 수 없다.

1990년 10월 21일 오전 11시 30분경 지리산 상공 고도 1만 피트.

대한민국 공군 소속 시험비행 조종사 이진호 소령이 KT1 시제 4호기의 시험비행을 진행 중이었다. 점검할 항목은 수평비행 상태에서 고도계와 속도계의 정확성을 평가하는 난도가 높지 않은 항목으로, 다른 시험비행 정비사나 조종사 동반 없이 2인승 단발 터보프롭 훈련기에 혼자 탑승했다. 그런데 점검을 마치고 귀환하려던 순간 문제가 발생했다.

"펑!"

그리고 뒤이어 천둥처럼 그의 귀를 때리는 세찬 바람 소리.

강렬한 폭발음과 함께 그를 덮친 충격파에 그는 순간 정신을 잃었다. 엔진이 폭발한 것인지, 기체가 분해된 것인지 분간할 수는 없었지만 그는 숨을 쉴 수 없었고, 앞도 전혀 보이지 않았다.

자신을 보호하려는 본능에 순간적으로 조종간과 스러스트레버를 잡았던 그의 두 손이 어느새 사출좌석레버를 더듬고 있었다. 그러다 무슨 생각에서인지 다시 조종간을 잡았다가 또다시 사출좌석레버에 손을 얹기를 수차례, 그는 그 순간 갈등했다.

시속 420킬로미터의 바람이 그의 얼굴과 상체를 거세게 두드리는 상황이었다. 산소마스크와 헬멧 틈 사이로 거칠게 비집고 들어온 바람이 얼굴 살갗을 사납게 밀어 올려 눈을 뜰 수조차 없었다. KTX보다 빠른 속도의 풍압이 시험비행 조종사의 폐를 마구 눌러 찌그러뜨리는 바람에 안타깝게도 그의 폐에는 더이상 산소를 들이마실 공간이 남아 있지 않았다.

그럼에도 이 소령은 '애기'(사랑하는 항공기)를 살리기로 결심했다. 흐릿해진 의식과 더불어 시각마저 상실된 상태에서 그는 단지 몸에 느껴지는 관성력에 의지해 조종을 시도했다. 시간이 흐르자 그의 의식은 서서히 안정을 찾았고 이내 자세를 낮추어 시속 420킬로미터 맞바람에 노출된 상반신을 조종석 계기 아래쪽으로 구부려 밀어 넣었다. 곧이어 좌석에 장착된 조절기를 눌러 포지션을 최대한 아래로 낮췄다. 동시에 스러스트레버를 내려 속도를 120노트까지 줄이는 데 성공했다.

그의 몸이 바람을 피할 공간으로 들어가면서 호흡은 정상으로 돌아왔다. 고개를 든 그는 쏟아져 들어오는 바람을 견디며 조종석 안과 밖을 살펴보았다. 산산조각 난 캐노피가 조종석 사방에 어지럽게 널려 있었다. 머리 위에 있어야 할 캐노피는 온데간데없고 금속 프레

임만 날카롭게 잘려 정수리를 향한 채 마치 창끝처럼 그를 조준하고 있었다.

'아, 내가 손을 사출좌석레버에 얹을 때마다 어둠 속에서 떠오르던 그 환영이 바로 저것 때문이었구나.'

그가 마주친 그 찰나의 환영 속에서는 사랑하는 아내가 대전국립묘지, 그의 묘비 앞에서 서럽게 울고 있었다. 그가 만약 의식이 혼미하던 폭발 직후 본능적으로 사출을 감행했다면 그의 몸은 조종석 상단에 구부러진 채 그를 향하던 금속 지지대에 찢겨나가 곧바로 사망했을 것이다.

이후 사고 조사에 따르면 그는 사고 직후 40도까지 깊어진 KT1 항공기를 오랜 전투 조종사 생활에서 터득한 감각에만 의지해 눈이 보이지 않는 상태임에도 10도 깊이까지 회복시켰다. 그가 이날 도달한 최저고도는 7000피트. 인근 지리산 정상 고도가 6300피트였다.

시험비행 조종사 이진호 소령은 이날 캐노피가 탈락되고 그 파편으로 동체 여러 곳이 손상된 KT1 시제 4호기를 안전하게 사천기지에 착륙시켰다. 그날 저녁 사고 소식을 듣고 급히 모여든 동료들이 전한 바에 따르면 그의 눈가는 거친 바람에 짓눌려 검게 멍이 들었다고 한다.

그는 훗날 인터뷰에서 이렇게 말했다.

"저는 KT1 웅비의 개발시험비행 조종사입니다. 엔지니어들이 만들어놓은 시제 항공기의 불확실성을 시제기를 직접 몰고 올라가서 해소해야 하는 것이 제 임무입니다. KT1 4호기 시험비행 중 발생한 캐노피 탈락 사고는 오히려 우리 팀이 운이 아주 좋았다는 것을 의미합니다. 만약 시험비행 중 이 문제가 발견되지 않고, KT1 개발사업이 성공적으로 종료된 이후 일선 훈련 비행대대에서 그것도 학생의 솔로비행에서 발생했다고 생각해보십시오. 시험비행 조종사로서 캐노피 탈락 문제에 대해 미리 대비하고 준비했던 저에게 이 사고가 발생했다는 것은 항공기 개발사에서 우리에게 운이 따랐다는 것을 의미합니다."

이 사고가 있기 전 KT1 개발사업은 이미 1차 좌초 위기를 맞고 있었다. 개발 엔지니어의 실수가 아닌 도입한 사출좌석 자체의 결함으로 시제 1호기가 추락하고 시험비행 조종사들이 부상을 당했기 때문이다. 그 사고로부터 일 년도 지나지 않아 캐노피 탈락 사고가 발생한 것이다. 게다가 사고는 1990년 서울에어쇼 기간 중이었기에 그 파장은 짐작하지 못할 만큼 컸다.

한 시험비행 조종사의 현명하고 용기 있는 판단이 대한민국 항공기 개발의 좌초를 막았고, 결국 여러 사람의 헌신적 노력이 결실을 맺어 KT1 개발은 마침내 성공적으로 완수되었다. 이후 대한민국은 이를 통해 축적된 인적자원과 실험시설, 개발 경험을 바탕으로 T50을 거쳐 KFX 사업까지 이어지는 경쟁력 있는 국제 항공기 개발 국가로 발돋움했다.

사고 후 30여 년이 지난 지금도 그는 국방과학연구소 소속 연구원으로 근무하며 대한민국 항공기 개발의 주역으로 여전히 헌신하고 있다. KT1 개발에 몸담았던 모든 분께 머리 숙여 존경과 감사를 표한다.

다혈질 선임 편대장

256비행대대 선임 부조종사 시절, 선임 편대장은 아주 괄괄한 분이었다. 후배들과 훈련비행을 마치고 대대에 들어올 때면 어김없이 얼굴이 벌게져서는 한바탕 난리를 벌였다. 작전계 앞에서 어린 중위와 대위를 심하게 몰아붙이는 날이 연일 계속되다 보니 후배들 사기가 말이 아니었다. 성격이 불같아서 마음에 들지 않으면 바로 고함이 나왔는데, 이때부터는 교육이 아니라 체벌에 가까운 시간이 비행 중에도 이어졌다. 그는 자신의 화를 다스리지 못하는 조종사였다. 이러다 보니 중위들은 작전계 앞에는 얼씬도 하지 않았다.

어디서 용기가 났는지 하루는 더는 참지 못하고 선임 부조종사로서 후배들을 대신해 선장(선임 편대장)실을 찾았다.

"무슨 일이야?"

조종복이 터질 듯 덩치가 좋았던 이분이 슬쩍 한번 쳐다보고는 읽던 신문으로 시선을 돌린 채 무심한 듯 물었다.

"드릴 말씀이 있습니다. 단둘이 조용히 드릴 말씀이라 지금 찾아 왔습니다."

이 말에 흥미가 끌렸는지 "그래? 이리 와 앉아" 하며 그가 신문을 내려놓았다.

"오랫동안 고민하다 용기를 내서 왔습니다. 훈련비행에 대한 사항 입니다. 편대장님과 비행하는 부조종사들이 매우 힘들어하고 있습니다. 후배들에게 가르침을 주시려는 의도임에는 추호의 의심도 없지만 받아들이는 부조종사들에게는 오히려 역효과가 나고 있다고 봅니다. 저는 선배님이 부조종사들을 조금 다르게 대해주셨으면 좋겠습니다."

"좀더 자세히 얘기해봐!"

용기를 가지고 시작했지만 사실 속으로 이 일이 어떻게 끝날지 알 수 없어서 몹시 떨고 있었다.

"제가 생각하는 공군 비행대대에서의 훈련이라는 것은 선배에게 서 후배로 비행 기술과 지식이 전수되는 것이라고 봅니다. 편대장님도 지금 알고 있는 지식과 기술을 이전 선배님들로부터 전수받은 것 아닙니까? 이를 온전하게 후배들에게 전달해야 할 책임이 있으십니다. 이 점에서 저는 선배님이 후배들에게 그 책임을 다하지 못하고 있다고 생각합니다."

이 말까지 입 밖으로 내뱉은 이상 주워 담을 순 없었다. 하던 말은 확실히 매듭짓고 그 이후에 처분을 기다리자는 단순한 계획

4장

이었다.

"그 의도가 아무리 좋다 하더라도 편대장님의 고함과 질책 그리고 작전계와 브리핑실에서 특정 후배를 공개적으로 망신 주는 행위는 오히려 훈련에 역효과를 내고 있다고 생각합니다. 선배들로부터 배운 기술과 지식을 후배들에게 온전히 전달하기 위해 훈련 방식을 바꿔주시기를 충심으로 부탁드립니다."

이 말을 끝으로 앉은 자세였지만 허리를 꼿꼿이 세운 채 고개를 깊이 숙였다.

잠시 침묵이 흘렀다. 10년 가까이 차이가 나는 후배로부터 도전을 받은 상황이 당황스러웠을 것이기에 순간 이 녀석을 어떻게 처리할까 고민했을 것 같다.

그런데 잠시 후 그가 의외로 차분한 목소리로 입을 열었다.

"잘 알아들었어. 네 말이 맞다. 내가 고칠게!"

너무도 갑작스러운 대답에 그때까지 숙이고 있던 고개를 천천히 들어 바라본 그의 얼굴에는 싱글싱글 미소가 가득했다. 지금도 그가 기특하다는 듯 바라보던 그 미소가 잊히지 않는다.

"잘 알았으니까, 나가봐!"

이 일이 있고 나서 이분은 일 년 후 대대를 떠날 때까지 다시는 후배를 공식적인 자리에서 질책하거나 작전계 앞에서 큰소리로 나무라지 않았다. 그는 그가 선배에게 배운 비행 기술과 지식을 후배들에게 온전히 전수하기 위해 나름 최선을 다했다.

이분의 다혈질적 성격 때문에 많은 후배가 그 뒤에도 그를 두려워하고 거리를 두긴 했지만, 사실 나는 그날 이후로 이분을 좋아하고 따랐다. 편대장 방으로 무턱대고 들이닥쳐 벌인 일이었지만 그렇게 쉽게 이분이 자신의 잘못을 인정해주리라 기대하지 못했기에 그날 내가 받은 감동과 존경의 깊이가 더 클 수밖에 없었다.

공군 비행점검 조종사들

내게는 아주 특별한 동기생이 있다. 초·중·고등 비행훈련을 모두 같은 대대에서 받고 자대 배치도 같았으니 절친이 될 법도 한데, 사실 우리는 그다지 사이가 좋지 않았다. 서로 너무나 달랐기 때문이다. 그 친구는 외향적 성격에 비행의 감을 타고난 에이스였고, 나는 간신히 비행훈련을 마친 평범한 조종사였다. 중등 T37 훈련 초반, 그가 불과 몇 소티만에 솔로를 나갈 때 나는 여전히 구토를 극복하지 못하고 헤매고 있었다. 조종사로서 나는 늘 이 친구의 그늘에 가려 열등감과 싸워야 했다.

하지만 자대 배치 후 점차 시간이 흐르면서 이번엔 내가 비행단의 이른바 잘나가는 조종사가 되었고, 운명의 장난처럼 그는 조종사로서 가장 낮은 곳에 내려가 어렵게 비행을 소화하고 있었다. 돌이켜보면 서로를 싫어했다기보다는 마치 운명이 둘 사이가 가까워지는 것을 원치 않았던 것 같다. 서로의 위치를 바꿔가며 한 명이 인생의 정점에 섰을 때 다른 한 명은 가장 낮은 바닥에 내려가 있곤 했다.

그 친구에게 조종사로서 시련이 시작된 계기는 아이러니하게도 그가 모두가 인정하는 최고 기량의 조종사여서다. 1990년대 건설교통부의 비행점검 항공기 교체사업이 진행되어 기존에 사용하던 사이테이션Citation이 공군에 무상으로 공여되었다. 부기장 중 가장 기량이 뛰어났던 그는 모두의 부러움 속에 초기 인수 요원으로 선발되었다. 공군에 도입되는 첫 비즈니스 제트기였기에 사이테이션은 많은 조종사가 선망하던 기체였다. 그러나 그 길의 모퉁이를 돌아서면 끝을 알 수 없는 가시밭길이 펼쳐져 있다는 것을 당시에는 누구도 예상하지 못했다.

사이테이션 점검기의 가장 큰 문제는 에어컨이었다. 손쉽게 수리할 수 있을 것이라는 인수 요원들의 초기 판단과 달리 배보다 배꼽이 더 큰 엄청난 수리비용으로 공군은 결국 수리를 포기했다. 이후 에어컨이 없는 상태에서 '제한적으로 운영'이라는 애매한 단서를 단 채 점검기는 비행단으로 넘어왔다. 조종사만 버텨준다면 200억 원짜리 CN235 수송기 한 대를 대신해 비행점검을 전담할 수 있으니 지휘관 입장에서는 버리기 아까운 기체였을 것이다.

놀랍게도 에어컨이 없는 사이테이션의 비행 중 기내 온도는 사우나 수준인 섭씨 50도 이상까지 치솟았다. 그래서 임시방편으로 아침에 임무에 나서는 항공기에는 두 개의 아이스박스가 실렸다. 그 안에

는 조종사와 점검 요원들의 체온을 떨어뜨리기 위한 얼린 물수건이 가득 담겨 있었다. 임무를 마치고 어느 날 저녁 대대 현관문을 열고 터벅터벅 걸어 들어오던 동기생 강 대위를 비롯한 요원들의 모습을 아직도 생생히 기억한다. 그들이 입고 들어온 조종복은 '무서운 검은색'이었다. 벗어서 짜면 물이 주르륵 바닥에 쏟아질 정도로 조종복이 흠뻑 젖어 있었던 것이다. 그들이 지나간 바닥엔 흘러내린 물이 남아 있을 정도였다.

열악한 환경은 비단 항공기만이 아니었다. 점검기가 임무를 나간 피검 부대에서 종종 터무니없는 일들이 벌어졌다. 점검기 운영이 가능한 좋은 날씨는 비행단으로서도 놓치기 아까운 훈련 기회였다. 그들은 전투기 훈련을 최대치로 끌어올려 무리하게 슬롯Slot을 끼워넣다 보니 플라이트 체크Flight Check가 계획된 비행점검 시간마저 침범하기 일쑤였다. 심한 경우 이미 공항 상공에 도착한 점검기를 몇 시간씩 공중 대기시키는 어처구니없는 일도 벌어졌다. 50도가 넘는 항공기에서 공중 대기를 지시받은 조종사 심정이 오죽했을까.

급기야 하루는 모 비행단 점검 임무를 나갔다가 또다시 2시간 넘게 예정에 없던 공중 대기가 계속되자 조종사가 참지 못하고 기수를 돌려 귀환하는 일까지 발생했다. 이후 점검을 위해 돌아올 것을 수차례 요구받았지만 조종사는 끝내 이를 무시하고 김해기지로 복귀해버렸다. 이들의 결정을 그 누가 비난할 수 있었을까.

플라이트 체크는 가장 중요한 비행 임무 중 하나임에도 전투가 아닌 지원이라는 인식 때문에 그 가치가 온전히 존중받지 못하던 시절이었다. 이 글을 빌려 누구도 대신해주려 나서지 않던 그 힘든 자리를 오랜 시간 묵묵히 지켜준 동기생 강 대위와 그 시절 대한민국 공군 소속 사이테이션 비행점검 요원들에게 머리 숙여 감사를 전한다.

이제는 대학에 들어갈 나이가 되었을 그의 두 딸과 아들에게 말해주고 싶다.

"그대들의 아빠는 젊은 날 그 어떤 공군의 조종사보다 훌륭한 공군의 빨간 마후라셨다."

둘은 절대 같이 비행에 넣지 마라!

과학적으로 설명되지 않는 징크스와 관련된 이야기다.

공군 시절 대대에 전입하고 보니 이상한 징크스를 하나 알게 되었다.

"H대위와 C대위를 절대로 같은 비행에 넣지 말 것! 이 둘이 같이 비행하면 뭔가 일이 터진다."

이 이야기는 해가 바뀌어도 어쩐 일인지 사라지지 않았다. 새로 대대에 후배들이 전입해 오고 그 후배들이 스케줄 장교로 당번을 서게 되면 선임들이 반드시 몇 번이고 당부하곤 했다.

"이 둘은 절대로 한 비행에 넣지 마."

작전계장이 바뀌고 비행대장이 바뀌고 또 대대장이 몇 번을 바뀌어도 이 해괴한 징크스만큼은 누구도 감히 깨려고 들지 않았다. 하루

4장

는 신입 조종사가 물었다.

"도대체 무슨 일이 있었기에 두 분이 함께 비행을 하면 안 되는 거죠? 둘 사이가 안 좋나요?"

"아니야. 둘은 아주 친해. 문제는 그게 아냐. 예전에 C123을 운영할 때야. 어쩐 일인지 그 둘만 같이 비행에 올라가면 꼭 일이 터지는 거야. 엔진이 꺼진다거나 황당한 결함으로 임무를 포기하고 돌아오는 일이 계속 벌어지니까 급기야 당시 대대장님 명으로 두 사람이 같이 비행하지 못하게 한 거야."

"에이, 그런 게 어딨어요?"

"어허, 그런 게 아니래도. 그 둘한테 물어봐. 절대로 같이 비행하려고 안 할걸? 누구보다 본인들이 더 잘 알아."

그렇게 오랫동안 두 사람은 같은 대대 선후배였는데도 함께 비행하지 않는 이상한 일이 계속되었다. 그러던 어느 날, 새로 부임한 대대장이 한참 스케줄을 고민하다가 작전계장과 스케줄 장교를 호출했다.

"오늘부터 제한을 풀고 둘을 같이 임무에 내자! 그러지 않고는 도저히 스케줄이 안 나와! 미신일 뿐이야."

많은 이의 반대에도 불구하고 다음 날부터 둘은 동승해 비행을 시작했다.

그런데 그리 오래지 않아 일이 터졌다. 이 둘의 마지막 비행(?)은 지금까지도 공군 수송기 조종사들 사이에서는 '비상 처치의 교과서적 예'로 남게 되었다.

그날 청주기지에 접근 중이던 이들의 CN235는 한쪽 엔진에 화재가 발생해 비상착륙을 해야 했다. 이번엔 피해 규모도 엄청났다. 사고 후 6개월이 넘는 기간에 걸쳐 엔진과 윙 구조물 전체를 교체해야 했으니까. 그해 공군 조종사 최고의 영예인 웰던상Well Done이 수여되기도 했지만 정작 이 둘은 이후로 한동안 눈치가 보여서인지 휴게실에서조차 서로를 피했다. 사고 후 어떻게 되었냐고? 군을 떠날 때까지 다시는 함께 비행하지 못했다.

승객들에게는 아주 다행스럽게도 이들은 현재 서로 다른 항공사에서 안전하게 근무하고 있다.

VIP 헬기 통제관의 고뇌

헬기가 왜 시계비행 조건이 안 되는데 무리하게 비행을 강행해 아파트나 산에 충돌하는지 일반 사람들은 이해가 되지 않을 것이다. 지금부터 이 이야기를 가만히 들어보고 그들을 조금이라도 이해해 주시길.

"영광은 찰나요, 굴욕은 영겁이야, 정 대위!"

공군에서 공수 통제 장교를 하던 시기, 내가 모시던 대령이 늘 하던 말씀이다. HH47 베테랑 조종사였던 그분은 작전사령부에서 수송기와 헬기 임무를 계획하고 통제하던 최고 지휘관이었다.

그날은 코드1(대통령) VIP 임무로 헬기가 오전 7시 이륙해 행사장으로 이동해야 하는 날이었다. 임무 결심 시간은 오전 6시. 비행이 불가하다고 판단되면 VIP는 즉시 준비된 차량으로 출발해야 한다. 삼군 총장들은 예보가 애매한 것을 알고 그날 새벽 미리 VIP에 앞서 차량으로 이동했다.

아침 안개가 낀 오전 5시. 그는 어둠이 가득한 이 시간 누구보다 먼저 출근해 경로상 기상을 먼저 파악했다. 임무 가능 여부 판단을 오롯이 혼자 결정해야 했다. 외롭고 힘든 자리다. 헬기 임무는 불과 몇 분이면 안개가 소산될 수 있기에 쉽게 결정하지 못한다. 차량으로 이동하다 파란 하늘을 한 시간 정도 보며 행사장에 도착하는 VIP가 한마디라도 하면 그 파장은 일파만파다.

"패스파인더Path Finder를 띄우자."

VIP의 슈퍼푸마 앞에 HH60을 띄워서 기상을 파악하며 전진시키는 매우 위험한 앞잡이 헬기 임무다.

"임무 진행하겠습니다. 패스파인더를 앞에 띄우고 5분 뒤에 임무기를 뒤따르게 하겠습니다."

그가 사령관께 한 이 보고를 시작으로 작전이 시작되었다. 예정된 이륙시간인 오전 7시로부터 약 10분 전, 내게 지시가 떨어졌다.

"패스파인더 전면 상황판에 보딩해. 그리고 이륙과 착륙 시 페이징Paging, 방송 지시해."

후배를 안갯속에 밀어넣어 길을 뚫게 하는 임무를 부여하며 그가 느꼈을 심적 고뇌를 그날 처음으로 이해했다. 보딩이 진행되자 옆에 앉아 있던 전투기 담당 중령이 내게 슬쩍 물었다.

"저게 뭐냐?"

"과장님 지시사항입니다. 에어포스원 앞에서 길을 열어주는 패스파인더입니다."

잠시 후 상황실에 울리는 페이징. 내겐 참 비장한 소리로 한동안 가슴을 울렸다.

"패스파인더, 이륙시간 ○○시 ○○분."

수송기나 헬기 임무기를 통제실에서 페이징하는 경우는 대통령 임무에만 한정된다. 그런데 그날 처음 패스파인더가 특별히 추가된 것이다. 후배에 대한 예의를 보인 것으로 이해했다. 얼마나 위험한 임무인지 너무나 잘 알기에.

이날 비행 도중 패스파인더는 중간 정도까지 기상을 파악한 뒤 실시간으로 뒤따르는 에어포스원에게 전달해 조종사가 성공적으로 행사장에 착륙할 수 있도록 경로를 결정해주었다. 하지만 정작 자신은 목적지에 도착하지 못했다.

"패스파인더 레이더 컨텍트 로스트. 현재 식별되지 않고 있습니다."

경로상 짙은 안개 상황을 보고하고 뒤따르는 에어포스원을 다른 쪽 경로로 유도한 뒤 레이더에서 사라져 교신이 끊긴 것이다. 순간 통제실에서는 초비상 상황이 몇 분간 이어졌고 조종사와 연락을 시도하는 MCRCMaster Control and Reporting Center, 공군중앙방공통제소 관제사의 외침만 애타게 이어졌다. 피 말리는 5분이 지나고 지휘관들이 위치한 탑으로 한 통의 전화가 걸려왔다. 패스파인더 조종사였다.

조종사는 골짜기 사이 짙은 안개로 더는 진행하지 못하고 근처

논에 내려앉고는 바로 전화를 걸어 상황을 알린 것이다. 그가 걸었던 전화번호는 이런 상황에 대비해 임무통제관과 약속해놓은 번호였다. 가슴을 쓸어내렸다. 그런데 잠시 후 사령관이 동석해 있는 상태에서 누군가 퉁명스럽게 한마디 던졌다.

"불시착이잖아. 이건 사고야. 어떻게 논바닥에 불시착시킬 수 있지? 헬기 바퀴에 진흙 다 묻고 그런 거 아냐?"

이 말에 모두가 대령을 바라보자 그는 단호하게 말했다.

"우리 헬기, 그렇게 얼렁뚱땅 비행하지 않습니다. 미리 다 준비해서 접지 전에 바닥에 방수포 깔고 그 위에 안착시킵니다. 진흙 속에 가라앉고 그러지 않습니다."

너무도 당당한 그의 말에 머쓱해서는 고개를 돌리는 고정익 출신 지휘관들…

이후 이어진 저녁 부서 회식 자리에서 몹시 궁금한 나머지 대령님께 물었다.

"정말 그 상황에서 방수포를 미리 깔고 논바닥에 내린 게 맞습니까? 그게 가능합니까?"

그러자 껄껄 웃으시며 그분이 하시던 말.

"헬기가 비행 중 어쩔 수 없이 논바닥에 내릴 수 있다는 걸 이해 못 하는 고정익 조종사들한테 무슨 말이 필요하겠어? 방수포는 얼어 죽을. 그런 거 없어!"

순간 웃음기는 사라지고 한없이 슬픈 눈으로 술잔을 기울이며 하시던 말씀.

4장

"영광은 찰나요, 굴욕은 영겁이야, 정 대위."

우리는 이런 헬기 조종사의 고뇌를 얼마나 이해하고 있을까.

공군 비행훈련과 빠따

공군 조종사 훈련은 육체적으로나 정신적으로나 극한을 넘나드는 거친 훈련이다. 지금은 사라졌지만, 예전에는 BD, 일명 '빠따'가 가장 효과적인 훈육 방식으로 인식되던 시절이 있었다. 초등, 중등, 고등 비행훈련에 차례로 입과하면 선차반의 조언을 받아 지정된 목공소에서 규격에 맞게 정신봉을 깎아오는 것이 전통인 대대도 있었다고 한다. 두께 10센티미터, 길이 1.5미터 이런 식으로 말이다. 안전을 위해 팽팽한 긴장감이 교육 기간에 늘 유지되길 바랐기 때문일 것이다.

BD에는 '개인'과 '단체'가 있는데 개인적인 정신교육이야 자기 하기 나름이니 논외로 하고. 단체 BD에서는 교관들의 세심한 배려(?)와 해학이 종종 묻어났다.

늘 그런 것은 아니지만 단체 행사가 매타작으로 끝나는 게 아닌 나름 추억할 요소를 만들어주려 노력하는 모습이 엿보이기도 했다. 체벌을 가하는 교관도 이 순간이 조종 학생들에게 평생 남을 추억이 될 수 있음을 잘 알고 있었다.

분위기는 늘 사전에 감지되었다. 시기가 문제일 뿐 찜찜하게 오래 두려움에 떨기보다 오히려 빨리 털고 가길 기다리게 된다. 이 점은 오래전 군 생활을 한 분이라면 모두 공감할 것이다. 이런 날에 대비해 조종 학생들도 준비해둔 게 있다. 동기생 대표는 가급적 BD에 내성이 가장 적은 그리고 엉덩이 살이 없어 교관들이 흠칫 조심하게 될 불쌍해 보이는 친구로 세심하게 골라 옹립했다.

그날도 BD 치기 좋은 날이었다. 학생들이 훈련 중 위험한 실수를 연달아 하는 바람에 분위기가 무르익었다. 교관은 차반 동기생 대표를 불러 일과 후 퇴근하지 말고 브리핑실에 '등 때고 턱 당기고 대기'하도록 지시했다. 때가 되자 와자지껄 시끄러운 교관들 목소리가 들리더니 순간 조용해졌다. 곧이어 누군가 거칠게 브리핑실 문을 걷어차고 들어왔다.

"정신 나간 XX들, 모두 엎드려뻗쳐!"

행사가 시작된 것이다. 이 상태로 왜 정신교육에까지 이르게 되었는지 금일 단체행사의 당위성에 대해 충분히 공감이 가도록 설명이 이어졌고 곧 교관의 지시가 떨어졌다.

"좌측과 우측 중에 본인이 선호하는 곳에 가서 선다, 실시!"

바로 고개를 돌려 뒤를 바라보자 익숙한 동네 형 같은 덩치 좋은 교관 선배 두 분이 나무 배트와 알루미늄 배트를 하나씩 어깨에 걸치고 음흉한 미소를 지으며 서 있는 것이 보였다. 순간 학생들은 번개같이 달려가 줄을 완성했다.

　어느 줄이 더 길었을까? 통상 알루미늄 배트 줄이 더 길다. 속이 꽉 찬 나무가 훨씬 묵직하게 통증을 전할 것이라는 막연한 판단에 반짝이는 속 빈 알루미늄 배트 쪽을 선호하는 것이다. 순식간에 완성된 줄을 흐뭇하게 바라보던 행사 지휘관은 '내 그럴 줄 알았다'는 표정으로 이렇게 말했다.

　"교관들! BD 바꿔!"

공군은 새가 무서워

기장방송을 하거나 관제사와 대화를 하다 보면, 어느 순간 한국말이 영어보다 더 어렵다고 느껴지는 때가 있다. 특히 사투리를 쓰는 관제사나 조종사들 때문에 종종 배꼽 잡는 일이 벌어지기도 한다.

공군 시절, 존경하는 선배와 비행을 마치고 원주기지로 착륙하던 중이었다. 파이널에서 활주로를 향해 선회한 뒤 정대하고 있는데, 터치다운 존에 매 한 마리가 정지상태로 공중에 떠 있는 게 보였다. 그냥 진행한다면 버드스트라이크Bird Strike가 발생할 것 같아 일단 한 바퀴 선회하기로 했다.

조종은 내가 맡았고 선배는 라디오를 잡은 상황이었다. 선배가 타워 관제사에게 이 겁 없는 새를 해결해달라고 요청해야 하는 상황이었다. 부산이 고향인 선배는 잠시 뜸을 들이더니(자신이 없었던 것 같다. 표준말로 어떻게 말해야 하는지 몰라서) 이렇게 말하는 게 아닌가.

"아, 타워, 활주로 위에 새가 있어요."

여기까지는 좋았다. 표준 한국어로 잘 시작했다.

그런데 그 뒷말에 착륙하다가 웃느라고 자칫 큰일 날 뻔했다.

"새 좀…, 아, 쪼까주세요!"

웨이크아일랜드, 홀로 남은 섬

괌 엔더슨공군기지를 이륙한 C130 허큘리스는 5시간 동안 망망대해 남태평양 상공 동쪽으로 침로를 잡고 비행했다. 고도는 2만 5000피트. 온통 검푸른 바다와 그 위에 펼쳐진 파란 하늘 그리고 중간중간 둥둥 떠다니는 한없이 달콤할 것 같은 마시멜로 구름들, 그 아래 구름이 드리운 그림자가 마치 퀼트의 조각들처럼 바다 위에 듬성듬성 흩뿌려져 있었다.

4발 터보프롭 항공기의 적정 순항고도는 쌍발 제트 민항기보다 훨씬 낮다. 고고도로 비행했다면 피했을 대기권의 악기상 현상Convective Weather을 피하지 못하기에 비행 계획에 더 신경을 써야 한다. 다행히 예보된 대로 가끔 조우하는 거대한 뇌우 구름만 회피하느라 기동했을 뿐 30여 명의 크루를 태운 허큘리스는 순항하고 있었다.

장거리 비행을 위해 모든 창을 커튼으로 가릴 수 있도록 개조한 화물창에는 간간이 들어와 있는 희미한 통로 등만 주변을 밝힐 뿐 수송기 안은 4발의 강력한 엔진에서 뿜어 나오는 진동과 소음만 가득했다. 소음으로 대화가 거의 불가능하기에 대부분 미리 지급된 귀마개를 착용한 채 5시간 내내 잠을 청했다. 이윽고 기장 이 소령의 방송이 그들을 잠에서 깨웠다.

"웨이크아일랜드Wake Island 착륙 한 시간 전, 크루들은 착륙 준비하십시오."

크루들이 착륙을 준비하는 사이, 허키Hercky, 허큘리스의 애칭는 웨이크아일랜드 서쪽 200마일 안쪽으로 들어서고 있었다. 항법사 박 대위와 함께 장거리 통신장비인 HF로 샌프란시스코 라디오와 교신하던 부조종사 김 대위는 이제야 그간 동시에 유지하던 단거리 통신용 VHF 주파수를 123.45 공대공AIR TO AIR 공용 주파수에서 웨이크아일랜드 OPS 주파수 128.0으로 좌측 VHF에 바꿔두고 첫 교신을 기다렸다.

마음은 급하지만 지구 곡률 때문에 섬은 전파가 도달하지 못하는 수평선 너머 그 아래에 잠겨 있다. 100마일, 약 160킬로미터 내에 이르면서 드디어 첫 교신이 이뤄졌다.

"안녕하십니까, 대한민국 공군 ○○○, 웨이크아일랜드 서쪽 100노티컬마일에서 접근 중입니다."

미군 관제사의 목소리가 마치 오랜 시간 손님을 기다린 집주인처럼 잔뜩 들떠 있었다.

"대한민국 공군 ○○○, 웨이크아일랜드에 오신 걸 환영합니다!

착륙을 허가합니다. 서쪽 50마일에서 다시 보고하세요."

100마일 이상 떨어져 입항하는 항공기에 착륙 허가를 바로 내주는 것이 이상하긴 했지만 아마도 이 외로운 섬에 들어오는 항공기가 많지 않을 것이기에 미국 록히드마틴사에서 만든, 이 멋진 4발 엔진의 군 수송기는 별다른 의심 없이 웨이크아일랜드로 강하를 계속했다.

이후 50마일에서 한 번 더 교신을 수행하고 얼마 지나지 않아 눈앞에 넓게 드리운 남태평양의 넘실거리는 파도 위로 웨이크아일랜드와 섬 전체라고 부를 수 있을 하얀 활주로가 모습을 드러냈다.

"웨이크 통제실, 착륙 허가를 다시 확인해주십시오."

활주로가 눈앞에 나타나자 기장인 이 소령은 20여 분 전 받은 착륙 허가가 조금 미심쩍었는지 다시 부조종사에게 착륙 허가를 확인시켰다. 그런데 무슨 일인지 상대 쪽에서 답이 없었다. 재차 이어진 시도에도 아무런 반응이 없었다.

"할 수 없지. 이미 허가를 받았으니까 그냥 착륙하자."

기장 이 소령이 체념한 듯 말했다.

산호섬을 이룬 부스러진 하얀 조개와 산호 가루로 만들어 눈부시게 하얀 활주로에 짙은 초록색 허큘리스가 사뿐하게 내려앉았다. 항공기 터보프롭 엔진에서 내뿜는 굉음이 섬 전체를 울리는 사이 어느새 주기장 한쪽 통제실 정면으로 허큘리스가 미끄러지듯 들어섰다.

다행히 항공기의 주기 위치를 안내하는 유도 요원이 나와 신호를 보내주었다. 유도 신호에 맞춰 정확한 위치에 정지한 허큘리스의 엔진이 하나씩 꺼졌다. 이곳에서 항공기는 연료 재급유만 받고 약 2시간

뒤 바로 이륙해 다음 기착지인 하와이 히캄공군기지에 자정 즈음 착륙할 예정이었다. 이곳에서 지체할 시간이 많지 않았다.

항공기 측면 문이 먼저 열리고 후면 램프도어Ramp Door가 "끼이이" 하고 특유의 유압모터 소리를 내며 수평으로 내려와 바닥에 닿자 크루들이 쏟아져 나왔다. 이들 중 일부는 이 섬에 여러 차례 와본 적이 있는 부사관들로 뒤도 돌아보지 않고 어딘가를 향해 바삐 내달렸다. 그들 손에는 무언가가 들려 있었는데, 마치 놀러 나온 아이들처럼 모두가 신이 나서 뜨거운 햇볕에 달궈진 활주로를 아랑곳하지 않고 해변으로 달려가기 바빴다.

그 사이 항공기 유도 요원이 기내로 들어왔다.

"정말 반갑습니다, 웨이크에 오신 것을 환영합니다."

부기장 김 대위가 인사를 받고는 궁금한 것이 있었는지 질문부터 시작했다.

"착륙 전 약 10마일에서 착륙 허가를 확인하려고 통제실을 불렀는데 대답이 없더군요? 무슨 문제가 있는 건가요?"

그가 연신 싱글거리면서 답을 했다.

"당연하지요. 제가 여러분을 마중 나와 있으니 답을 해줄 수가 없지요."

"아니, 그럼 아까 착륙 허가를 주신 분이?"

"예, 접니다. 제가 착륙 허가도 주고, 이렇게 주기장에 들어서는 여러분을 유도도 하고, 이젠 여러분의 허큘리스에 급유도 해야 하지요. 아, 그리고 비행계획서도 시스템에 올려야 하니까 급유를 마치면 준비한 서류를 주세요. 연료를 얼마나 채워드릴까요?"

이 직원은 사람에 굶주려 있는 것이 분명해 보였다. 크루들과 이야기를 조금이라도 더 나누려고 급유 중에도 말이 끊이지 않았다. 그도 그럴 것이 잔뜩 들떠 수다를 떨고 있는 그는 미 공군 소속 군무원으로 하와이의 집을 떠나 한두 달에 한 번씩 교대하며 외로운 섬을 혼자 지키고 있었다. 지난 한 달 동안 사람이 정말 그리웠다고 연신 엄살이었다.

급유가 진행되는 동안 크루 일부는 운항실을 구경했다. 운항실 내에는 웨이크아일랜드의 100년 역사를 한눈에 볼 수 있는 각종 사진 자료며 길이가 족히 3미터는 넘어갈 것 같은, 헤밍웨이의 노인과 바다에 나왔을 듯한 박제된 거대한 황새치가 벽을 장식하고 있었다.

웨이크아일랜드는 2차 세계대전과 가까이는 베트남전쟁까지 미 해군과 공군 폭격기들이 중간 급유를 하던 전략 요충지로, 하와이와 괌 사이에 자리 잡은 작은 섬이다. 지금은 예전의 영화를 뒤로하고 전략 핵미사일기지만 섬 반대쪽에 있을 뿐 섬 거의 전체를 차지하는 활주로에는 한 달 내내 착륙하는 항공기가 몇 대 없을 정도로 무척 한산하다.

그때 갑자기 조종사와 몇몇 크루가 대기 중이던 운항실 밖이 시끌벅적했다. 조금 전 해변으로 달려갔던 항공기 특기 정비사와 크루들이 돌아온 것이다. 이들은 허큘리스의 장거리 항법비행에서 만약에 있을지 모르는 특정 계통 결함에 대비해 이번 훈련에 동승했다.

"참치다!"

다 큰 소년들이 해변으로 달려가 약 30분 만에 낚시로, 그것도 1미터가 넘는 참치를 잡아 돌아온 것이다. 다들 이 운 좋은 낚시꾼 주위를 둘러쌌고, 대물을 건져 올린 항전계통 담당 정비사는 마치 개구리를 처음 잡은 어린아이마냥 잔뜩 상기된 표정으로 교만(?)한 웃음을 뿌리고 있었다.

"이걸 어쩌지? 이제 급유도 마쳐 가고 이륙시간이 다가오는데 참치를 저 상태로 하와이까지 가져가면 분명 상할 텐데…."

부질없는 질문인 것이 분명했다. 그사이 친해진 선임 상사 하나가 슬쩍 거들었다.

"걱정 마세요, 정 대위님. 우리가 하와이에 도착할 때쯤이면 저 참치는 꽝꽝 얼어 있을 겁니다."

"예? 우리 항공기에 냉동고가 실려 있나요?"

"물론 없지요. 흐흐흐."

어떻게 지금 막 잡은 참치가 냉동 참치가 되는지 알 길이 없었지만, 어쨌든 우리는 다시 8시간의 비행 끝에 자정이 다 되어서야 하와이에 도착했다. 그리고 그날 밤 히캄공군기지 숙소에서 냉동된 참치가 사시미로 재탄생하는 과정을 생생히 목격했다.

모든 크루가 달려들었는데도 겨우 반만 먹었을 정도로 엄청난 양이었다. 성인 30명이 이 한 마리를 못 먹다니….

어떻게 참치가 냉동고 없이 허큘리스 안에서 냉동되었는지 궁금해하실 줄 안다. C130 조종사가 아니었던 내가 추측하기에 참치는 아마도 기내가 아닌 분명 기체 밖 어딘가에 매달려 8시간 동안 영하의

4장

기온을 견디며 냉동되었을 것이다.

나는 허큘리스 어디에 그런 공간이 있는지 아직도 궁금하다.

네가 날 싫어하는 게 얼굴에 다 보여!

"네가 날 싫어하는 게 얼굴에 다 보여!"

수송기 부조종사를 하던 공군 대위 시절, 비행대장을 하던 선배가 하루는 나를 불러두고 했던 말이다.

"군에서 크고 싶으면 네 속마음을 얼굴에 드러내지 않는 법을 배워야 할 거야. 그만 가봐!"

그분 행동을 못마땅해하는 내 본심이 나도 모르게 얼굴에 묻어났던 것 같다. 지금도 나는 표정을 잘 숨기지 못하는 편이다. 기분이 나쁘면 나쁜 대로 좋으면 좋은 대로 드러나곤 하는데, 살다 보니 이제는 마음을 표나지 않게 숨겨야 하는 위치가 되고 말았다.

철없는 부기장도 아니니 내 속마음을 여과 없이 드러낸다면 같이 비행하는 이들이 얼마나 불편하겠는가. 길게는 8시간을 꼼짝없이 두

평 남짓한 칵핏에서 함께 있어야 하는 두 조종사에게 그 시간은 끔찍할 만큼 길게 느껴질 것이다.

그래서 나름 방법을 찾았다.

'얼굴 표정을 속일 재주는 없으니 내 마음을 속여보자.'

정말 마음에 들지 않는 동료와 함께 있어야 할 때는 마음속으로 최선을 다해 '한 가지만이라도 이 사람의 좋은 면을 발견하게 해주세요' 하고 기도한다. 그러면 정말 보인다. 어떤 때는 그 사람의 콧날이 예뻐 보이고, 어떤 때는 턱선이 멋져 보인달까. 그 아름다운 콧날과 턱선에 집중하며 좋은 마음을 가지려고 노력하며 대화를 나누다 보면 내 눈빛이 달라져 있다는 걸 상대가 먼저 눈치챈다.

그렇게 대화가 늘어나고 이해의 정도가 깊어지면 그 사람의 진짜 좋은 면이 보이기도 한다. 더이상 콧날이나 턱선에 집중하지 않아도 상대방이 사랑스러워 보인다.

첫인상이 분명 많은 부분을 결정한다. 그런데 그 첫인상이 때로는 잘못된 선입견을 만들기도 한다. 처음 만난 사람에 대한 첫 판단이 옳지 않았다는 것을 나중에 발견하는 일도 사실 즐거운 일이다.

조종사의 이별

"인웅아 잘됐다! 돌아가면 자세하게 좀 알려주라. 또 연락하자."

늘 말끝마다 "잘됐다, 잘됐다"를 달고 살던 공군 대대 선배를 인천공항에서 우연히 만난 날은 잠시 한국에 들어왔다 두바이로 돌아가는 길이었다. 공군 선배, 그것도 대대 선배, 게다가 고향 선배이기도한 그는 멋진 분이었다. 큰 키에 수려한 외모로 늘 밝게 웃던, 후배들에게 더없이 자상한 조종사였다. 그 선배와 나는 이름이 한 자만 틀리고 똑같아서 종종 외부에서 전화가 오면 잘못 연결되기도 하고, 면전에서 이름을 잘못 부르는 대대원도 많았다.

사관 38기로 나와는 세 기수 차이이니 하늘 같은 선배였지만, 우리는 꽤 친했다. 내가 다가갔다기보다는 선배가 나를 예뻐하고 챙겨준경우다. 제대 후 나는 대한항공에, 선배는 아시아나항공에 입사해 이

후 만나기 어려워졌고, 2011년 내가 두바이로 직장을 옮긴 뒤에는 더더욱 뵙기가 힘들었다. 그러던 어느 날, 우연히 공항에서 아시아나 정복을 입은 선배를 한눈에 알아보고는 얼마나 기뻤는지 모른다. 그 짧은 만남 이후 선배가 약속했듯 며칠 뒤에는 연락을 받을 것이라는 기대를 안고 두바이로 돌아왔다.

영어를 무척 잘하고 늘 공부하던 선배였기에 내가 속한 항공사에도 무척 관심이 많았다. 그런데 며칠 뒤 아시아나에 사고가 있었다. 상하이 푸둥공항으로 향하던 B747-400 화물기가 화물칸을 가득 채웠던 리튬배터리 화재로 제주도 해상에 추락한 것이다. 그때 선배는 부기장으로 화물기 조종석에 앉아 있었다.

내가 인생을 달관한 듯 사는 것은 삶과 죽음이 서로 멀리 있지 않다는 것을 조종사가 된 이후 계속 목격했기 때문이다. 지금까지 나는 가깝게 지냈던 네 명의 선배와 동기를 잃었다. 개인적 친분은 없지만 눈앞에서 추락해 산화한 후배 조종사를 목격한 적도 있다.

어린이날 수원기지에서 비행 중이던 블랙이글 A37이 추락하던 그 자리에 내가 있었다. 원래 계획한 한 번이 아닌 두 번의 롤을 하고 가까스로 수평을 잡았지만, 안도도 잠시뿐 땅을 향해 힘없이 내려가는 기체를 바라보며 그가 탈출하지 못할 것이라 직감했다. 순간 나도 모르게 관중 속에서 마치 미친 사람처럼 소리쳤다.

"안 돼!"

공군 출신 조종사들은 좀 까칠하다. 반대로 세상을 달관한 듯 사는 이가 있기도 하다. 양쪽 모두 자기방어적 모습일 것이다. 베이징에서 있었던 리튬배터리 화재사건을 보며 선배 생각이 났다.

"선배님! 가끔 선배가 많이 보고 싶습니다."

정년퇴직을 앞둔 기장님을 만날 때마다 항상 똑같은 질문을 한다.

"기장님! 40년 이상 조종사로 살아오면서 느낀, 조종사에게 가장 중요한 게 뭐라고 생각하십니까?"

여러 답변을 들었지만 가장 공감 가는 답을 들었던 때는 이 질문을 처음 한 날이었다. 열여섯 살부터 비행을 했노라는 귀족 작위를 가진 벨기에 출신 기장님이었다.

"조종사는 무엇보다 운이 좋아야 해!"

그리고 덧붙였다.

"나는 젊었을 때 아프리카에서 부시파일럿Bush Pilot, 대형 항공기로 접근할 수 없는 지역을 소형 항공기로 비행하는 조종사 생활을 오래 했지. 그때나 지금이나 아프리카는 항공 기반시설이라는 게 없어. 관제를 제대로 해주지도 않고, 공항이 안전하게 관리되는 것도 아니고, 기상 예보가 정확한 것도 아니고, 활주로도 엉망이지. 전부 엉터리야. 그래서 모든 게 조종사에게 달려 있어. 많은 것을 배운 시간이었지만 많은 것을 잃기도 했지. 참 많은 시간을 승객과 화물을 수송하기보다 실종된 동료 비행기의 잔해를 찾는 데 써야 했거든. 어젯밤까지 같이 술을 마시던 동료의 항공기가 다음 날 실종돼 그 잔해를 찾아 나서기를 수없이 했어."

40년이란 세월이 남긴 주름이 얼굴에 가득했던 기장님은 내게 이야기를 하면서도 눈을 마주치지 않았다. 가끔 창밖을 바라보다가 고개를 돌려 앞에 놓인 계기에만 시선을 주었다. 그러나 그의 내면에 쌓인 깊은 슬픔까지 숨길 수는 없었다.

처음 이 말을 들었을 때 나는 서른다섯 즈음이었다. 경험이 미천하던 신참 부기장에게 이분의 대답은 사실 좀 동떨어진 느낌이었다. 지금 내가 비행하는 곳이 아프리카도 아니고, 또 운보다는 자기관리나 좋은 항공사에서 훌륭한 항공기를 타는 게 더 중요하지 않을까 하는 생각을 했던 것 같다. 그 기장님과 마지막 비행을 한 게 벌써 15년 전이다. 시간이 그토록 흘렀는데도 지금까지 그 말을 기억하는 이유는 그 대답의 무게를 비행 때마다 느끼고 있어서다.

하루하루 비행을 마치고 집으로 돌아오면 바둑 기사처럼 그날을 복기한다.

'왜 그때 그런 조작을 했을까?'

'왜 내가 그런 결정을 내렸지?'

'비행 준비 과정에서 이 부분을 왜 미리 발견하지 못했을까?'

30년 가까이 비행하는 동안 무리한 하드랜딩도, 관제 위반도, 갑작스런 난기류로 승무원이나 승객을 다치게 한 일도 없었다. 늘 자랑으로 삼고 있지만, 그럼에도 비행이 끝난 뒤에는 언제나 아쉬움이 남는다. 메꾸지 못한 부분, 미처 발견하지 못한 간극을 내가 아닌 누군가가 나를 위해 대신 해주었기에 안전하게 비행을 마쳤다는 사실을 늘 확인하기 때문이다. 그 간극을 채워주는 이는 부기장을 포함한 승무원, 관제사, 운항관리사, 승객이다. 내가 알지 못하는 사이 이들의 도움으로 사고를 피했다는 사실을 나는 그냥 지나치고 있었는지도 모른다.

"조종사는 운이 좋아야 해."

나는 그 운이라는 것을 위해 비행에 앞서 늘 기도한다.

"내 승객과 승무원들의 삶을 내가 안전하게 지키도록 하소서. 비행 중 우리에게 닥칠 위험한 상황을 내가 조금이라도 먼저 알게 하소서. 미리 대비하고 올바르게 대처하게 하소서."

이 간절한 기도의 응답은 내게 바로 오는 게 아니라 늘 주위 '사람'을 통해 전달된다. 그래서 나는 오늘도 그들에게 정성을 다하지 않을 수 없다.

내가 믿는 '운'은 언제나 '사람'이다.

어쩌다 파일럿

1판 1쇄 펴냄 2020년 4월 20일
1판 4쇄 펴냄 2024년 4월 05일

지은이 정인웅
펴낸이 천경호
종이 월드페이퍼
제작 (주)아트인
펴낸곳 루아크
출판등록 2015년 11월 10일 제409-2015-000020호
주소 10881 경기도 파주시 회동길 480, 아트팩토리 NJF B동 233호
전화 031.998.6872
팩스 031.5171.3557
이메일 ruachbook@hanmail.net

ISBN 979-11-88296-40-8 03810